Claudia Westphal

Die Schwester der Braut

Claudia Westphal

Die Schwester der Braut

Roman

édition el!es

Internet: www.elles.de

E-Mail: info@elles.de

Umschlaggestaltung und Satz: graphik.text Antje Küchler

Umschlagfoto: © Igor Golovnov – Fotolia.com

ISBN 978-3-941598-45-4

Vier Tage vor der Hochzeit

Das Klingeln an der Tür war über dem geschäftigen Trubel im Wohnzimmer kaum zu hören. Dort hatten sich nämlich eine Braut und ihre Freundinnen zu einem Junggesellinnenabend zusammengefunden und begossen gerade aufgeregt die bevorstehende Trauung.

Die Schwester der Braut sah den traditionellen Zeremonien um den großen Tag mit gemischten Gefühlen entgegen, und so war sie es auch, die die Türklingel bemerkte, denn sie stand etwas abseits aller Aufregung in der Tür zum Wohnzimmer.

»Ich gehe schon, Mom«, rief sie in Richtung Küche, wo ihre Mutter sich um Häppchen und Getränke kümmerte.

Als Alex die Tür öffnete, war sie einigermaßen überrascht. Die Frau, die vor ihr stand, war keine Freundin ihrer Schwester. Sie war älter, und sie war unbestimmbar vertraut.

»Willkommen, ich ... Mrs. Lincoln!« Mit ein wenig Verspätung erkannte Alex die Frau, die gegenüber dem Haus ihrer Mutter – ihr Vater war vor fünf Jahren gestorben – wohnte. Sie war kleiner, als Alex sie in Erinnerung hatte – und dazu auch attraktiver. Alex starrte für einen langen Moment.

»Hallo, Alex. Ich habe schon gehört, dass du zur Hochzeit kommst. Und ich denke, du bist inzwischen alt genug, mich Dana zu nennen, oder?« Dana Lincoln lächelte und trat einen Schritt ins Haus.

Alex schob die Tür auf. Sie war noch immer etwas perplex, fand allerdings ihre Stimme wieder. »Alicia hätte es mir nie verziehen, wenn ich nicht gekommen wäre. Und Mom ebenfalls nicht. Es ist schön, Sie zu sehen, Mrs. ... Dana.« Sie gab der Nachbarin die Hand, die einen Moment fest umklammert und dann wieder losgelassen wurde.

»Es freut mich auch, dich zu sehen. Du bist ... gewachsen ...« Dana lachte. Sie musste ihren Kopf in den Nacken legen, um zu der großen Frau aufzusehen. »Ich habe dich zumindest nicht so groß in Erinnerung. Oder so ... Du bist wirklich eine Erscheinung!« Ihre Blicke fanden und hielten einander für einen kurzen Moment fest. Dana lachte überrascht auf. Die Überraschung, einander zu sehen, einander auf den ersten Blick sympathisch zu sein, jetzt, da sie beide erwachsen waren, nachdem sie sich praktisch Alex' ganzes Leben gekannt hatten, war greifbar.

Alex errötete ob des Kompliments. »Kommen Sie doch herein. Alicia wollte gleich ihre Geschenke auspacken. Meine Mutter ist in der Küche, falls Sie sie suchen.« Sie hatte den zögernden Blick der älteren Frau auf die Gesellschaft im Wohnzimmer bemerkt und deutete auf den Weg, der ums Wohnzimmer herum in die hinteren Räumlichkeiten und die Küche führte.

»Danke. Ich denke, ich werde sehen, ob ich Lauren helfen kann.«

Dana ging zur Küche hinüber, und Alex sah ihr nach.

Es war wirklich eigenartig. Dana Lincoln war vermutlich der letzte Mensch, den sie hier und zu dieser Zeit erwartet hätte. Natürlich, sie und Alex' Mutter Lauren waren befreundet – soweit Alex wusste allerdings nicht sehr eng. Sie selbst hatte während ihrer Kindheit und Jugend kaum etwas mit Dana zu tun gehabt, und Alicia noch weniger. Warum war sie also hier?

Alex schüttelte den Kopf und begab sich wieder ins Wohnzimmer.

Ihre Schwester sah sie erwartungsvoll an, da sie wohl wissen wollte, wer an der Tür gewesen war.

»Mrs. Lincoln«, bemerkte Alex.

»Oh, ja«, erwiderte Alicia. Ihre Stirn legte sich leicht in Falten. »Mom hat sie eingeladen. Sie meinte, sie könnte etwas

Aufmunterung gebrauchen wegen ...« Als sich ihre Mutter und der neue Gast dem Wohnzimmer näherten, brach Alicia schnell ab.

Alex konnte nur raten, warum die Nachbarin Aufmunterung gebrauchen könnte.

»Sieh mal, Ally, wer hier ist. Dana, setz dich doch!« Lauren balancierte einen gefüllten Sektkühler und einige Gläser in den Händen, wies ihrer Freundin jedoch trotzdem einen Platz an.

Dana schlängelte sich gekonnt durch die Menge der anderen Besucher, umarmte Alicia auf ihrem Weg und überreichte ihr die kleine rosafarbene Geschenktüte, die sie ihr mitgebracht hatte.

»Das ist aber lieb. Danke, Mrs. ... Dana«, verbesserte sich Alicia, so wie ihre Schwester zuvor, und sah in die Tüte. Sie lächelte. »Das wäre wirklich nicht nötig gewesen«, sagte sie artig.

»Aber natürlich. Schließlich heiratet man nur ... Nun, egal, wie oft man heiratet, man sollte immer beschenkt werden.«

Alex bemerkte, dass Danas Lächeln etwas verrutschte, während sie sich verbesserte.

»Darauf trinke ich«, bemerkte eine der Brautjungfern.

Alex war sich nicht sicher, wie sie hieß. Die Freundinnen ihrer Schwester ähnelten sich alle irgendwie. Außerdem hatte sie nur mit einem halben Ohr zugehört, als Alicia ihr alle ihre Freundinnen vorstellte. Diese hatte bereits einen kleinen Schwips und ein geblümtes Kleid an. Hieß sie Danielle? Corinne, vielleicht? Alex konnte sich nicht erinnern. Da sie die Frau nach den Feierlichkeiten sowieso nicht wiedersehen würde, war es eher unwichtig.

Erneut wurde angestoßen. Alle wirkten ausgelassen auf Alex. Was sicher auch mit dem bevorstehenden Ausflug zu tun hatte, den Allys erste Brautjungfer geplant hatte. Sie selbst war von der Organisation der Hochzeit unbehelligt geblieben. Das war der Vorteil, wenn man mehrere Autostunden von seinem Heimatort entfernt wohnte. Oder vielleicht war es auch ein Nachteil. Alex war sich nicht sicher.

Sie und ihre Schwester hatten sich nie sehr nahe gestanden. Selbst als Kinder hatten sie kaum miteinander gespielt. Es hatte immer gleichaltrige Kameraden gegeben, mit denen beide

Mädchen mehr unternommen hatten. In der High School trieb Alex die verschiedensten Sportarten, während Ally nur Cheerleading im Kopf gehabt hatte – und Jungs. Sie hatten tatsächlich wenig gemeinsam gehabt. Und soweit Alex sagen konnte, war das immer noch so.

Dennoch hätte Alex gern eine wichtigere Rolle bei diesem für ihre Schwester so wichtigen Ereignis gespielt. Sie fühlte sich seltsam nostalgisch, während sie an den großen Kamin gelehnt dastand und ihre Schwester betrachtete, die auf einmal erwachsen war. Oder erwachsener, als Alex sie je gesehen hatte.

»Was machst du eigentlich jetzt, Alex?«

Ihr eigener Name holte die junge Frau aus ihren Gedanken zurück in die Gegenwart. Sie sah Alicias beste Freundin, Bethany, die sie angesprochen hatte, fragend an.

»Was du beruflich machst?«, erörterte diese ihre Frage.

»Oh, ich schreibe eine Sportkolumne für die *Baltimore Sun*.« Alex erahnte schon die nächste Frage und wurde nicht enttäuscht.

»Eine Sportkolumne? Ich dachte immer, nur Männer schreiben über Sport.«

»Das ist der Vorteil, wenn man seinen Namen geschlechtsneutral abkürzen kann.« Alex lächelte. »Solange die Leser nicht wissen, dass kein Mann hinter der Kolumne steckt, ist es der Redaktion ziemlich egal, wer den Kram schreibt. Hauptsache, es wird gelesen.«

»Ich glaube, du stellst dein eigenes Licht unter den Scheffel, Alex. Ich lese deine Kolumne, und ich finde sie sehr gut – und nicht nur, weil ich dich persönlich kenne«, bemerkte Dana.

Alex errötete erneut. Nur selten wurde sie für ihre Sportkenntnisse oder ihre journalistischen Fähigkeiten gelobt. Sie erzählte auch selten, was sie genau tat. Normalerweise sagte sie, dass sie für die *Sun* arbeitete und lenkte die Aufmerksamkeit dann auf ihren Gesprächspartner. Es war nicht so, dass sie ihren Job nicht liebte oder dass er ihr peinlich war. Tatsächlich war sie sehr stolz auf ihre Kolumne. Doch meistens bekam sie genau solch eine Reaktion wie die von Allys Freundin. Sie arbeitete in einer Männerdomäne; das war zwar unheimlich klischeehaft und dazu noch blödsinnig, aber so wurde es von der Allgemeinheit gesehen. Und es nervte Alex, erklären zu müssen, wie es dazu kam, oder sich rechtfertigen zu müssen, warum sie Sport überhaupt interessierte. War das nicht etwas für ungebildete Halbaffen, die den Tag am liebsten vor dem Fernseher verbrachten und bei einem Sixpack von ihrer eigenen verlorenen, sportlichen Jugend träumten? Klischees, eben.

»Danke. Auch wenn ich mir ziemlich sicher bin, dass meine Mom Sie zur Lektüre verdonnert hat.«

Dana lachte. Ebenso wie Lauren und einige der Gäste.

»Damit hat es vielleicht angefangen. Inzwischen lese ich deine Kolumne, weil sie informativ und gut geschrieben ist. Außerdem war ich schon immer ein Baseballfan.«

Diese Information ließ Alex erstaunt aufhorchen. Sie kannte nicht viele Frauen, die sich für Baseball interessierten. Selbst die sportbegeisterten unter ihren Freundinnen bevorzugten Basketball oder Fußball.

»Tatsächlich? Welcher ist Ihr Verein?«

»Ich komme ursprünglich aus Boston.« Dana lächelte zu der am Kamin stehenden Alex auf.

»Ah, die *Red Sox*. Die hatten eine gute letzte Saison. Allerdings ...«

»Sport? Ernsthaft?«, unterbrach Alicia ihre Schwester an dieser Stelle.

Alex zuckte entschuldigend mit den Schultern. »Kein angemessenes Gesprächsthema für einen Junggesellinnenabend?«, fragte sie unschuldig.

»Nein.«

»Zu schade!«

Es wurde wieder gelacht, und nach einigen Minuten aufgeregten Durcheinanderredens, an dem sich weder Dana noch Alex beteiligten, entschied Alicia schließlich, es sei an der Zeit, ihre Geschenke zu öffnen.

Die Aufregung stieg noch, während die Braut die kleinen und nicht ganz kleinen Pakete ihrer Freundinnen öffnete. Sie offenbarte dabei so manches Geschenk, das für die Hochzeitsnacht eingepackt worden war.

Amüsiert betrachtete Alex das Szenario. Ein ums andere Mal schüttelte sie den Kopf, denn sie empfand den Aufwand, der um eine so simple Sache wie eine Hochzeit gemacht wurde, immens und völlig übertrieben. Sie hatte ihre Zweifel, ob man eine Ehe tatsächlich mit dem glücklichsten Tag seines Lebens beginnen sollte, wenn es von da an nur bergab gehen konnte.

Dana holte Alex aus diesen Gedanken, als sie aufstand und das Wohnzimmer Richtung Bad verließ. Doch dann bemerkte Alex, dass die ältere Frau nach rechts abbog, in die Küche. Ihr Blick traf den ihrer Mutter, die ihrer Freundin ebenfalls nachgesehen hatte. Lauren nickte. Alex folgte Dana. Schließlich war Dana ein Gast. Als solcher sollte sie sich nicht ausgeschlossen fühlen.

Als Alex die Küche betrat, stand Dana am Spülbecken und füllte ein Glas mit Leitungswasser.

»Wir haben auch Flaschen da«, bemerkte Alex und trat an den Kühlschrank.

»Ist schon okay. Ich ...« Dana stellte das Glas auf die Ablage, ohne davon getrunken zu haben. »Ich wollte nur ...«

»Einen Moment allein sein«, erriet Alex.

Dana nickte schuldbewusst. »Es war vielleicht keine gute Idee herzukommen. Mit der Scheidung und allem. Ich dachte, es würde mir nichts ausmachen. Aber ich denke die ganze Zeit daran, wie ich mich damals gefühlt habe. Als junge Braut. Die Träume, die ich hatte. Ich dachte, es würde ewig halten.« Dana blickte zu Alex auf.

»Sie lassen sich scheiden?«, fragte die nach.

Die Frau mit dem kastanienbraunen Haar nickte. »Nun, Brian lässt sich scheiden. Er hat nicht gefragt, ob ich das auch möchte.«

»Und Sie möchten nicht?«

»Ehrlich gesagt weiß ich nicht, was ich möchte. Es ... ist kompliziert.« Dana lächelte über das Klischee, das sie benutzte, um einer Konversation über ihr Privatleben aus dem Weg zu gehen.

Die beiden Frauen schwiegen eine Weile, beide in ihre eigenen Gedanken vertieft. Alex wusste nicht, was sie sagen konnte, das nicht oberflächlich und platt klang. Scheidungen waren nicht gerade ihr Spezialgebiet. In ihrem Umfeld ließen sich die Leute eher selten scheiden. Das war vielleicht der Vorteil, wenn man katholisch war. Der Nachteil war, dass Menschen sich grausame Dinge antaten, wenn sie ein ganzes Leben zusammen verbringen mussten und einander nicht besonders mochten. Sie konnte dies bei mehreren ihrer Verwandten beobachten, und es war kein schöner Anblick.

Alex sah wieder auf und Dana an, die verloren auf sie wirkte. Sie sagte das einzige, das in diesem Moment Sinn machte: »Also, wie steht es mit den *Red Sox*?«

Eine Weile redeten sie über Sport. Es schien das unverfänglichste Thema zu sein.

Dana war dankbar für die Ablenkung. Die Trennung von ihrem Mann war einfach noch zu frisch. Und Alex wusste tatsächlich eine Menge über Sport allgemein, während sie selbst sich eher für ihren Verein und die Spieler ihrer Mannschaft begeisterte. Dennoch war es eine nette Unterhaltung.

»Du warst lange nicht zu Hause, oder?«, fragte Dana ihr großes, dunkelhaariges Gegenüber irgendwann. Sie hatte gerade darüber nachgedacht, wie verändert Alex seit ihrer letzten Begegnung schien. Ehrlich gesagt, konnte sie sich nicht einmal an das letzte Zusammentreffen erinnern. War es tatsächlich während der Beerdigung von Laurens Ehemann gewesen? Vor fünf Jahren?

»Ja, eine ganze Weile. Mom kommt manchmal nach Baltimore; Alicia seltener. Ich hab kaum Freunde hier und ... nun, mein Leben ist in Baltimore.«

Dana nickte. »Mit einem aufregenden Job ...«, bemerkte sie lächelnd.

Alex lachte. »Ja, ich mag meinen Job. Manchmal vermisse ich Dennizville. Dann wache ich morgens auf und denke, ich könnte doch mal wieder bei *Finnigan's* auf einen Kaffee vorbeischauen. Erst etwas verspätet fällt mir ein, dass *Finnigan's* in Dennizville ist, nicht in Baltimore. Hier weiß man immer, wo man ist.«

»Das ganz sicher. Aber es muss auch langweilig werden, wenn man hierher kommt – auf Urlaub -, und es gibt nichts zu tun.«

Alex nickte versonnen. »Nun, nicht dieses Mal mit der Hochzeit und allem. Aber grundsätzlich schon, ja.« Sie warf einen schnellen Blick in Richtung Wohnzimmer, von wo noch immer aufgeregte Stimmen zu hören waren. »Ehrlich gesagt, fühle ich mich ein bisschen fehl am Platz. Ally und ich haben kaum noch Anknüpfungspunkte. Das bedeutet nicht, dass ich mich nicht für sie freue, aber ... jede einzelne ihrer Freundinnen da drin scheint sie besser zu kennen als ich.«

»Alicia ist eurem Vater sehr ähnlich«, bemerkte Dana. Beide wussten, was sie damit sagen wollte: Alex kam nach ihrer Mutter, auch wenn beide Töchter den dunklen Teint, die Haare und Augen ihres Vaters hatten.

Alex nickte. Sie und ihr Vater, Jorge Herrera, hatten es nicht leicht miteinander gehabt. Sie hatten viel gestritten – bis zu dem Tag, an dem Alex ausgezogen war. Danach hatte Funkstille geherrscht. Und dann war er vor fünf Jahren gestorben. Autounfall.

»Vielleicht liegt es daran. Es ist nicht so, als wären wir jemals beste Freundinnen oder so etwas gewesen. Sie wäre natürlich enttäuscht, wenn ich nicht hier wäre, aber sie wäre darüber hinweg gekommen, wenn ich gesagt hätte, dass ich beruflich nach – ich weiß nicht – Atlanta gemusst hätte. Wenn ich daran denke, was mir heute noch bevorsteht, wünschte ich, ich hätte es getan«, setzte Alex hinzu und verzog das Gesicht. Auf Danas fragenden Blick hin erklärte sie: »Es ist eine Überraschung. Ich habe gehört, wie sich die Brautjungfern darüber unterhielten. Wir gehen später noch zu *Barney's*, wo ein paar Stripper auf uns warten.«

Jetzt verzog sich auch Danas Gesicht. »Ach herrje!«

»Genau!«

»Dann mache ich mich besser rechtzeitig auf den Weg nach Hause. Ich glaube, in einer Stunde werde ich furchtbare Kopfschmerzen bekommen.«

»Guter Plan. Ich wünschte, ich könnte ebenfalls eine Ausrede finden ... Aber ich fürchte, das wird nicht laufen.« Alex seufzte.

»Nun, es könnte vielleicht ganz lustig werden ...«, versuchte Dana die junge Frau aufzuheitern.

»Ja, sicher. Halbnackte Männer, die ihre Hüften schwingen, als würde sich die ganze Welt nur darum drehen, was sie in ihren Tangas tragen. Oh, ich vergaß, das ist ja der Fall.« Alex seufzte erneut. Sie wurde sich allerdings auch bewusst, wie das für die ältere Frau klingen musste. Sie versuchte ein Lächeln.

»Aber vielleicht wird es ja ganz lustig«, bemerkte sie, sah aber an Danas Gesicht, dass die es ihr jetzt nicht mehr abkaufte.

»Nun, im Notfall hilft Alkohol. Sag aber deiner Mutter nicht, von wem dieser Vorschlag kam.« Sie lächelte verschmitzt.

Alex lachte. »Sie haben mein Wort.«

Kurz darauf gingen sie zurück ins Wohnzimmer. Alex nahm sich Danas Rat zu Herzen und trank in kürzester Zeit mehrere Flaschen Bier – sie verabscheute Sekt, er verursachte ihr Sodbrennen.

Als sich eine allgemeine Aufbruchsstimmung unter Alicias Freundinnen breitmachte, trat Dana den Rückzug an. Sie lächelte Alex noch aufmunternd zu, bevor sie sich von Lauren zur Tür bringen ließ. Die Mutter der Braut versuchte halbherzig, ihre Freundin zum Mitkommen zu überreden, doch auch sie wusste offensichtlich, was ihr und ihren Töchtern an diesem Abend noch bevorstand und gab sich mit Danas Ausrede zufrieden, dass sie früh ins Bett wollte.

Eine halbe Stunde später machte sich die ganze Gesellschaft auf den Weg zu *Barney's*, einer lokalen Bar, die die Brautjungfern für diesen Abend gemietet hatte.

Drei Tage vor der Hochzeit

Es war noch nicht ganz Mittagszeit, als Dana am nächsten Tag die Tür zu *Finnigan's House of Coffee* aufschob und den wohltuenden Geruch von gerösteten Kaffeebohnen einatmete. *Finnigan's* lag nicht auf ihrem Weg zur Arbeit, doch als sie aus der Haustür getreten war, hatte Dana auf einmal Lust auf einen leckeren Cappuccino bekommen, wie man ihn in Dennizville nur an einem Ort bekam: *Finnigan's*.

Und so war Dana einen Umweg gefahren, um sich selbst mit einem Cappuccino und einem Muffin zu belohnen. Dana fand es neuerdings sehr wichtig, Kleinigkeiten für sich selbst zu tun, weil sie ihr guttaten. Solche kleinen Dinge hielten sie am Leben. Es gab derzeit nicht viel, über das sie sich freuen konnte.

Brians Eröffnung, dass er sich scheiden lassen wollte, war trotz allem, was passiert war, für Dana völlig überraschend gekommen. Zugegeben, glücklich waren sie schon lange nicht mehr gewesen, und das nicht erst seit Joshuas Tod vor zwei Jahren. Danach war es noch schlimmer geworden. Dennoch hatte sie gedacht, sie könnten einfach so weitermachen, auf unbestimmte Zeit.

Bis die Ereignisse sie total überrollt hatten: Brian hielt es in ihrer Ehe nicht länger aus. Er hatte sogar schon seit Monaten eine neue Beziehung. Was er natürlich nicht erwähnt hatte. Doch in einer kleinen Stadt wie Dennizville sprachen sich Dinge herum, und Dana hatte langsam begonnen, wieder zuzuhören.

Dana schüttelte ungeduldig den Kopf, um die deprimierenden Gedanken loszuwerden. Sie musste sich auf ihre Bestellung konzentrieren, darauf, was ihr in den nächsten zwanzig Minuten ein gutes Gefühl geben würde.

»Einen großen Cappuccino und einen Apfel-Zimt-Muffin, bitte«, gab sie bei einer jungen Frau in feuerrotem Poloshirt ihre Bestellung auf. Sie bezahlte und wartete auf ihre Bestellung. Dabei sah sie sich um und entdeckte überraschenderweise ein bekanntes Gesicht unter den anwesenden Gästen: Alex saß in einer kleinen Nische in einem Sessel und las eine Zeitung. Sie sah übernächtigt aus und auch ein wenig verkatert. Sie nippte an einem großen Becher schwarzen Kaffees.

Dana lächelte unbewusst. Die junge Frau war vertieft in die Sportseiten der Zeitung, für die sie selbst ebenfalls schrieb.

»So viel zum Thema Urlaub«, bemerkte sie an niemand anderen als an sich selbst gewandt. Der junge Mann, der gerade ihren Cappuccino vor sie hinstellte, blickte sie neugierig an. Dana schüttelte entschuldigend den Kopf, nahm ihre Bestellung auf und steuerte auf den Tisch zu, an dem die junge Latina saß.

»Hallo, Alex.«

Die junge Frau sah auf. »Dana. Hallo.« Der gedankenverlorene Ausdruck verschwand sofort von Alex' Gesicht. Sie faltete ihre Lektüre zusammen und nahm auch die restlichen Teile der Zeitung vom Tisch, damit Dana Kaffee und Muffin abstellen konnte. »Setzen Sie sich doch.«

»Danke.« Dana stellte ihre Belohnung auf den Tisch und begann sodann, Stückchen von ihrem Muffin abzubrechen und sich in den Mund zu stecken. Dazu nahm sie kleine Schlucke von dem heißen Getränk ihrer Wahl. »Du siehst müde aus«, bemerkte sie schließlich mit einem leichten Lächeln an ihr Gegenüber gewandt und musste lachen, als Alex ein sauertöpfisches Gesicht machte.

»Ich wünschte, ich würde nur müde aussehen«, gab Alex zurück.

»Ich entnehme diesem Kommentar, dass es kein lustiger Abend war?«

»Oh, doch. Ally und ihre Freundinnen haben sich großartig amüsiert …« Alex lächelte schließlich auch. Es lag ihr nicht, sich den Tag von einem vorangegangenen, zugegebenermaßen katastrophalen Abend verderben zu lassen. »Ich würde sagen, die drei Stripper waren ihr Geld wert.«

»Drei?«

Alex nickte. »Ja. Da war Barry, ein blonder, von der Sonnenbank gebräunter Adonis, der meinte, die Schwester der Braut bräuchte besondere Zuwendung, da sie sich mit einem Bier und einem Kurzen in eine Ecke verzogen hatte.«

Dana lachte.

»Dann war da Greg, der die Masse bei Laune hielt und wahrscheinlich jetzt noch versucht, sich Dollarscheine aus diversen Körperöffnungen zu ziehen. Und dann war da Carlos, der nicht älter als siebzehn aussah. Ich bin mir ziemlich sicher, dass er nicht allein nach Hause gegangen ist, denn gleich mehrere der Brautjungfern hatten ein Auge auf ihn geworfen. Ein rundum gelungener Abend.«

»Nun, das war er, wenn deine Schwester sich amüsiert hat. Darum ging es schließlich.«

Alex nickte. »Ja, ich denke, sie hatte ihren Spaß. Mom hat aufgepasst, dass sie nicht zu viel Spaß mit Greg hatte.« Die junge Frau grinste frech.

Dana lachte erneut auf.

»Sind Sie jetzt ein bisschen enttäuscht, dass Sie nicht mitgekommen sind?«

Dana schüttelte den Kopf. »Nein, ich hatte einen netten Abend mit einem gesitteten Glas Wein und einem guten Buch.

Ich bin wirklich aus dem Alter raus, in dem ich mir gern halbnackte, lasziv tanzende Männer angeschaut habe.«

»Ja, das bin ich auch. Ich bin mir allerdings nicht sicher, ob meine Mom das ist ...« Alex schüttelte den Kopf und schien ein bestimmtes Bild mit dieser Geste vertreiben zu wollen.

»Deine Mutter hat jedes Recht auf ein wenig harmlosen Spaß. Und ich würde sagen, sie sieht fantastisch aus, also soll sie ihn auch haben.«

»Ich weiß nicht. Nicht, dass sie sich nicht amüsieren soll, aber ich hätte darauf verzichten können, zu sehen, wie sie Barry einen Fünfer in den Tanga gesteckt hat. Dieses Bild wird mich eine Weile verfolgen.« Alex leerte ihren Kaffeebecher mit einem letzten großen Schluck. »Ich muss mich übrigens für den Rat bedanken ...«

Dana sah sie fragend an. »Rat?«

»Ja, es war alles viel besser zu ertragen, nachdem ich einen im Kahn hatte.«

»War es den Kater wert?«, fragte Dana lächelnd.

»Absolut. Vielleicht sollte ich einen gewissen Alkoholpegel beibehalten. Die Verwandtschaft lässt sich wesentlich besser ertragen, wenn man sie etwas unscharf sieht.«

Dana schüttelte den Kopf über ihr Gegenüber. »So schlimm wird es schon nicht.«

»Nein, vermutlich nicht. Ich ... wahrscheinlich liegt es an mir. Ich bin kein Fan der Institution Ehe.«

»Ich in letzter Zeit auch nicht«, gab Dana zurück und verzehrte bedrückt den Rest ihres Muffins.

»Es tut mir leid. Ich hätte das nicht sagen sollen. Das war sehr unsensibel.«

Dana schüttelte den Kopf. »Ist schon gut. Ich sollte weniger empfindlich sein. Man kann dem Thema *Ehe, Heirat und Verliebtsein* schließlich kaum entkommen. Man muss sich nur umsehen.« Tatsächlich saß direkt neben ihnen ein junges Pärchen und sah sich über seine Kaffeekreationen verträumt in die Augen.

»Ja, das ist wohl so.« Beide Frauen betrachteten die jungen Leute am Nebentisch einen Moment, ehe sie sich wieder einander zuwandten. Eine verlegene Pause stellte sich ein. Sie sahen einander an.

»Ich sollte mich langsam auf den Weg machen, sonst komme ich noch zu spät zur Arbeit.« Dana erhob sich und strich ein paar Krümel von ihrem dunklen Kostüm, das ihre Uniform als Hostess in einem der besseren Restaurants der Stadt war.

»Ja, ich werde auch mal sehen, ob ich noch ein paar Stunden Schlaf kriege vor dem Essen heute Abend. Ally und Rick haben mich eingeladen. Das gibt mir die Möglichkeit, meinen zukünftigen Schwager besser kennenzulernen.«

Die beiden Frauen verließen zusammen *Finnigan's* und standen nun nebeneinander auf dem Gehsteig.

»Das klingt nett. Du kennst Rick noch nicht?«

»Doch, oberflächlich. Von Moms Geburtstag vor zwei Jahren.«

Dana nickte. Es war das Jahr gewesen, in dem Joshua gestorben war.

»Dann wünsche ich euch viel Spaß. Ich nehme mal an, wir sehen uns spätestens bei der Hochzeit.«

»Ja, bis dann.«

»Bis dann, Alex.«

Alex betrachtete sich im Spiegel des Kleiderschranks und war ganz zufrieden mit dem, was sie sah. Sie hatte sich nicht wirklich in Schale geworfen. Tatsächlich trug sie eines ihrer eher üblichen Outfits, die nicht aus Jeans und einem T-Shirt bestanden, sondern aus einem zweiteiligen, dunklen Anzug mit ebenfalls dunklem Top darunter. Das Top war an diesem Abend dunkelblau und passte zu den Nadelstreifen in ihrem Anzug. Das dunkle Haar hatte sie wie immer in einem engen Pferdeschwanz nach hinten gebunden. Dazu trug sie flache Schuhe.

»Du könntest dich ruhig ein bisschen weiblicher kleiden«, kam es von ihrer Schwester, die selbst in einem geblümten Kleid und weißen Pumps steckte.

»Das ist der Vorteil, wenn man klein ist, Ally: man kann hohe Schuhe und Kleider tragen. Wenn man groß ist, muss man sich mit flachen Schuhen und Hosen zufriedengeben.« Das war natürlich ganz und gar nicht Alex' Philosophie. Sie wollte nur keine lange Diskussion darüber, warum sie lieber männlich anmutende Kleidung trug.

»Du könntest wenigstens dein Haar offen tragen«, erwiderte Alicia, weil sie insgeheim sehr wohl wusste, dass ihrer Schwester Kleider überhaupt nicht standen. Sie trat ins Zimmer und an ihre Schwester heran.

Beide betrachteten das Spiegelbild, das nun sowohl Alex als auch Alicia zeigte. Die jungen Frauen sahen sich überhaupt nicht ähnlich. Wenn man von den dunklen Augen, dem dunklen Teint und dem dunklen Haar absah, das sie sicherlich von den meisten Einwohnern Marylands unterschied, hatten sie eigentlich gar nichts gemeinsam.

Alex war groß, schlank und muskulös, denn sie besuchte mehrmals die Woche ein Fitnessstudio. Alicia war klein. Sie reichte ihrer Schwester gerade bis an die Schulter, dafür hatte sie die Rundungen einer Lopez und sah wesentlich mehr nach ihrer puerto-ricanischen Herkunft aus als Alex. Die ältere der Schwestern hatte dazu den ausgeprägten Kieferbau ihrer Mutter, was auch einer der Gründe war, warum sie ihr Haar streng nach hinten gebunden trug. Es betonte die starken Züge ihres Gesichts, und Alex mochte das. Sie wusste allerdings auch, dass es sie noch ein bisschen markant männlicher aussehen ließ und dass Alicia genau dies störte.

»Du weißt, wie ich es hasse, wenn mir mein Haar im Gesicht hängt«, bemerkte Alex zu Allys Kommentar.

»Ich kann es dir glätten, dann hängt es dir nicht im Gesicht. Du wirst aussehen wie Roselyn Sánchez.« Damit verschwand Ally schon im Bad, um das Glätteisen zu holen.

Alex verdrehte die Augen. »Eine einsachtzig große Roselyn Sánchez mit keinerlei erwähnenswerten Rundungen«, murmelte sie und drehte sich zur Seite, so dass sie einen Blick auf ihren Allerwertesten werfen konnte.

Alex mochte ihre Figur. Sie arbeitete hart dafür, doch jedes Mal, wenn sie ihre Schwester ansah, fühlte sie sich als wäre sie unzureichend als Latina. Ihre Figur war nicht ausladend weiblich, ihr Haar nicht voll und glänzend, außerdem fehlte ihr jegliches Gefühl für Rhythmus. Was nicht bedeutete, dass sie nicht tanzen konnte, doch sie tanzte nicht mit *duende*, mit hispanischer Leidenschaft. Das war etwas, das sie sich schon von ihrer frühen Jugend an hatte anhören müssen, vor allem von der Familie ihres Vaters. Sie bewegte sich wie ihre Mutter, sie sah zu sehr aus wie ihre Mutter, alles an ihr war viel zu amerikanisch.

Natürlich empfanden Amerikaner das genau umgekehrt: Für sie war sie eine Latina. Alex fand diese Bezeichnungen unsinnig, aber sie waren nur schwer abzuschütteln, wenn man sie regelmäßig zu hören bekam. Und sie wusste, dass die Hochzeit ihrer Schwester ein erneuter Anlass sein würde, bei dem ihre weibliche Verwandtschaft auch darüber reden würde, besonders die Schwestern ihres Vaters.

Alicia kam mit dem Glätteisen zurück ins Zimmer.

Alex fügte sich in ihr Schicksal. Sie schüttelte den Kopf über sich selbst, weil es ihr so viel ausmachte, was ihre Familie über sie dachte, was Alicia dachte. Allerdings war es auch Allys Hochzeit, die sie an diesem Wochenende feiern würden, und es tat Alex nicht wirklich weh, ihr in kleinen Dingen nachzugeben. Schließlich hatte die Braut immer recht. Oder war es die Mutter der Braut? Alex schmunzelte, während sie sich von ihrer Schwester die Haare glattziehen ließ.

Sie waren fast eine halbe Stunde zu spät.

Beim Verlassen des Hauses hatte Alicia ihren Verlobten angerufen. Er verzieh ihr natürlich sofort. Rick schien ein netter Kerl zu sein, von dem wenigen, was Alex bisher von ihm gesehen und gehört hatte. Sie würde ihn an diesem Abend besser kennenlernen, deshalb fühlte sie auch keine Veranlassung, das Thema im Auto auf ihn oder die Hochzeit zu lenken.

Stattdessen fragte sie ihre Schwester, was sie schon interessiert hatte, seit sie am vorigen Nachmittag die Tür geöffnet und die Nachbarin ihrer Mutter vorgefunden hatte.

»Seit wann sind Mom und Dana ... Lincoln eigentlich so dicke Freundinnen? Ich dachte immer, sie würden sich nicht verstehen.«

Alicia lenkte ihren VW Beetle durch die abendlichen Straßen von Dennizville und sah nur kurz zu ihrer Schwester hinüber, die ihren Sitz ganz nach hinten hatte schieben müssen, um genug Platz für ihre langen Beine zu haben. »Ich glaube seit dem Tod ihres Sohnes ... Jason?«

»Joshua«, berichtigte Alex.

»Richtig, Joshua. Mom hat ihr damals geholfen und jetzt mit der Scheidung ... nun, Mom verbringt viel Zeit drüben, und Dana kommt auch viel rüber. Ich weiß nicht, was Mom das bringt, sich immer die Probleme anderer Leute anzuhören, aber sie scheint Dana zu mögen. Ich finde sie ein bisschen zu überdreht. Es heißt, ihr Mann habe schon seit Ewigkeiten eine Geliebte, und Dana habe es noch nicht einmal bemerkt. Vielleicht hat es sie auch einfach nicht interessiert.«

Bei diesem Redeschwall schwang eine gewisse Abneigung in der Stimme ihrer Schwester. Einmal mehr fühlte Alex sich an ihren verstorbenen Vater erinnert; er hatte auch nichts für die Nachbarn übrig gehabt, auch wenn seine Abneigung sich eher gegen Brian Lincoln gerichtet hatte als gegen dessen Frau.

»Sie hat es im Moment nicht leicht. Und du kennst Mom; sie hilft, wo sie kann. Ich habe Dana heute bei *Finnigan's* getroffen. Sie wirkte traurig, aber nicht so, als würde sie nicht klarkommen. Wo arbeitet sie gleich?« Alex hatte Dana an diesem Mittag nicht gefragt, weil sie sich ziemlich sicher war, dass sie es eigentlich wissen sollte.

»Bei *Giordelli's*. Das Schickimicki-Restaurant auf der Lexington«, erwiderte Alicia ungerührt. Sie waren bei dem Chinesen angekommen, wo sie sich mit Rick treffen wollten. Die jüngere der Schwestern sah sich nach einem Parkplatz um.

»Ist es nett dort?«, fragte Alex.

»Zu schnieke, wenn du mich fragst. Ein Jackett-und-Krawatte-Laden. Rick mag es gern rustikaler – er kommt aus Missouri.«

Das hatte Alex nicht gewusst. Sie speicherte die Information als erste des Abends ab, zusammen mit der Notiz, dass sie ihre Mutter bei ihrem nächsten Besuch vielleicht ins *Giordelli's* einladen könnte.

Alicia hatte schließlich einen Parkplatz gefunden. Sie gingen den kurzen Weg zum *Shanghai Palace* zurück. Rick stand vor der Tür. Alex erkannte ihn von ihrer einzigen Begegnung, doch er war nicht allein. Er unterhielt sich mit einem etwa gleichaltrigen, blonden Hünen. Die beiden schienen einander gut zu kennen.

»Hallo, Liebling.«

»Ahhh, da sind sie ja. Hey, Schatz.« Rick legte die Arme um die Taille seiner Zukünftigen, und sie küssten sich. Es war die Art von Zurschaustellung von Intimität, ohne die Alex üblicherweise sehr gut auskam. Besonders bei ihren Verwandten.

Der große, blonde, unnatürlich gebräunte Typ wandte sich an Alex. »Das muss Liebe sein.« Er lächelte dabei, als würden sie einen Insider-Witz teilen.

»Ja«, war alles, was Alex einfiel.

Rick und Alicia trennten sich wieder. Beide strahlten.

Rick hielt Alex seine Hand hin. »Es ist schön, dich wiederzusehen, Alex. Das ist mein Freund – und Trauzeuge – Tom Kent. Wir dachten, es wäre nett, wenn er uns Gesellschaft leistet. So könnt ihr euch ein wenig kennenlernen.«

Alex schüttelte Ricks Hand, dann die seines Freundes. Er war größer als sie, das fiel ihr auf. Und ihr fiel auch auf, wie ihre Schwester zwischen ihnen hin- und hersah. Sie wusste genau, was das bedeutete: Sie sollte verkuppelt werden. Alex stöhnte innerlich auf. Eigentlich hätte sie es wissen müssen; den Aufstand um ihre Haare hatte Alicia schließlich nicht für sich selbst gemacht.

»Es freut mich, Alex. Alicia hat schon viel von dir erzählt. Allerdings muss ich sagen, ich habe dich mir größer vorgestellt.« Tom grinste, und Rick und Alicia lachten. Es sollte wohl ein Scherz sein.

Auch Alex versuchte ein Lachen. Irgendwie klang es nicht aufrichtig, vermutlich, weil sie Toms Bemerkung nicht lustig fand.

Nach Betreten des Restaurants wurden sie von einer jungen Asiatin in einem traditionell klischeehaften Kleid an ihren Tisch geführt.

»Ist nett hier. Hast du schon mal hier gegessen?«, fragte Tom Alex, während er ihr den Stuhl zurecht schob.

»Ja, ich bin schon ein paar Mal hier gewesen. Ich kann das Huhn *Kung Pau* empfehlen.«

Er nickte und vertiefte sich in seine Speisekarte. Alex nahm ebenfalls ihre Karte auf, sah allerdings darüber hinweg auf ihre Schwester. Es war ein strafender Blick, denn Alicia hatte mit keinem Wort erwähnt, dass sie zu viert sein würden.

Alicia ignorierte sie.

»Rick, Ally hat erwähnt, dass du aus Missouri stammst. Wo in Missouri genau?«

»St. Louis.«

»Dann bist du ein *Rams*-Fan.« Alex verband die Orte, wo Menschen herkamen, immer mit den Teams, die dort erfolgreich waren. Meistens lag sie dabei richtig. So auch bei ihrem zukünftigen Schwager.

»Das ist richtig. Das beste Team der NFL.« Er grinste. Es war ein Scherz. Tatsächlich waren die *St. Louis Rams* das schlechteste Team der letzten Saison gewesen.

Alex lachte.

»Tom hier ist aus Boston«, bemerkte Rick mit einem Fingerzeig.

»Die *Celtics*?« Alex erinnerte sich an einen anderen Sportfan aus Boston.

»Nicht wirklich. Ich treibe lieber selbst Sport, als Stunden vor der Glotze zu verbringen. Ich sehe mir üblicherweise die Olympiade an. Schwimmen interessiert mich sehr.«

»Du spielst kein Basketball?«, fragte Alex erstaunt.

Tom schüttelte den Kopf. »Man möchte es bei meiner Größe meinen, aber ich bin ein bisschen ungeschickt mit Bällen«, gab der große Mann zu, was Alex ihm auch anrechnete. Üblicherweise gaben Männer in ihrer Gegenwart immer gern mit ihren sportlichen Auszeichnungen an. Natürlich gaben sie auch gern mit ihrem Wissen über Sport an, bis sie resigniert feststellen mussten, dass Alex mehr über amerikanischen Sport wusste, als sie jemals wissen würden.

»Das bin ich auch«, bemerkte Alicia. »Alex ist immer ein Sport-As gewesen. Sie hat in der Basketball-Mannschaft unserer High School gespielt.«

»Ja, bis das Programm geschasst wurde, weil die Jungs meinten, dass wir Mädchen ständig die Halle belegen würden. Natürlich waren sie nur eifersüchtig, weil wir tatsächlich auch mal ein Spiel gewannen – im Gegensatz zu ihnen.« Es war ein wunder Punkt für Alex. Sie hatte damals getobt und gemeinsam mit ihren Teamkolleginnen die Jungs zu einem Spiel herausgefordert. Es war eine Genugtuung gewesen, mit den aufgeblasenen

Trotteln den Hallenboden zu wischen. Allerdings konnten sie dadurch das Team auch nicht retten.

»Ja, wie dem auch sei. Tom, erzähl Alex doch mal, was du beruflich machst.«

Das war der Anfang vom Ende. Die nächsten zwei Stunden agierten Rick und Alicia nur noch als Stichwortgeber für Tom und Alex. Es ging nur noch »Tom, erzähl mal …« oder »Alex, Tom hat …«, »Tom ist …« und »Ist das nicht faszinierend! Ihr habt so viel gemeinsam!«

Alex wäre irgendwann der Kragen geplatzt, hätte sie es nicht so amüsant gefunden, wie ihre Schwester krampfhaft versuchte, ihr ihren großen blonden Tischnachbarn schmackhaft zu machen – und umgekehrt. Allerdings schien Tom wenig Ermunterung zu brauchen. Alex blieb freundlich, wenn auch nicht zu freundlich, denn sie hatte keinerlei Interesse an Ricks Freund.

Der dunkelgraue Porsche Boxster war kaum zum Stehen gekommen, da öffnete sich bereits die Beifahrertür. Alex entfaltete sich aus dem kleinen Straßenflitzer und fragte sich, warum ein Mensch wie Tom Kent, der an die einsneunzig groß war, sich tagtäglich in ein so kleines Vehikel stopfte. Natürlich wusste sie, warum er es tat: Statussymbol und der ganze Kram. Sinn machte es sie für sie dennoch nicht.

Alex lehnte sich noch einmal in die Fahrerkabine. »Danke fürs Mitnehmen, Tom. Das war wirklich sehr nett. Wir sehen uns bei der Hochzeit.« Sie gab ihm kaum die Möglichkeit auf ihre Worte einzugehen, sondern schloss die Tür und ging die Auffahrt ihres Elternhauses hinauf zur Haustür.

Sie seufzte. Ihre Schwester hatte es tatsächlich geschafft, es so einzufädeln, dass der Trauzeuge sie nach Hause brachte. Er hatte es natürlich gern getan. Es lag ja fast auf seinem Weg – was wohl eher einen Umweg bedeutete. Doch Alicia fand es leichter für alle Beteiligten. Ihre Schwester hatte wirklich Nerven! Zumindest war ihr Rückzug reibungslos verlaufen, und so musste Alex jetzt nicht noch ewig Smalltalk betreiben, oder was immer Tom sonst vorgeschwebt hatte. Der Abend war offiziell vorüber. Alex war erleichtert, als sie endlich die Tür zum Haus ihrer Mutter aufschloss und sie dann leise wieder hinter sich schließen konnte, um die ganze Blind Date-Geschichte im Dunkeln hinter sich zu lassen.

Alex seufzte erneut. Sie war nicht wirklich müde. So spät war es noch nicht. Allerdings fühlte sie sich erschöpft und wollte eigentlich die Füße hochlegen und ... vielleicht ein bisschen Sport gucken? Sie nickte sich selbst bestätigend zu und kickte ihre Schuhe von den Füßen. Dann ging sie hinüber zur Couch, sich im Dunkeln bereits nach der Fernbedienung umsehend. Sie hatte kein Licht gemacht, denn sie wollte ihre Mutter nicht wecken, die üblicherweise früh schlafen ging.

Als sie sich auf die Couch setzte, musste sie feststellen, dass die bereits belegt war.

Alex erschrak und landete unzeremoniell auf ihrem Hosenboden vor der Couch. »Mom? Was ...« Da wurde Licht gemacht. Es war nicht ihre Mutter, die aus der liegenden Position zu ihr hinüber sah. Es war Dana.

»Alex.«

»Dana?« Alex sammelte sich vom Boden auf und sah auf den unerwarteten Gast herab. Dana setze sich auf und machte ein wenig Platz auf der Couch, damit Alex sich setzen konnte, was sie nach kurzem Zögern auch tat.

»Es tut mir leid, ich wollte Sie nicht erschrecken. Ich ... Ich wusste nicht ...«

»Mir tut es leid. Ich hätte mich melden sollen, als du zur Tür hereinkamst. Aber ich dachte, du würdest in dein Zimmer gehen. Hattest du einen schönen Abend?« Dana lächelte ruhig.

Warum liegt Dana hier in Moms Wohnzimmer auf der Couch? fragte sich Alex verwundert. »Ich ... Was tun Sie hier?«, platzte es aus ihr heraus.

»Lauren und ich haben zusammen zu Abend gegessen und ... nun, es ist spät geworden. Daher lud sie mich ein hier zu übernachten«, erwiderte Dana, was aber wohl nicht die ganze Geschichte war. Eigentlich war es egal, wie spät es war. Man konnte sich auf dem Weg von der einen Straßenseite auf die andere ja nicht verlaufen.

Alex betrachtete Dana etwas eingehender. Ihr fiel auf, dass ihre grauen Augen gerötet waren. Sie hatte geweint. »Ein harter Tag?«, fragte sie mitfühlend.

Die ältere Frau sah sie einen Moment an, dann seufzte sie. »Ja«, antwortete sie auf Alex' Frage. Es fiel ihr nicht leicht, das merkte Alex.

»Wie wär's mit einem Tee? Oder Kaffee? Ich könnte auch nachsehen, ob wir noch eine Flasche vom Scotch meines Vaters haben.« Alex lächelte mitfühlend.

Auch Dana versuchte ein Lächeln. Alex erinnerte Dana sehr an Lauren. Sie wollte helfen, wenn es jemand anderem schlecht ging. Nur war Dana sich nicht sicher, ob sie noch mehr über ihre Ehe und deren Scheitern reden wollte. Sie hatte bereits lange geweint und fühlte sich emotional ausgelaugt.

Da Dana nichts erwiderte, erhob sich Alex und machte sich auf den Weg in die Küche. »Ich hole mir ein Bier. Kann ich Ihnen etwas mitbringen?«

»Bier klingt gut.«, entgegnete Dana wie in Gedanken.

Alex nickte. Sie hätte die zierliche Person nicht für eine Biertrinkerin gehalten. Andererseits kannte sie Dana kaum. Alex kam mit zwei gekühlten Flaschen zurück ins Wohnzimmer und reichte Dana eine. Dann lehnte sie sich auf der Couch zurück, legte ihre Füße auf den Wohnzimmertisch und öffnete das kühle Blonde mit einem Zischen.

»Ahhhh ...« Sie nahm einen langen Schluck und nickte zufrieden. »Gut!« Sie grinste.

Diesmal brachte auch Dana ein richtiges Lächeln zustande und machte es Alex schließlich nach. Auch sie nahm einen tiefen Schluck aus ihrer Flasche. Sie nickte wohlwollend. »Und, wie war nun dein Abend?«, wiederholte sie ihre Frage von zuvor und sah ihr groß gewachsenes Gegenüber aufmerksam an.

Offenbar wollte Dana nicht über sich reden. Alex nahm es hin. Bei der Erinnerung an das katastrophale Dinner musste sie aufstöhnen.

Das brachte Dana zum Lachen. »So schlimm? Ich dachte, du hättest dich darauf gefreut, mehr über Rick zu erfahren. So langweilig kann es ja wohl nicht gewesen sein, oder?«

Alex schüttelte den Kopf. »Wissen Sie, sobald Ally darauf bestand mein Haar zu glätten, hätte ich ahnen sollen, dass es weniger um Ricks Kennenlernen ging als um seinen Trauzeugen, Tom. Von dessen Erscheinen Ally natürlich nichts erwähnt hatte.« Alex nahm einen erneuten Schluck von ihrem Bier, diesmal aus Frust.

»Sie hat versucht, dich zu verkuppeln?« Dana verkniff sich ein Lächeln, was ihr nur leidlich gelang.

»Ja, und so, wie ich Ally kenne, ist sie damit noch lange nicht durch.« Alex seufzte und quälte sich schließlich sitzend aus ihrem Jackett. Sie machte sich keine Mühe, es anschließend ordentlich zusammenzulegen, sondern warf es auf einen der Sessel, wo es in sich zusammenfiel.

»Und der junge Mann, war er so furchtbar?« Dana hatte bereits eine vage Ahnung, dass es weniger um ihn ging.

»Nicht, wenn man auf große, durchtrainierte, blonde Hünen steht, die eine Penisverlängerung fahren«, entgegnete Alex und leerte ihr Bier. Sie dachte darüber nach, sich noch eins zu holen, doch sie wollte nicht den Eindruck erwecken, dass sie traumatische Familienzusammenkünfte immer in Alkohol ertränkte. Sie stellte ihre Flasche auf den Tisch.

Dana lächelte indessen milde. »Dann stehst du nicht auf blonde Männer?« Damit erinnerte sie Alex auch wieder an den Stripper, der sich um sie bemüht hatte und der ebenfalls blond gewesen war. »Oder stehst du generell nicht auf Männer?«, überraschte Dana Alex mit der nächsten Frage.

Alex sah die Freundin ihrer Mutter sprachlos an. »Hat ... ich meine ... Mom, hat sie irgendetwas gesagt?«, brachte sie hervor.

Dana schüttelte den Kopf. »Nein, darüber haben wir nie gesprochen. Natürlich redet sie über euch. Sie ist sehr stolz auf dich, und ich glaube, sie wünscht sich schon, dass du jemanden findest. Aber sie hat nie etwas über deine sexuellen Präferenzen gesagt. Ich dachte nur ... vielleicht ...« Sie lächelte leicht. Es wirkte wie eine Entschuldigung.

Alex schüttelte den Kopf. »Es stimmt, ich bin lesbisch. Aber Mom und Alicia wissen es nicht.« Sie atmete tief durch. Endlich war es ausgesprochen. Noch dazu im Haus ihrer Mutter.

Dana legte eine Hand auf Alex' Unterarm und betrachtete die junge Frau aus verständnisvollen grauen Augen. »Ich werde es niemandem sagen.«

Alex setzte sich auf und lehnte sich auf ihre Ellenbogen. Das

Haar fiel ihr dabei ums Gesicht. Sie gab einen ungeduldigen Laut von sich. Sie griff in ihre Hosentasche und zog ein Haarband hervor, mit dem sie gleich darauf ihre Haare in die übliche Form brachte.

»Ich will es ihr schon lange sagen. Ich weiß nur nicht, ob sie es verstehen wird«, gab sie zu. Sie wagte nicht aufzublicken und in Danas Augen zu lesen, dass es hoffnungslos war. Die kleinere Frau schien ihre Mutter so viel besser zu kennen als sie selbst. Sie waren fast gleichaltrig, ihre Mutter nur wenige Jahre älter als ihre Freundin.

»Ich glaube, deine Mutter könnte dich da überraschen«, bemerkte Dana.

Alex sah auf. Die Augen ihres Gegenübers waren keineswegs hoffnungslos, sie zeigten großes Vertrauen – in Mutter und Tochter.

»Ich weiß nicht. Dad hätte es nicht verstanden. Er und Mom waren sich in so vielen Dingen einig. Ally wird es vermutlich auch nicht verstehen.« Alex seufzte. Sie lehnte sich zurück in die Couch, doch dieses Mal legte sie nicht entspannt ihre Füße auf den Tisch. Ihr Selbstvertrauen war verschwunden.

Dana sah einen verletzlichen Menschen, der Angst hatte, seine Familie zu verlieren.

»Dein Vater war ein sehr traditionsbewusster Mann, sehr konservativ. Und auch, wenn deine Mutter ihm nicht vor euch Kindern widersprochen hat, heißt das nicht, dass sie immer mit ihm einer Meinung war, Alex. Mit deiner Schwester könntest du allerdings recht haben.«

Die jüngere Frau nickte. Sie hatte schon oft darüber nachgedacht, sich vor ihrer Familie zu outen, selbst als ihr Vater noch lebte. Schließlich wusste sie schon seit sie sechzehn war, dass sie Mädchen viel lieber mochte als Jungs. Nicht nur, weil sie bessere Gesellschaft waren, sondern weil sie auch viel besser küssen konnten.

Sie hatte es nicht getan. Stattdessen hatte sie die Flucht nach vorn gewählt: College, Universität, später der Job bei der *Sun*. Sie war mit achtzehn ausgezogen und nie zurückgekehrt. Vor allem, weil sie es nicht ertragen konnte, die Eltern zu belügen, wenn die sie nach einem netten jungen Mann fragten, mit dem

Alex vielleicht ausging – oder mit dem sie ihrer Meinung nach ausgehen sollte.

»Du musst es nicht tun, wenn du nicht willst, das weißt du. Obwohl ich froh bin, dass du es mir gesagt hast. Das beweist eine Menge Mut. Ich bin stolz, dass du es mir anvertraut hast«, sagte Dana nach einer ganzen Weile, in der sie geschwiegen hatten.

»Ich will es tun. Ich bin mir nur nicht sicher, wie und wann. Allys Hochzeit scheint irgendwie ein schlechter Zeitpunkt, was meinen Sie?«

»Ich meine, du solltest langsam anfangen, mich zu duzen.« Sie lächelten einander an. Die Stimmung war nicht mehr ganz so angespannt.

Dana hatte recht. Es war ihre Entscheidung. Sie hatte sechzehn Jahre lang geschwiegen. Nun kam es auf ein paar Monate mehr auch nicht an.

»Es gab eine Zeit, da dachte ich, Joshua wäre schwul«, meinte Dana nach einer kurzen Weile.

»Er war sehr sensibel.« Alex hatte Danas Sohn nicht gut gekannt, doch es gab eine Erinnerung, die hervorstach. Jetzt dachte sie daran zurück. Sie bemerkte Danas fragenden Blick erst gar nicht. Als sie es tat, sagte sie: »Ich hab ihn natürlich nicht wirklich gut gekannt.«

»Ich hätte mir gewünscht, dass ihr euch vom Alter näher gewesen wärt. Er hat dich gemocht, aber du warst neun Jahre älter.«

»Nach meinem ersten Semester am College habe ich ihm einmal geholfen. Er ... er saß auf dem Spielplatz an der Broad Street. Seine Brille war zerbrochen. Ich glaube, ein paar Jungs aus der Schule haben ihn rumgeschubst, und dabei ist es wohl passiert. Aber er hat gesagt, er hätte sich draufgesetzt. Ich bin damals öfter zu dem Spielplatz gegangen, um eine zu rauchen ...« Alex hielt inne, als sie Danas verblüfftes Gesicht sah. »Mom weiß nichts davon, also psst.« Sie legte ihren Finger an die Lippen.

Dana lachte.

»Nun, Joshua hatte ein paar blaue Flecken, aber ich glaube, geweint hat er wegen der Brille. Ein glatter Bruch, genau in der

Mitte.« Alex tippte sich mit dem Finger auf die schmale Stelle am höchsten Punkt der Nase, dort, wo bei Brillenträgern das Mittelstück saß. »Ich hab ihn mit zu uns genommen, niemand war zu Hause. Dort habe ich die Brille mit etwas Tape wieder zusammengeklebt, und wir haben noch eine Cola getrunken. Dann habe ich ihn nach Hause geschickt.«

»Das bist du also gewesen, das mit der Brille.«

Alex nickte auf Danas erstauntes Gesicht.

»Ich erinnere mich daran. Er muss etwa zehn gewesen sein und kam eines Tages mit der geflickten Brille nach Hause. Er sagte, er sei bei einem Freund zum Spielen gewesen, und es wäre ein Unfall gewesen. Ich wollte ihm natürlich eine neue Brille kaufen, aber wir hatten damals nicht wirklich Geld über. Es war ein mageres Jahr für Weihnachtsgeschenke ...« Dana atmete tief durch ob der Erinnerung. »Doch er wollte gar keine neue Brille haben. Er trug sie, glaube ich, noch fast ein ganzes Jahr. Er fand es völlig okay, mit der geflickten Brille rumzulaufen. Ich hingegen, nun, ich habe mir Sorgen gemacht, die Leute könnten denken, wir hätten kein Geld für so etwas Wichtiges wie eine Brille für unseren Sohn.« Dana schüttelte den Kopf über ihr jüngeres selbst. Sie lächelte ein wenig.

»Sie vermissen ... du vermisst ihn sehr, nicht wahr?«, fragte Alex in Danas Gedanken.

Dana schaute der jüngeren Frau in die dunklen Augen. Sie nickte. »Jeden Tag. Ich frage mich, was er jetzt machen würde. Ob er doch noch aufs College gegangen wäre. Oder ob er vielleicht mit seinen Zeichnungen irgendwie hätte Geld verdienen können. Am meisten vermisse ich sein schiefes Lächeln. Er hat mich damit immer angesehen, wenn er etwas ausgefressen hatte, so als wolle er sagen: ›Aber Mom, so etwas tun Jungs nun mal!‹ Er war ein Halunke. Aber auch Halunken sollten nicht vor ihren Eltern sterben.« Dana schloss für einen Moment die Augen. Sie wollte nicht weinen, doch das war, was sie üblicherweise tat, wenn sie an Josh dachte.

»Es tut mir leid. Ich wollte dich eigentlich aufheitern. Und jetzt bringe ich dich zum Weinen«, entschuldigte sich Alex und griff nach Danas Hand, die kraftlos in ihrem Schoss lag.

Dana schüttelte den Kopf. »Ich fand es schön, wie du deine

Erinnerung an Josh mit mir geteilt hast. Das tun die Leute nur selten. Niemand will üblicherweise über einen toten Jungen reden. Ich danke dir.« Sie lächelte durch die Tränen, die in ihren Augen schwammen und die sie gleich darauf wegwischte. Sie drehte die Hand, die von Alex gehalten wurde, und erwiderte den Druck.

Ihre Hände lagen ineinander. Es war eine warme, tröstende Geste. Beide Frauen betrachteten das Bild ihrer verschlungenen Hände für einen Moment. Dann nahm Dana ihre Hand zurück, gähnte, und der Moment war vorbei.

»Ich sollte langsam schlafen gehen, es war ein langer Tag.«

Alex sah auf die Uhr auf dem Kaminsims. Es war kurz nach Mitternacht. Sie erhob sich und sammelte die beiden Bierflaschen auf, ihre eigene leere und Danas, von der die nur einen Schluck genommen hatte. Sie brachte sie in die Küche und entsorgte sie dort, bevor sie noch einmal ins Wohnzimmer zurückkehrte, wo Dana sich inzwischen wieder auf der Couch ausgestreckt hatte.

»Du kannst gern in meinem Bett schlafen. Das ist viel bequemer als die alte Couch«, bot sie an.

Dana schüttelte den Kopf. »Du bist viel zu groß für die Couch, und mir macht es nichts aus. Danke trotzdem.«

Alex nickte. In Wahrheit wollte sie noch nicht ins Bett gehen. Sie hätte sich tatsächlich gern noch weiter mit Dana unterhalten. Es war so leicht, mit ihr zu reden.

Dana bemerkte Alex' Zögern. »Was steht morgen an – weitere Hochzeitsvorbereitungen?«

»Nein, morgen steht nichts an. Dafür kommen am Donnerstag die Gäste. Zudem sind die Generalprobe in der Kirche und ein Essen mit der Verwandtschaft geplant. Danach kommen ein paar der Frauen noch mit hierher. Ich glaube, die haben irgendein Voodoo-Ritual mit Ally vor – so hat es zumindest geklungen, als Mom es erklärt hat.«

Dana lachte auf.

»Da könnten ein paar Hühner bei drauf gehen«, fügte Alex noch hinzu und grinste frech. »Nun …«

»Vielleicht können wir morgen zusammen bei mir essen«, unterbrach Dana die junge Frau mit einer spontanen Idee.

Alex sah sie erstaunt an.

»Du wolltest doch deinen Schwager besser kennenlernen. Ich könnte ihn und Ally, dich und deine Mom einladen und euch bekochen. Lauren wäre sicher ganz froh, vor dem ganzen Trubel mit der Verwandtschaft mal einen Abend Pause zu haben. Was meinst du?«, erklärte Dana aufgeregt.

»Ja, das wäre nett. Du solltest das vermutlich morgen mit Mom besprechen.«

Dana hatte den Eindruck, dass Alex nicht ganz so überzeugt von ihrer Idee war wie sie selbst.

Tatsächlich hielt Alex es für eine sehr gute Idee. Nur war sie noch etwas benommen, denn im ersten Moment hatte sie gedacht, Dana wolle sie – und nur sie – zum Essen einladen. Der Effekt, den diese Einladung auf sie gehabt hatte, war völlig unerwartet gewesen. Im ersten Moment hatte ihr Herz einen Satz gemacht – und war bei Danas näherer Ausführung ins Bodenlose gerutscht. Es war eigenartig. Musste sie es wirklich analysieren? Sie wollte doch einfach nur ein bisschen Zeit mit einer netten und attraktiven Frau verbringen, die interessant war – und die eine Freundin wesentlich besser gebrauchen konnte als eine zwanzig Jahre jüngere Frau, die sich vielleicht ein kleines bisschen zu ihr hingezogen fühlte ...

»Ich geh dann mal. Gute Nacht, Dana.«

»Gute Nacht, Alex.« Dana wartete, bis Alex den Weg zu ihrem Zimmer gefunden hatte, bevor sie das Licht löschte.

Zwei Tage vor der Hochzeit

Es war Morgen. Alex wusste nicht, wie spät es war. In der Küche konnte sie ihre Mutter und Dana hören. Vermutlich würde ihre Mom demnächst an ihre Tür klopfen, um sie zum gemeinsamen Frühstück einzuladen.

Alex seufzte. Sie dachte an die Dinge, über die sie letzte Nacht bewusst nicht nachgedacht hatte: Dana. Und wie sehr sie sie mochte. Sie mochte Dana Lincoln. Das war eigenartig.

Schließlich kannte Alex diese Frau fast ihr ganzes Leben lang. Sie war drei Jahre alt gewesen, als die Lincolns gegenüber eingezogen waren. Wenn sie richtig rechnete, war Dana zu diesem Zeitpunkt neunzehn gewesen, eine junge Frau.

Der Altersunterschied machte Alex nicht so viel Sorgen wie die Tatsache, dass Dana die Freundin ihrer Mutter war. Oder die Tatsache, dass Dana vermutlich heterosexuell war. Immerhin war sie achtundzwanzig Jahre lang mit demselben Mann verheiratet gewesen – und war es im Grunde immer noch. Es gab überhaupt keine Möglichkeit, dass sie Alex irgendetwas anderes als Freundschaft entgegenbringen würde. Dennoch fühlte sich Alex zu Dana hingezogen.

Sie war attraktiv, darüber gab es überhaupt keinen Zweifel. Nicht nur für eine Frau ihres Alters, sondern für eine Frau jeden Alters. Dana hatte langes kastanienbraunes Haar, warme graue Augen. Sie lächelte viel, hatte Sinn für Humor, sie war intelligent und auch intellektuell. Sie war viele Dinge, die Alex sich in einer Frau wünschte – und dann war sie ein paar Dinge, die sie für Alex unerreichbar machten.

Es war nicht wirklich sinnvoll, sich darüber Gedanken zu machen, was sie von Dana wollte, wenn die niemals bereit sein würde, ihr diese Dinge zu geben. Und doch konnte Alex nicht aufhören, über sie nachzudenken, an sie zu denken.

Die Erkenntnis, dass sie mehr als nur Freundschaft von Dana Lincoln wollte, hatte Alex am vergangenen Abend überrascht. Es war so schnell passiert, wahrscheinlich schon in dem Moment, als sie am Tag ihrer Rückkehr die Tür geöffnet und Dana davor gestanden hatte. Der Moment war so merkwürdig gewesen: Sie hatte Dana angestarrt, dann hatte sie sie erkannt und noch ein bisschen mehr gestarrt.

Konnte es das wirklich geben, diesen Moment des Erkennens, wenn Dinge sich zusammenfügten? Momente, in denen das Leben Sinn machte, wo es zuvor nur Chaos gegeben hatte?

Alex wusste, dass sie nicht einfach war. Zwei feste Beziehungen und ein paar Frauen, mit denen sie nur kurzzeitig zusammen ausgegangen war, hatten sie das gelehrt. Es war nicht einfach für sie, Nähe aufzubauen, sich zu verlieben, sich selbst hinzugeben. Irgendetwas fehlte immer. War es Vertrauen? War es

Intimität? War es Liebe? Sie wusste es nicht. Gerri hatte sie als kalten Fisch bezeichnet. Rachel fand sie zu gesetzt, zu langweilig. Aber was fehlte ihr denn wirklich? Die Zeit, sich selbst zu investieren? Gefühle, die über das Körperliche hinaus gingen? Das Weibliche? Das Männliche? Das Spontane? Das Großartige?

Alex dachte an ihre Begegnungen mit Dana. *Alles ist so anders mit ihr – vor allem das Gefühl, wenn dein Herz einen Moment lang zu hüpfen scheint und dann enttäuscht in deine Magengrube fällt, weil du nicht bist, was die andere Frau sich wünscht oder vorstellt.*

Alex seufzte erneut, als es schließlich an der Tür klopfte.

»Ja«, rief sie nach draußen.

Die Tür wurde aufgeschoben. Ihre Mutter streckte ihren Kopf ins Zimmer. »Guten Morgen. Willst du mit uns frühstücken?«

Eigentlich hatte Alex die Frage verneinen und sich einen langen, gedankenverlorenen Morgen im Bett machen wollen. Leider waren ihre Gedanken nicht gerade aufbauend. Schon jetzt hatte sie genug von ihnen. »Ja, ich bin gleich da.«

»Hattet ihr einen schönen Abend gestern?«, fragte Lauren ihre Tochter.

»Es war ganz okay. Ich habe Tom Kent kennengelernt, Ricks Trauzeugen.«

»Oh, ja. Tom ist nett. Er hatte uns alle zum Essen eingeladen, nachdem Rick ihn zum Trauzeugen ernannt hatte. Ich mag ihn. Allerdings weiß ich nicht, warum er einen derartig auffälligen Sportwagen fährt.«

Alex lachte auf. »Ja, ich versuche jetzt noch den Krampf aus meinem Hals zu bekommen vom Sitzen in diesem Ding.«

»Er hat dich nach Hause gefahren?«, fragte Lauren nach.

Alex nickte. »Ally fand es einfacher, weil sie dann nicht noch mal hier raus müsste.«

Lauren nickte.

Alex fragte sich, ob ihre Mutter von Allys Verkuppelungsversuch wusste. Und was Lauren davon hielt.

Falls sie sich Hoffnungen in dieser Richtung machte, so ließ sie es sich nicht anmerken. »Das war sehr nett von ihm. Kommst du dann?«

»Gib mir eine Minute. Ich muss kurz ins Bad.« Alex schwang ihre langen Beine aus dem Bett, während ihre Mutter die Tür zu ihrem Zimmer wieder schloss.

Alex zog dem Spiegel über dem Waschbecken eine Grimasse. Er schien ihr eine Nase zu ziehen, weil es ihr an diesem Morgen tatsächlich mal wichtig war, wie sie aussah. Für ihre Mutter hätte sie sich schließlich nicht das Gesicht gewaschen und eingecremt. Sie hätte nicht geschaut, ob ihre Augenbrauen zur Mitte hin vielleicht mal wieder gezupft werden mussten – zum Glück war es noch nicht nötig -, und sie hätte ihre Zähne nach dem Putzen auch nicht noch mit Zahnseide traktiert. Sie zeigte sich ihre Zähne und überzeugte sich erneut, dass sie blitzsauber waren, bevor sie einen Haargummi aus ihren Trainingshosen zog, um ihr Haar zusammenzubinden. Kurz hielt sie inne, drapierte ihr schwarzes Haar um ihren Kopf und fragte sich, ob es ihr vielleicht offen und ungebändigt besser stand.

»Ernsthaft?«, fragte sie ihr Spiegelbild ob des Anflugs von Eitelkeit. Sie rollte mit den Augen und band ihr Haar zusammen. Sie fühlte sich albern, aber auch seltsam gehemmt, zum Frühstück zu gehen und Dana Lincoln gegenüberzusitzen.

In Trainingshosen und einem alten T-Shirt, das in königsblau ihre Alma Mater preisgab – *Columbia University* – stapfte Alex schließlich in die Küche.

»Morgen«, grüßte sie und setzte sich an den freien Platz am Tisch.

»Das hat ja lange genug gedauert. Dein Ei dürfte inzwischen kalt sein.«

»Guten Morgen«, erwiderte Dana den Gruß und lächelte.

»Danke, Mom. Ich dachte, ich mache mich ein bisschen frisch, Schließlich haben wir einen Gast.« Alex griff nach der Kaffeekanne und schenkte sich von der schwarzen Flüssigkeit in ihren Becher, der ebenfalls den prominenten Columbia-Aufdruck trug.

»Gast?« Lauren lachte und legte eine Hand auf den Unterarm der Frau, die zu ihrer linken saß. Sie sah ihre Freundin schmunzelnd an. »Das klingt so förmlich. Dana gehört für mich schon fast zur Familie, Alex.«

Dana erwiderte das Lächeln.

Alex hingegen schüttelte den Kopf. »Und wann ist das passiert? Ich erinnere mich nicht daran, dass ihr während meiner

Kindheit oder Jugend überhaupt befreundet ward?«

»Ja, das war ... dein Vater und Mr. Lincoln haben sich nicht besonders gemocht«, erklärte Lauren.

»Du machst Witze. Sie haben einander gehasst«, verbesserte Dana und musste lachen. »Ich weiß noch, wie sie sich bei unserer Hochzeit fast geprügelt hätten.«

Auch Lauren lachte.

»Worum ging's dabei noch?«

»Worum wohl? Politik. Ich glaube, Brian hat mal wieder eine seiner Tiraden gegen Reagan losgelassen, und Jorge ist puterrot angelaufen. Sie kannten sich gerade fünf Minuten und wollten schon aufeinander losgehen.« Die beiden älteren Frauen schienen sich darüber köstlich zu amüsieren.

»Klingt nach Spaß«, meinte Alex trocken.

»Nun, du weißt wie dein Vater war. Stockkonservativ. Und Brian Lincoln war ein Liberaler ...«

»Sah sich gern als Liberaler. In Wirklichkeit ist er sehr bieder und war das auch schon immer.«

»Wie dem auch sei. Dana und ich hatten uns etwa zwei Wochen vorher kennengelernt. Ich kam gerade vom Einkaufen, und sie hatte sich das Haus angesehen. Sie kam rüber und bat mir ihre Hilfe mit meinem Einkauf an. Wir kamen ins Gespräch und waren uns gleich sympathisch.«

Dana übernahm die Erzählung an dieser Stelle. »Tatsächlich war deine Mutter einer der Gründe, warum ich dem Hauskauf zustimmte. Eigentlich war es eine Preisklasse zu hoch für uns. Brian wollte es unbedingt. Ich dachte, dass deine Mutter und ich Freunde werden würden, dass unsere Kinder zusammen aufwachsen könnten. Ich hatte mir alles so hübsch ausgemalt. Und dann lernten sich Jorge und Brian kennen, und der Traum zerplatzte wie eine Seifenblase.«

Alex schaute nachdenklich auf die beiden Frauen vor sich. »Das klingt ein bisschen antiquiert, findet ihr nicht? Nur weil eure Ehemänner einander nicht mochten, hättet ihr doch trotzdem befreundet sein können«, bemerkte sie schließlich.

»Nun, wenn sie sich lediglich nicht gemocht hätten, wäre das möglich gewesen. Dein Vater brauchte Brian ja nur vom Fenster aus zu sehen und fing schon an zu zetern, als wären die Nazis in der Straße eingefallen.«

»Das war, was Brian deinen Vater gern nannte: der Nazi von gegenüber.«

»Und du erinnerst dich vielleicht nicht mehr, doch dein Vater nannte Brian gern einen Genossen. Und du weißt, was das bedeutet.«

Alex verdrehte die Augen.

»Sprich, eure Ehemänner haben sich verhalten wie Schulkinder, und ihr musstet es ausbaden?«

»Ja, so könntest du es ausdrücken. Natürlich haben wir uns trotzdem gut verstanden und uns auch gelegentlich ausgeholfen, wenn es ums Kinderhüten und solche Dinge ging. Aber wegen des Altersunterschieds wart ihr Mädchen und Josh nicht befreundet, daher war unser Kontakt eher gering. Erst nach dem Tod deines Vaters habe ich herausgefunden, was für eine gute Freundin Dana ist. Sie war damals eine große Stütze für mich.« Lauren nahm Danas Hand und drückte sie dankbar.

Ihre Freundin nickte.

»Das wusste ich nicht.« Alex dachte an die Beerdigung ihres Vaters zurück. Die traurigen Gesichter, das laute ungefilterte Weinen ihrer Tanten, die bleiche starre Maske, die ihre Mutter trug. Aber es stimmte, Dana war da gewesen. Sie hatte sich um Dinge gekümmert, ganz so, als hätte sie es immer getan. Es war ihr damals nicht aufgefallen, zu groß war der Schock um den Tod ihres Vaters gewesen. Alles war so plötzlich gekommen.

Sie lächelte Dana an, sagte gar nichts und war einfach nur dankbar, dass ihre Mutter jemanden hatte, dem sie so vertrauen konnte.

Dana erwiderte ihren Blick für eine ganze Weile, bevor sie ihn wieder auf ihre Freundin lenkte. »Du hast dasselbe für mich getan, als Josh starb«, bemerkte sie leise. Während Laurens Stimme vor allem dankbar geklungen hatte, war Danas Stimme noch immer durchsetzt von dem Schmerz des Verlustes.

Lauren drückte erneut ihre Hand. Sie hielten sich noch einen Moment fest, bevor sie einander losließen und sich wieder ihrem Frühstück widmeten.

Die Innigkeit der Freundschaft der beiden Frauen überraschte Alex. Sie hatte nicht gewusst, wie nahe sie einander standen.

Auch Alex widmete sich wieder ihrem Frühstück und schaute erst bei Danas nächster Bemerkung wieder auf.

»Alex erwähnte, dass ihr heute einen freien Tag von den Hochzeitsvorbereitungen habt?«

»Nun, Alex hat einen freien Tag. Das gilt ganz bestimmt nicht für den Rest von uns.« Lauren lächelte ihre älteste Tochter an. »Es gibt noch einiges zu tun, obwohl der große Trubel erst Morgen beginnt, wenn die Verwandtschaft eintrifft. Ich darf gar nicht daran denken.«

»Ich hatte überlegt, ob ich euch – dich, Ally und Rick und Alex – vielleicht heute Abend zu mir einlade und für euch koche. Ich möchte mich bedanken, natürlich bei dir, aber auch bei Alicia und Rick, weil sie mich zur Hochzeit eingeladen haben und ich ein bisschen an ihrem Glück teilhaben darf.«

»Das brauchst du nicht. Außerdem müssten sich Ally und Rick wohl eher bei dir bedanken, nach allem, was du getan hast«, erwiderte Lauren.

»Das war gar nichts. Und ich würde wirklich gern heute Abend für euch kochen. Natürlich nur, wenn es passt und ihr nichts Wichtiges vorhabt.«

»Nein, heute Abend ist die Ruhe vor dem Sturm. Ich kann aber nicht für Ally und Rick sprechen, die haben vielleicht schon andere Pläne. Ich rufe sie später an und sage dir dann Bescheid. Falls das Brautpaar nicht kann, kommen eben nur Alex und ich rüber, und wir machen uns einen schönen entspannten Abend.«

Dana lächelte. »Das klingt gut.«

Und so machten sie es auch. Nach dem Frühstück begab sich Dana wieder auf den Weg nach Hause, und Lauren rief ihre jüngere Tochter an. Am Ende überredete sie sie, den Plan für einen gemütlichen Abend daheim aufzugeben und zum Abendessen zu Dana zu kommen. Alicia war nicht sehr begeistert von dem Plan. Allerdings erinnerte ihre Mutter sie daran, dass Dana in einigen entscheidenden Momenten der Hochzeitsvorbereitungen ausgeholfen hatte. So wurde das Catering beispielsweise zu einem vergünstigten Preis von *Giordelli's* übernommen. Daher sei es an der Zeit, dass Ally sich erkenntlich zeigte.

Damit war der Abend verplant.

Alex überlegte schon auf dem Weg von der Küche zurück in ihr Zimmer, was sie anziehen sollte.

Da ihre Mutter und Schwester mit den letzten Vorbereitungen für die Hochzeitsfeier beschäftigt waren, hatte Alex den Rückzug aus dem elterlichen Heim angetreten und streifte durch die wenig belebte Innenstadt von Dennizville, Maryland. Es war ein Wochentag, daher waren viele der Einwohner dieses kleinen Ortes in Waldorf, weil sie dort arbeiteten. Alex hätte sicherlich auch den neunzigminütigen Weg dorthin auf sich nehmen können, doch tatsächlich gab es in Waldorf auch nicht mehr zu sehen als in ihrer Heimatstadt. Außerdem fürchtete sie, sie könnte in einen Stau geraten und nicht rechtzeitig zum Abendessen wieder in Dennizville sein.

Es war ihr bewusst, dass sie ein bisschen paranoid war, doch sie genoss es, Zeit mit Dana zu verbringen. Sie wollte dieses Gefühl nicht hinterfragen, sondern ihm einfach nachgeben. Es war nichts dabei. Dana musste schließlich nicht wissen, wie sie empfand.

Alex sah in die Schaufenster der Geschäfte. Die meisten von ihnen waren noch an demselben Ort, an dem sie während Alex' Jugend gewesen waren. Es waren inzwischen ein paar mehr, die Auswahl war größer. Alex blieb vor einer Buchhandlung stehen und sah sich die Deko im Schaufenster an. Das Thema war »Weine«. Ungewöhnlich aber interessant.

Sollte sie Dana vielleicht eine Flasche Wein mitbringen? Trank Dana Wein? Alex meinte, sie hätte so etwas erwähnt, war sich allerdings nicht sicher. Ihr kam in den Sinn, ihre Mutter anzurufen und sie zu fragen, ob sie vielleicht eine Kleinigkeit für Dana mitbringen sollte. Sie war schon fast soweit, ihr Telefon aus der Hosentasche zu fischen, als sie ihren Namen hörte und sich der zugehörigen Stimme zuwandte. Es war jemand, den sie kannte, von dem ihr aber im Moment nicht einfallen wollte, woher.

»Alex Herrera? Ich hab dich ja ewig nicht gesehen. Du ... du weißt, wer ich bin, oder?«, fragte die Blondine, die unübersehbar schwanger war.

Alex dachte nach und kam schließlich auf die Antwort. »Betty Monroe?«

»Es heißt jetzt Betty Hapschatt«, erwiderte die Frau, mit der Alex zur High School gegangen war, mit der sie allerdings nie mehr als ein paar Worte gewechselt hatte. Betty war Cheerleaderin gewesen, sie selbst Sportlerin, das mischte sich nicht gut. Wenn der neue Nachname sie allerdings nicht trog, dann war Betty mit einem der Jungs des Basketballteams verheiratet, Ralph Hapschatt.

»Du bist mit Ralph verheiratet?«, fragte sie, und sie klang sogar interessiert. Es war seltsam, sich mit jemandem zu unterhalten, den man zwar kannte, aber den man überhaupt nicht kannte.

»So ist es. Seit fast zwölf Jahren inzwischen.« Betty zeigte ihren Ringfinger hoch, als wäre der Trauring daran noch eine Neuigkeit. »Und wie geht es dir? Was machst du? Verheiratet?«

»Mir geht's gut. Ich arbeite für die *Baltimore Sun*. Und, nein, ich bin nicht verheiratet, war es auch nie.«

Betty nickte.

»Wie ich sehe, muss man dir gratulieren. Wann ist es denn soweit?«, lenkte Alex das Gespräch wieder auf die Blondine, weil sie keine Lust hatte zu erklären, warum sie Single war.

»Nächsten Monat endlich. Es ist natürlich schon mein drittes, aber ich schwöre, die Kugel wird bei jedem Mal runder.« Sie legte die Hände auf ihren Bauch und strich liebevoll darüber. »Dieses fühlt sich an wie ein Elefantenbaby.« Sie lachte.

»Du siehst sehr gut aus. Muttersein scheint dir zu bekommen.«

»Ja, das tut es auch. Ich liebe meine Brut, trotzdem wird dieses hier das letzte sein. Ich hoffe, es wird ein Mädchen. Ich weiß nicht, wie ich mit drei Jungs leben soll. Der Lärm ist jetzt schon fast unerträglich.« Betty spielte die Leidende, doch man konnte leicht sehen, dass sie es liebte.

»Dann wisst ihr noch nicht, was es wird?«

»Nein, wir haben uns bisher immer überraschen lassen. Der Arzt schaut nur nach, ob es gesund ist und behält das Geschlecht für sich.«

»Das ist ungewöhnlich, aber ein schöne Idee«, bestätigte Alex. Sie hielt nicht viel von dem Gewese, das allzu oft wegen des Geschlechts eines Kindes gemacht wurde. Betty hatte recht.

Solange es gesund war, war es doch egal, was es war. Man würde es ja sowieso lieben.

»Natürlich gucken die meisten Leute einen an, als hätte man den Verstand verloren. Alle wollen immer wissen, was es wird, damit sie dementsprechend Geschenke kaufen können. Aber mir ist es wirklich egal, ob meine Tochter nun in einem blauen oder einem rosa Strampler im Kinderwagen liegt. Hauptsache, er ist warm und bequem.«

Alex nickte. Das war für sie eine logische Schlussfolgerung. Sie fragte sich allerdings, ob es andersherum noch ebenso egal wäre.

»Ich habe gehört, deine Schwester heiratet demnächst«, bemerkte Betty.

»Ja, am Freitag.«

»Natürlich. Deswegen bist du in der Stadt. Ich hoffe, du suchst nicht noch nach einem Kleid für die Hochzeit. Dennizville ist in Sachen Mode nicht gerade auf dem Laufenden.«

»Nein, ich habe bereits ein Outfit.« Sie würde der Blondine nicht auf die Nase binden, dass sie einen Hosenanzug tragen würde. »Allerdings suche ich noch etwas für heute Abend. Wir sind bei einer Nachbarin eingeladen. Nichts Formelles. Du weißt nicht zufällig, wo ich noch ein Oberteil finden kann?«

»Nun, sofern du nichts Formelles suchst: Drüben bei Partout gibt es eigentlich immer ganz nette Sachen. Das ist die Straße runter und dann in die Livingston.«

Alex nickte. Es gab auf der Livingston ein paar Bekleidungsgeschäfte, Ally hatte es erwähnt. »Danke, Betty. Ich muss los. Es war schön, dich zu sehen. Grüß Ralph von mir.«

»Das mache ich. Und dir wünsche ich viel Spaß auf der Hochzeit und deiner Schwester alles Gute. Mach's gut.«

»Bye.« Damit trennten sich die beiden Frauen wieder. Betty Hapschatt trug ihren Babybauch die Straße hinunter, und Alex machte sich auf den Weg in die entgegengesetzte Richtung auf der Suche nach etwas, das sie an diesem Abend tragen konnte.

»Ist das ein neues Top?«, fragte Lauren, als Alex endlich aus dem Bad kam.

Alex zog ungeduldig ihre Schultern hoch. »Ja. Und?«

»Nichts weiter. Es steht dir sehr gut. Ich mag es übrigens, wenn du dein Haar offen trägst.«

Alex war sich nicht sicher, wie sie das Kompliment bewerten sollte, denn meistens trug sie einen schlichten Pferdeschwanz. Nachdem sie vorhin mit allen möglichen Haarstilen experimentiert hatte, hatte sie sich schließlich entschieden, es offen zu tragen. Sie trug auch einen Hauch Parfüm und hoffte, dass es ihrer Mutter nicht auffallen würde. »Danke. Wollen wir los, oder warten wir auf Ally und Rick?«

»Nein, ich denke, die beiden finden den Weg. Das war übrigens eine gute Idee von dir mit dem Wein. Dana trinkt gern mal ein Glas.« Lauren hielt Alex die Rotweinflasche hin, die diese von ihrem Ausflug in die Stadt mitgebracht hatte.

»Der Verkäufer meinte, es wäre ein guter Jahrgang«, bemerkte die junge Frau und kam sich im selben Moment blöd vor. Sie verwarf den Gedanken, denselben Satz gegenüber ihrer Gastgeberin zu wiederholen.

Das sollte einige Minuten später aber schon ihr geringstes Problem sein. Sobald Dana die Haustür öffnete und vor Alex stand, brachte die nämlich keinen Ton heraus. Die Nachbarin ihrer Mutter sah an diesem Abend atemberaubend aus. Dabei hatte sie sich nicht groß in Schale geworfen. Dana trug einen rostbraunen Lederrock mit kniehohen Stiefeln und einem roten Top, das ihre Figur wirklich sehr gut zur Geltung brachte. Alex war sich nicht sicher, ob das gut oder schlecht war. Solange niemand von ihr verlangte, ihren Teil zu einer Konversation beizutragen, war es vermutlich gut. Sie lächelte Dana an und überreichte ihr die Flasche Wein.

»Oh, danke schön. Wow, das ist eine sehr gute Flasche. Das wäre wirklich nicht nötig gewesen.« Dana erwiderte das Lächeln und schien auf eine Antwort zu warten.

»Doch schon.« *Autsch. Das mit der Konversation könnte tatsächlich zum Problem werden*, dachte sich Alex.

»Kommt rein, setzt euch. Möchtet ihr etwas trinken?«

»Ein Glas Wasser«, kam es von Lauren.

»Für mich dasselbe«, bestätigte Alex.

Dana machte sich auf den Weg in die Küche.

Da klingelte es an der Tür.

»Das werden Ally und Rick sein. Ich geh schon«, bot sich Lauren an.

Dana nickte ihr dankbar zu.

Es waren Rick und Ally. Die beiden hatten Nachtisch mitgebracht. Somit war die Gesellschaft komplett. Nachdem sich alle begrüßt hatten, gingen sie ins Esszimmer. Dana kam mit Getränken und pendelte zwischen Küche und Esszimmer hin und her, während sie schließlich auch das Essen auftischte.

Die Unterhaltung verlief ungehemmt. Sie redeten über die Hochzeit und die anschließenden Flitterwochen. Selbst Alex fand ihre Sprache wieder und stellte ihrem zukünftigen Schwager ein paar Fragen, die dieser bereitwillig beantwortete. Sie erfuhr, dass er bei der ansässigen Bank arbeitete, wo er hoffte, bald zum Junior-Filialleiter befördert zu werden. Er joggte dreimal die Woche und versuchte, Ally zu einem Hund zu überreden, vielleicht einem Labrador, den er zum Laufen mitnehmen könnte. Er mochte Heavy Metal und ging auch gern mal auf ein Konzert – Alex war sich ziemlich sicher, dass er dort mit Freunden hinging, denn Ally hatte für Heavy Metal nichts übrig. Sie war froh, dass Dana den Abend vorgeschlagen hatte und stahl immer wieder bewundernde Blicke über den Tisch auf die Gastgeberin.

Nach dem Essen räumte Dana mit Alex' Hilfe das Geschirr ab. Niemand schien gewillt, den Abend schon so früh zu beenden. Dana brachte noch eine Flasche des Weißweins, den sie auch schon zum Essen genossen hatten, und füllte die Gläser nach. Es war ein lauschiger Septemberabend. Lauren hatte ein Fenster geöffnet. Es war sehr gemütlich, trotz des etwas formellen Ambientes des Esszimmers.

»Wie gefiel dir übrigens Tom?«, fragte Ally irgendwann ihre Schwester, die sich ihr leicht irritiert zuwandte.

Wollte ihre Schwester jetzt tatsächlich wissen, was sie von ihren Verkupplungsversuchen hielt? Nun, das konnte sie haben. »Tom ist ein netter junger Mann mit einem kleinen, lauten Auto«, gab sie als Antwort. Es war als Provokation gemeint.

Prompt sprang Ally darauf an. »Tom ist stellvertretender Leiter einer Importfirma. Das Auto gehört zu seinem Image«, verteidigte Alicia den Trauzeugen.

Alex lächelte ihr zuckersüß zu. »Nun, das ist schön für ihn, aber weder er noch sein Auto sind mein Typ. Und ehrlich gesagt, fand ich deinen Versuch, mich mit ihm zu verkuppeln, reichlich plump. Ich hatte mich auf einen schönen Abend mit dir und Rick gefreut. Einem Abend wie diesem, wo man sich nett unterhält und vielleicht ein Glas zu viel trinkt. Du hättest mich wenigstens vorwarnen können!«

»Wenn ich dich vorgewarnt hätte, wärst du nicht gekommen«, entgegnete Ally nüchtern.

»Vielleicht, vielleicht auch nicht. Das ist nicht der Punkt. Ich will nicht verkuppelt werden – das ist der Punkt!«

Die Unterhaltungen am Tisch kamen zu einem jähen Ende.

Lauren war wenig begeistert von diesem Streitgespräch zwischen ihren Töchtern an so einem netten Abend. »Dies ist wirklich nicht der richtige Zeitpunkt, Mädels. Ihr könnt das auch ein anderes Mal ausdiskutieren.«

Ally wollte das Thema ebenso wenig fallen lassen wie ihre Schwester. »Ich versuche nur, Alex mit netten, erfolgreichen Männern zusammenzubringen. Ich will, dass du glücklich bist, Alex, das ist alles.«

»Ich bin glücklich. Und zu deiner Information: Es gibt jemanden, mit dem ich ausgehe.« Das war nicht gelogen. Bisher war sie zweimal mit Lindsay aus der Recherche ausgegangen. Allerdings sah sie mit ihr nicht wirklich eine Zukunft in Form eines dritten Dates.

Diese Information schien alle einigermaßen zu überraschen.

»Ihr könnt eure Münder jetzt wieder schließen. So abwegig ist das nun auch wieder nicht!«, warf Alex den beiden Frauen ihrer Familie zu.

»Das ist schön. Wie ist er so? Lernen wir ihn irgendwann kennen?«, wollte Ally noch nicht aufgeben.

»Nein, ich glaube nicht, dass es irgendwo hinführt. Wir arbeiten zusammen; das ist nie eine gute Idee.«

»Natürlich, du bist ja auch mit deiner Arbeit verheiratet.«

»Es wird dich überraschen, aber nicht jede Frau sucht einen Ehemann«, fuhr Alex ihre Schwester an. Das führte eine erneute, geschockte Stille herbei. Alex war sich sehr bewusst, dass alle sie anstarrten. »Ich meine, wir sind nicht alle erpicht darauf zu heiraten. Ich habe einen guten Job; ich brauche keinen Ernährer. Ich sehe auch keine Kinder in meiner Zukunft. Wozu also heiraten?«, nahm sie sich zurück.

»Und was ist, wenn du alt bist?«

»Wer sagt, dass ich mit siebzig nicht immer noch heiraten kann?« Tatsächlich war es für Alex mit siebzig wahrscheinlicher zu heiraten, denn noch erlaubte kein Gesetz in Maryland die gleichgeschlechtliche Ehe. Der Staat erkannte allerdings die in anderen Staaten durchgeführte Eheschließung gleichgeschlechtlicher Paare an.

»Davon rede ich nicht. Willst du, wenn du siebzig bist, nicht auch deine Familie um dich haben? Einen Ehemann, Kinder, Enkelkinder?«

»Ich bin sicher, ich werde ebenso zufrieden mit einem Lebenspartner ohne einen Trauschein sein. Außerdem habe ich dich und Rick und eure Kinder und Enkel, wenn ihr mich besuchen kommt.«

»Warum sträubst du dich so sehr gegen etwas, was nur natürlich ist?«, fragte Ally entgeistert.

»Warum bist du so erpicht darauf, mich zu etwas zu drängen, das ich nicht als natürlich empfinde? Die Ehe ist eine überaus sexistische Institution, die einer Frau suggeriert . . .«

»Das reicht, Alexandra«, fuhr ihre Mutter dazwischen. Sie war nicht bereit, sich einen Vortrag über die eheliche Versklavung anzuhören. Sie kannte diese Diskussion sehr gut.

Alex verstummte und sah ihre Mutter an.

Es war kein störrischer Blick. Tatsächlich war es ein hilfesuchender Blick. Ein Blick, der um Verständnis bat. Er überraschte Lauren.

Sie wandte sich an ihre jüngere Tochter. »Deine Schwester hat das Recht, nicht zu heiraten, Ally. Ich weiß, es ist schwer zu verstehen, besonders jetzt, da du vor deiner eigenen Hochzeit stehst. Aber nicht jede Frau wünscht sich diese Dinge, nicht das weiße Kleid, nicht die Kirche, nicht die Feier und die Gelübde.«

»Ich will nur, dass sie glücklich ist.«

»Für den Moment musst du einfach damit zufrieden sein, dass ich nicht unglücklich bin. Okay?«

Ally zuckte mit den Schultern, sah ihrer Schwester allerdings fest in die Augen. Alex wusste, was dieser Blick bedeutete: Ally wusste besser, wie man glücklich wurde als sie. Doch der Streit war zu Ende. Und das war der Abend ebenfalls.

Ein paar Minuten später drängte Ally zum Aufbruch. Schließlich würde der nächste Tag ein langer werden, und es war schon spät. Sie begaben sich alle zusammen ins Wohnzimmer, wo das Brautpaar sich verabschiedete.

»Bleibt ihr noch?«, fragte Ally an der Tür über die Schulter hinweg.

Lauren schien ebenfalls bereit, sich zu verabschieden. Sie wandte sich Alex zu.

»Ich dachte, ich helfe Dana beim Aufräumen.« Alex sah ihre Gastgeberin an.

»Das musst du wirklich nicht.«

»Das ist das mindeste. Außerdem möchte ich es.«

»Das ist eine gute Idee.« Zum Abschied umarmte Lauren ihre Freundin. Dann stellte sie sich auf die Zehenspitzen und küsste ihre älteste Tochter auf die Wange. »Danke, Schatz.« Lauren folgte Ally und Rick aus der Tür.

Dana und Alex blieben zurück.

Alex wandte sich zu Dana um, nachdem sich die Tür hinter ihrer Mutter geschlossen hatte.

»Es tut mir leid wegen des Streits. Ich wollte nicht, dass der Abend so endet«, entschuldigte sie sich.

»Ich weiß, es ist ...« Dana beendete den Satz nicht. Sie winkte Alex stattdessen, ihr zu folgen und ging zurück ins Esszimmer. Dort sammelten sie gemeinsam die restlichen Gläser ein, die noch auf dem Tisch standen, bevor sie in die Küche gingen.

»Du wolltest etwas sagen«, erinnerte die große Latina ihre Gastgeberin. Die hatte bereits begonnen, ihre Spülmaschine zu befüllen, während Alex Essensreste in den Müllzerkleinerer beförderte.

Dana seufzte und lehnte sich gegen ihre Küchenzeile. »Willst du wirklich wissen, was ich denke?«

Alex sah Dana erstaunt an, nickte aber.

»Ich denke, du bist sauer auf deine Schwester, weil du glaubst, dass sie dein Lesbischsein nicht verstehen würde. Du bist sauer auf etwas, das sie noch gar nicht getan hat. Das ist unfair. Du solltest ihr zumindest die Möglichkeit geben, etwas dazu zu sagen, bevor du wütend wirst.« Sie wartete einen Moment, ob Alex etwas erwidern würde. Die schien noch über das Gesagte nachzudenken, daher setzte Dana ihre Arbeit an der Spülmaschine fort.

»Du hattest doch auch Bedenken wegen Allys Reaktion«, bemerkte Alex nach einer Weile.

»Mag sein. Am Ende können wir es beide nicht wissen. Es ist natürlich deine Angelegenheit, wann du dich outest. Du musst dazu bereit sein. Nur sei nicht böse auf deine Schwester, denn sie kann nicht wissen, wie es in dir aussieht.«

Alex lehnte über der Spüle und sah in den Ausguss.

Dana schloss inzwischen die Spülmaschine und trat näher an die jüngere Frau heran. Sie legte ihr eine Hand auf den Oberarm und strich sanft darüber. »Jetzt bist du sauer auf mich«, riet sie.

Alex schüttelte den Kopf. »Nein, ich bin nur frustriert. Diese ganze Sache ...« Sie hielt inne und atmete tief durch. »Ich weiß, dass ich Frauen mag, seit ich sechzehn bin – mein halbes Leben. Aber Ally kenne ich länger. Ich kenne meine Mom länger. Die beiden sind die wichtigsten Menschen für mich. Ich könnte sie verlieren, wenn ich ihnen sage, dass ich lesbisch bin. Oder ich halte einfach den Mund ... und nehme ihnen die Chance, mich wirklich kennenzulernen. Das ist so unfair!«

Alex stand noch immer an der Spüle. Sie sah Dana an, die noch einen Schritt näher kam, deren Hand von ihrem Oberarm über ihren Rücken glitt. Die Berührung war tröstend. Doch sie war auch mehr als das für Alex, deren Emotionen so dicht unter der Oberfläche lagen. Sie schluckte und wandte ihr Gesicht zum Fenster über der Spüle. Sie sah in die Dunkelheit.

Dana schwieg. Sie ließ Alex Zeit über alles nachzudenken. Sie wollte einfach da sein, wenn die junge Frau jemanden zum Reden brauchte. Wie selbstverloren fuhr ihre Hand über den starken Rücken der großen Frau, und nach einer Weile legte Dana ihren Kopf an Alex' Schulter.

Alex hätte in diesem Moment aufstöhnen können – aus Frustration. Wusste Dana denn nicht, was für eine Wirkung ihre Berührungen auf sie hatten? Dass ihr Herz wie wild raste, wenn sie den Kopf drehte und den intimen Geruch von Danas Shampoo einatmete? Dass es unmöglich wurde zu denken, wenn sie Danas Atem an ihrem Hals spürte?

Alex schluckte hart. Ihre Kehle war wie ausgetrocknet. Sie versuchte, sich wieder auf ihr Problem zu konzentrieren; ihr Outing, nicht ihre völlig irrationalen und unangebrachten Gefühle für die Freundin ihrer Mutter.

Dana schien in diesem Moment aus ihren eigenen Gedanken gerissen. Sie hob den Kopf von Alex' Schulter und trat einen Schritt zurück. Sie sah Alex auch nicht an, sondern drehte sich dem Kühlschrank zu.

»Möchtest du vielleicht noch etwas trinken? Wir könnten die Flasche Wein öffnen, die du mitgebracht hast.« Natürlich stand diese Flasche nicht im Kühlschrank, sie stand hinter ihr auf der Küchenzeile, dennoch öffnete Dana den Kühlschrank und sah hinein.

»Alles in Ordnung? Ich habe dich doch nicht ... beleidigt, oder so etwas?« Alex wusste nicht, welche ihrer Worte so etwas hätten bewerkstelligen können. Dana schien verwirrt, oder aufgebracht, oder ... Alex wusste es nicht.

»Nein, das hast du nicht. Es ist alles gut. Ein Glas Wein?« Dana schloss den Kühlschrank, da sie den Rotwein inzwischen entdeckt hatte. Sie öffnete eine Schublade und zog einen Korkenzieher hervor.

»Ja, warum nicht. Ich ... ich hoffe, diese ganze Sache ... meine ganzen Probleme ... Ich will dich damit nicht belasten, Dana. Du hast, weiß Gott, schon genug am Hals, ohne dass ich mich bei dir auch noch ausweine.«

Dana hielt im Öffnen der Weinflasche inne und wandte sich wieder Alex zu. War sie gerade noch nervös und fahrig gewesen, schien sie sich jetzt wieder völlig unter Kontrolle zu haben. »Sei nicht albern. Dazu sind Freunde da. Und wir sind befreundet, richtig?«

Alex nickte.

»Deine Mutter ist meine beste Freundin. Du bist wie ... Ich meine, ihr seid schon verschieden. Aber ihr seid mir beide wichtig.«

Alex lächelte schüchtern. Sie wich dem offenen Blick aus grauen Augen nicht aus, hielt ihn stattdessen für einen zeitlosen Moment. Ihr Puls flatterte wild in ihrer Kehle.

»Gläser?«, fragte sie schließlich und riss sich von Danas Blick los. Sie wusste, sie könnte sich in Danas Augen verlieren. Und das war vermutlich keine gute Idee.

»Die Weingläser sind hier direkt ...« Dana deutete über sich und wollte eigentlich sagen, dass sie sie selbst holen würde, sobald sie die Flasche geöffnet hatte. Da trat Alex bereits hinter sie und öffnete den Schank über ihrem Kopf. Dana war sich in diesem Moment sehr bewusst, wie nah ihr Alex war, spürte die Wärme, die ihr Körper ausstrahlte. Sie hatte dieses Gefühl gehabt – vor wenigen Minuten, als sie sich an Alex gelehnt hatte. Als sie ihr über den Rücken gestrichen hatte.

Für einen kurzen Augenblick hatte Dana sich vergessen und sich gefragt, wie es wäre von Alex gehalten zu werden, von ihr geküsst zu werden. Nur deshalb war sie so schnell von ihr zurückgewichen. Es war nicht richtig. Alex war viel zu jung. Und sie war viel zu ... jung. Lauren wäre über eine solche Verbindung ganz bestimmt unglücklich ... Dann war da ihre Scheidung ... und ... und ... und ...

Dana drehte sich unter Alex' Körper um.

Die jüngere Frau ließ ihre Arme vom oberen Regal sinken. Sie blickte auf Dana herab. Ihre Hände strichen über die Arme der anderen Frau, die langsam, ganz langsam den Kopf hob, während Alex ihren bereits senkte.

Ihre Lippen trafen sich.

Auch wenn Dana sich gerade noch gefragt hatte, wie es wohl wäre, von Alex geküsst zu werden, war das tatsächliche Erlebnis ein Schock. Wie ein Blitz schoss ihr die Sehnsucht nach mehr, so viel mehr, durch den ganzen Körper.

Alex' Arme legten sich um Danas Taille und hielten sie fest umfangen. Unbewusst suchte Dana einen Halt und umklammerte Alex' Oberarme. Sie fürchtete, den Boden unter den Füßen zu verlieren und zu fallen. Doch solange sie mit Alex fiel, war es ihr egal. Alles, was sie fühlen konnte, alles, was sie tun konnte, war die andere Frau zu küssen. Alles, was zählte, war, was sie wollte. Was Alex wollte. Was sie einander gaben. Was sie einander nahmen. Sie wollten immer mehr voneinander. Und als Alex' Zunge leicht die Lippen Danas berührte, öffneten diese sich bereitwillig, fast gierig, um mehr von Alex zu bekommen. Immer mehr.

So, wie wir Menschen gemacht sind, bleiben die Gefühle und Gedanken nicht aus. Diese waren es, die Dana schließlich in die Realität zurückholten. Sie ließen sie eine Hand gegen Alex' Bauchdecke drücken, so dass diese wusste, dass es vorbei war. Alex' Arme fielen von Danas Hüfte zurück an ihre Seite, so wie Danas an ihre. Doch sie trennten sich noch nicht.

Wie erschöpft legte Dana die Stirn gegen Alex' Brustbein. Die junge Frau legte ihren Kopf in den Nacken. Beide hielten ihre Augen geschlossen, beider Atem ging schwer. So standen sie eine Weile, bis sie wieder zu Atem gekommen waren und ihre Gedanken ein kleines bisschen langsamer durch ihre Köpfe schossen.

»Müssen wir jetzt darüber reden?«, fragte Dana leise, kraftlos.

Alex gab keine Antwort. Sie wusste nicht, was sie tun sollte, was sie denken oder sagen sollte. Was wollte Dana von ihr, wenn sie sie nicht wollte?

»Es ist unmöglich«, sagte die ältere Frau und hob den Kopf. Sie sah Alex an. Die öffnete schließlich ebenfalls die Augen und senkte den Blick zu Danas.

»Es ist unmöglich«, wiederholte sie, was Dana gesagt hatte. In ihren Augen lag die Frage, ob es das wirklich war, oder ob sie vielleicht einen Weg finden konnten.

Mit einem Lächeln streichelte Dana über Alex' Wange. Alex hielt den Atem an.

»Du bist so jung, Alex. Und ich bin so viel älter als du ...«

»Sechzehn Jahre, das ist nicht so viel älter«, entgegnete Alex.

»Ich bin immer noch verheiratet.«

»Eine reine Formsache.«

»Lauren wäre nicht begeistert.«

Darauf konnte Alex tatsächlich nichts entgegnen. Sie war auf die anderen Dinge eingegangen, weil sie keine Rolle spielen sollten, obwohl sie es natürlich taten. Es gab viele Dinge, die bei ihr und Dana nicht passten. Sie war sich dessen bewusst. Ihr Verstand sagte ihr, dass sie es dabei bewenden lassen sollte. Doch dann war da dieser Kuss gewesen, und der hatte gepasst. Er hatte ihr gesagt, dass Dana sie ebenso begehrte wie sie Dana. Es war möglich. Warum konnte dieser Kuss nicht recht behalten?

»Du lebst in Baltimore. Dein Leben ist dort. Und ich ... mein Zuhause ist hier«, fuhr Dana mit Gründen fort, die sie trennen mussten. Sie wollte sie nicht sagen müssen; sie wollte sich einfach wieder vorlehnen und sich in der jungen Frau verlieren, in den berauschenden Gefühlen, die Alex in ihr weckte.

Dana schüttelte den Kopf. Mit diesen Gedanken musste Schluss sein!

»Es ist unmöglich«, sagte Dana erneut. Dieses Mal war ihr Tonfall so entschlossen wie ihr Blick. »Sind wir noch Freunde?« Es klang selbst für Danas eigene Ohren flach. Denn die Freundschaft, die sie in den letzten Tagen gefunden hatten, beruhte auf der Anziehung, die sie sich nun versagten. Wie konnten sie Freunde sein, wenn sie mehr sein wollten?

»Natürlich«, bestätigte Alex, was nur eine Lüge sein konnte. Sie würden einander nach diesem Wochenende vermutlich nicht wiedersehen. Oder wenn, dann nur kurz, oberflächlich. Es war die einzige Möglichkeit.

»Ich geh dann mal.« Alex konnte nicht mehr einfach nur so dastehen und in Danas Augen sehen, wenn sie sich nicht auch darin verlieren durfte.

»Ja, ich danke dir für deine Hilfe.« Dana berührte Alex leicht am Arm. Selbst diese kleine Berührung, unschuldig, harmlos, erschütterte beide Frauen ins Mark. Schnell zog Dana die Hand wieder zurück.

»Gern geschehen«, kam es von Alex an dem Kloß in ihrem Hals vorbei. Sie gingen zur Tür. Alex öffnete sie. Die Luft, die sich im nächsten Moment ins Zimmer schob, war leider nicht kühl oder lindernd; sie war schwül und roch nach Gewitter. Alex dachte einen Moment, dass es eine verregnete Hochzeit werden könnte, dann trat sie in die Dunkelheit hinaus.

Die junge Frau war schon fast über die Straße, als Dana ihr flüsternd eine Gute Nacht wünschte. Es fühlte sich an wie ein Abschied.

Der Tag vor der Hochzeit

Am nächsten Morgen lag Alex wieder mit offenen Augen im Bett und starrte an die Decke. Was sie schon die ganze Nacht getan hatte. Sie konnte nicht schlafen, ihre wirren Gedanken ordnen oder auch nur Ruhe finden. Natürlich drehten sich diese Gedanken im Kreis. Und natürlich stand im Mittelpunkt dieses Kreises Dana, lächelnd, wunderschön, verführerisch. Zudem ging Alex der Kuss nicht aus Kopf und Körper. So unglaublich, so innig, so ... so viel von allem, was sie bisher nie empfunden hatte. Es war alles nicht fair – und das war ebenfalls ein Gedanke, der sich in ihrem Kopf manifestiert hatte, der immer wieder hervorsprang in roten Lettern und sie inzwischen zu veralbern schien. Alex seufzte.

»Verdammt! Warum ...?« Sie wusste es wirklich nicht mehr. Sie konnte sich daran erinnern, was Dana am Abend zuvor gesagt hatte. All die angeführten Gründe, die gegen ein Zusammensein sprachen. Waren sie wirklich unüberwindbar? Konnte sie nicht in Dennizville leben und nach Baltimore pendeln? Das taten andere schließlich auch. Oder sie könnte sich etwas auf halbem Weg suchen. So würde sie auch mehr von ihrer Familie sehen. Ihrer Mutter würde das gefallen. Vielleicht würde sie sich mit der Situation anfreunden können. Vielleicht ...

Es waren zu viele Hürden, wenn Dana nicht bereit war, sie zu überwinden. Wenn sie den Altersunterschied ins Spiel brachte. Oder wenn sie gar keine Beziehung mit einer Frau wollte.

Zu Alex' Überraschung war dieser Punkt nicht aufgekommen. Sie wusste nicht, ob Dana schon mit Frauen zusammen gewesen war, vor ihrer Hochzeit mit Brian Lincoln, oder vielleicht auch während ihrer Ehe (auch wenn Alex sich nicht vorstellen konnte, dass Dana eine Frau war, die ihren Ehemann betrog). Es schien für Dana keine Rolle zu spielen, dass sie eine Frau war. Sie war nicht erschrocken gewesen. Sie schien nicht einmal überrascht. Natürlich konnte Alex nicht sagen, wie es in Dana aussah. Womöglich war der Grund, der einzige, der alles entscheidende Grund für ihre Zurückweisung ja ihr Geschlecht.

Alex schloss die Augen. Allein die Vorstellung war schmerzhaft. Ihr Inneres zog sich zusammen. Dieser Grund ließ sich nicht einfach wegargumentieren. Wenn Dana sie nicht wollte, weil sie eine Frau war, gab es keine Chance. Damit wäre alles Denken, alles Fühlen, alles Sehnen sinnlos. Dann war das Leben in der Tat mehr als unfair.

Dana ging es an diesem Morgen nicht besser als Alex. Dabei hatte sie noch nicht einmal angefangen, über das Dilemma vom vorigen Abend nachzudenken. Während Alex sich auf einen Tag mit der lieben Verwandtschaft freuen durfte, hatte Dana einen Termin in Waldorf. Dieser Termin bereitete ihr sogar noch mehr Kopfzerbrechen als ihre Gefühle für Alex Herrera. Es war ein Treffen der Scheidungsparteien Lincoln mit ihren Anwälten. Danas Anwältin, Francine Snyder, hatte die Parteien an einen Tisch gebeten, damit sie ein paar Formalitäten aus dem Weg räumen konnten. Im Klartext hieß dies, dass jetzt die Streitereien über die Wertanlagen losgehen würden.

Das Problem war für Dana allerdings nicht, wer welchen Wagen oder das Haus bekommen würde. Sie wollte das Haus, und sie hatte auch Anspruch darauf. Das Problem war ihr Ehemann.

Sie hatte Brian seit seinem Auszug nicht mehr gesehen. Er hatte ein paar Sachen in den Koffer geworfen und war verschwunden. Seitdem hatte sie aber herausgefunden, dass er in Waldorf mit einer anderen Frau zusammenlebte, einer jüngeren Frau, die vor kurzem noch für ihn gearbeitet hatte.

Verständlicherweise war Dana wütend über diese Neuigkeit. Sie wusste nicht, wie sie diesen Gefühlen und Brian begegnen sollte. Schon jeden Gedanken daran hatte sie bisher vermieden. Jetzt musste sie sich all diesen Gefühlen stellen. Sie fühlte sich überfordert. Sie wollte nicht wie eine der hysterischen, betrogenen Ehefrauen erscheinen, die keine Ahnung von den Affären ihrer Männer hatten und sich dann im Beisein Dritter furchtbar aufführten – das sah man schließlich ständig in irgendwelchen Anwaltsserien.

Dana mochte nicht gewusst haben, dass Brian fremdging, andererseits hatte es sie auch nicht besonders interessiert. Zugegeben, sie hatte ihn vernachlässigt – so wie er sie auch. Nach Joshuas Tod war einfach nichts mehr wichtig gewesen. Es gab Tage, an denen war es noch immer so.

Sie waren sich keine guten Ehepartner mehr gewesen. Sie konnte Brian schwerlich vorwerfen, dass er sich jemanden gesucht hatte, der ihn liebte, wenn seine Frau es nicht mehr tat. Allerdings hätte sie ihm ein bisschen mehr Offenheit hoch angerechnet. Dann hätte sie sich von seiner Eröffnung, so zwischen Tür und Angel, dass er die Scheidung wolle, nicht dermaßen überfahren gefühlt.

Gab es überhaupt einen vernünftigen Weg, eine Trennung zu vollziehen? War man nicht immer zu verletzt, um die Gefühle des anderen in Betracht zu ziehen.

Dana war sich nicht sicher. Sie wollte diese Angelegenheit einfach nur schnell und gütlich hinter sich bringen – auch wenn sie dafür Kompromisse eingehen musste.

Dies waren ihre Gedanken auf der anderthalbstündigen Fahrt in die Stadt. Sie lösten sich in Wohlgefallen auf, sobald Brian durch seinen Anwalt, einen Benjamin Drake, eine Liste der Dinge vorlegte, die er sein eigen nannte und auf die er bei der Scheidung auf keinen Fall verzichten wollte.

»Sie sollten sich von der Gegenseite nicht so aus der Ruhe bringen lassen«, bemerkte die tadellos gekleidete Anwältin mit der modischen Hochfrisur und der teuren Hornbrille an ihre Mandantin gewandt. Sie betraten gerade das Hotel, in dem sich das von Ms. Snyder vorgeschlagene Restaurant befand. »Diese Liste hat nichts zu bedeuten. Mr. Drake und Ihr Mann können dort alles aufschreiben, was ihnen in den Sinn kommt. Das bedeutet nicht, dass sie es auch bekommen werden.«

Dana nickte stumm. Ihr war übel und auch nicht wirklich nach dem frühen Lunch, den die Anwältin vorgeschlagen hatte. Brian zu sehen, war schlimm genug gewesen. Er hatte sich gerade mal dazu herabgelassen, ihr die Hand zu schütteln. Doch die Liste zu sehen ... Was bildete er sich eigentlich ein? Oder war das nur eines der üblichen, von den Anwälten initiierten Spielchen, damit ihre Klienten das Gefühl hatten, sie waren die horrenden Summen wert, die sie ihnen zahlten?

Die Anwältin schritt selbstbewusst auf die Türen des Restaurants zu. Dana fiel in Schritt – ohne denselben Enthusiasmus der jüngeren Frau. Sie sah sich in der Eingangshalle des Hotels um, das zwar nicht zu den besten Adressen Waldorfs gehörte, dennoch recht gemütlich auf sie wirkte.

Beim Anblick einer hochgeschossenen Person am Empfangstresen stockte sie. Die junge Frau bemerkte Dana im selben Moment. Beide Frauen hielten inne. Unwillkürlich ging Alex' Blick zu der eleganten Person, mit der Dana das Hotel betreten hatte. Ihr Gesicht sagte deutlich, dass sie nicht erfreut war.

Dana war stehengeblieben, sobald sie Alex bemerkte.

Ihre Anwältin hatte ihren Weg fortgesetzt und wollte wieder zum Sprechen ansetzen. Da bemerkte sie, dass ihre Begleitung nicht mehr neben ihr ging. Sie sah sich nach ihrer Mandantin um. »Mrs. Lincoln?«

Danas Blick löste sich von Alex. Sie machte die wenigen Schritte zu ihrer Anwältin. »Würden Sie vielleicht schon vorausgehen? Dort drüben steht eine Bekannte, die ich gern begrüßen würde.« Dana deutete auf Alex.

Die Anwältin lächelte. »Natürlich, nehmen Sie sich Zeit«, entgegnete diese und lächelte aufmunternd.

»Hallo, Alex.« Dana trat auf Alex zu.

Der Gruß blieb unerwidert. Alex hatte einen langen, musternden Blick von Danas Begleitung erwidert. Die schien wenig begeistert, dass Dana sie verlassen hatte, um sich mit Alex zu unterhalten. Nun, wenn die Frau sie nicht mochte – diese Antipathie beruhte auf Gegenseitigkeit!

Danas Blick folgte indessen Alex'. Ms. Snyder hatte sich inzwischen abgewandt und ging auf die Restauranttüren zu.

»Das ist meine Scheidungsanwältin, Ms. Snyder.«

Dies holte die jüngere Frau aus ihrer Starre. »Anwältin?« Endlich sah sie Dana an.

»Ja. Und Eifersucht steht dir nicht besonders«, bemerkte die kleinere Frau.

»Nun, das mag daran liegen, dass ich nicht besonders geübt in ihr bin«, entgegnete Alex. Die Implikation war klar. Schon in der nächsten Sekunde schämte sich Alex für ihre Besitzansprüche. Sie schob die Hände in ihre Hosentaschen und zog ihre

Schultern schuldbewusst nach oben. »Es tut mir leid. Ich war nicht darauf gefasst, dich heute zu sehen. Noch dazu in Begleitung.«

»Schon gut. Ich war auch überrascht über unser Zusammentreffen. Ich wusste nicht ... was tust du hier?" Es klang eher verwundert als irritiert. Dana hielt es tatsächlich für einen eigenartigen Zufall, gerade jetzt auf Alex zu stoßen. So aufgewühlt und verletzlich sie war, sie fühlte sich unweigerlich zu Alex hingezogen, wie sie dastand – so jung, so trotzig, so wunderschön.

»Mom hat heute Morgen einen Anruf von Onkel Zack bekommen. Der überraschte sie mit der Neuigkeit, nun doch zur Hochzeit seiner Lieblingsnichte zu kommen – seine Worte. Scheint, er hat auch noch seine Freundin und einen seiner missratenen Söhne mitgebracht. Keiner von denen hat einen Führerschein – oder vielleicht ist auch keiner von ihnen mehr im Stande zu fahren. Das werde ich in ein paar Minuten feststellen.« Alex lächelte gequält.

»Oh je«, kam es mitfühlend von Dana. Wie es ihre Art war, suchte sie physischen, tröstenden Kontakt und legte Alex ihre Hand auf den Arm.

Wie schon am Abend zuvor ging diese Berührung wie ein Blitz von einer Frau auf die andere über. Sie sahen einander einen Moment tief in die Augen.

»Das wird langsam zum Problem.« Dana zog ihre Hand zurück.

Alex konnte nur stumm nicken.

»Vermutlich sollten wir uns auf der Hochzeit aus dem Weg gehen. Ich weiß nicht, ob ich das einen ganzen Tag ...«

Laute Stimmen aus Richtung Fahrstuhl lenkten Danas Aufmerksamkeit ab. Es war eine Gruppe von drei Leuten, die offensichtlich schon zu früher Stunde einen über den Durst getrunken hatten. Sie unterhielten sich untereinander, jedoch in einer Lautstärke, die die Aufmerksamkeit aller Anwesenden auf sich zog.

Alex errötete. »Oh, jippeee. Sie sind nicht mehr im Stande zu fahren!«

Dana sah erstaunt zu der großen Frau auf.

»Meine Verwandtschaft«, bestätigte Alex. Ihr Lächeln wirkte gezwungen, denn nun bemerkte ihr Cousin Peter sie und begann zu winken.

Die Dreiergruppe kam zu Alex hinüber und grüßte sie lautstark. Umarmungen wurden ausgetauscht, zu feste und zu viele. Jeder der drei wollte offensichtlich etwas anderes von Alex wissen, die nicht wirklich verstand, worum es ging.

»Und wer ist diese hinreißende Person, Alex?«, kam es schließlich über den Lärm der anderen von Onkel Zack. Diese Äußerung veranlasste seine Freundin dazu, sich an seine Seite zu pressen und Dana böse anzuschauen.

»Dies ist Dana Lincoln. Sie ist eine Freundin von Mom. Wir haben uns zufällig getroffen. Du musst jetzt sicherlich zu deinem Termin?«, wandte sie sich an Dana.

Die verstand, was Alex zu tun versuchte: sie aus dem Dunstkreis ihrer peinlichen Verwandten befördern. »Das ist richtig. Es hat mich gefreut. Alex, wir sehen uns morgen.« Dana bedachte Zack und seine Familie mit einem etwas gezwungenen Lächeln. Alex schenkte sie ein ehrliches, ehe sie sich umwandte und ging.

Alex war nicht die einzige, die ihr nachsah. Sie behielt ihre Gedanken für sich – anders als ihr Onkel.

»Nettes Fahrgestell hat die Kleine.«

Alex sah ihren Verwandten wütend an. Der rangelte mit seiner Freundin, die von seinem Kommentar genauso wenig begeistert war wie Alex.

»Okay, Leute. Da geht's zum Auto. Lasst uns losfahren, wir sind jetzt schon spät dran.« Mit diesen Worten steuerte die junge Frau ihre Verwandten schließlich aus der Tür. Dort sah sie sich noch einmal nach Dana um, doch sie konnte sie von ihrem Blickwinkel ins Restaurant nicht mehr ausmachen.

Die Fahrt verlief, wie man es sich vorstellen würde: Alex musste zweimal anhalten, weil ihr Cousin, der offenbar einen nicht ganz so eisernen Magen hatte wie sein Vater und dazu noch hinten saß, sich übergeben musste. Zacks Freundin, Lynn, beschwerte sich lauthals, dass ihr Freund anderen Frauen nachsah – Dana war da offensichtlich kein Einzelfall.

Zack selbst versuchte gutgelaunt, eine Unterhaltung mit Alex am Laufen zu halten, wobei er sie zu allerlei Dingen aus den Bereichen Sport, berühmte Sportler und die Männer in ihrem Leben befragte. Alex kam sich vor wie bei einer Quizshow, in der sie in zwei von drei Kategorien alle Antworten kannte und in der letzten Kategorie keine einzige. Ihr Onkel schlug ihr ein ums andere Mal wohlwollend auf die Schulter, was ihr in ihrem angespannten Zustand auch nicht half; sie verzog das Lenkrad, und der Wagen schlingerte leicht. Zack schien dies nicht zu bemerken, während sein Sohn auf dem Rücksitz jedes Mal aufstöhnte.

Nach knapp zwei Stunden war auch diese Höllenfahrt vorbei. Alex steuerte direkt auf das Restaurant zu, wo ihre erweiterte Familie bereits beim Mittagessen saß. Sie hatte sich eigentlich noch umziehen wollen, dann hätten sie jedoch vermutlich das ganze Essen verpasst. Es gab Verwandte, die nahmen so etwas übel. Ihr gegenwärtiges Outfit, das aus blauen Jeans und schwarzem Top bestand, würde zwar auch Kritik hervorrufen, zumindest konnten sie sie nun ihren Unmut spüren lassen.

Als sie schließlich zu viert das Restaurant betraten, bemerkte Alex bereits ein paar sauertöpfische Gesichter, die sich ihr zuwandten. Wenn man den Zustand ihrer Begleitung in Betracht zog, schnitt Alex gar nicht so schlecht ab. Sie war zumindest nicht betrunken und ihr klebte auch kein Erbrochenes an den Schuhen.

Lauren stand auf und begrüßte ihren Bruder und deren Begleitung. Alicia blieb wohlweislich sitzen und ließ ihre Mutter mit der Situation zurechtkommen, was Alex' Laune nicht wirklich verbesserte. Die Neuankömmlinge wurden vorgestellt, wem sie noch nicht bekannt waren – namentlich Rick und seiner Familie.

Alex machte die Runde und begrüßte artig ihre eigenen Verwandten. Einige von ihnen konnten es sich schon jetzt nicht nehmen lassen sie zu fragen, wann sie denn nun endlich unter die Haube kommen würde, da ihre jüngere Schwester diesen so wichtigen Schritt vor ihr unternahm. Alex blieb vage und sagte, sie hätte noch niemanden getroffen, der sie heiraten wollte.

Als sie sich schließlich setzte, bemerkte sie, dass ihr Stuhl neben dem von Tom Kent stand. Sie sah ihre Schwester eindringlich an, wurde jedoch einmal mehr von ihr ignoriert.

»Hallo, Alex.« Ihr Sitznachbar strahlte sie an.

Alex konnte förmlich spüren, wie sich die weibliche Verwandtschaft am Tisch weit nach vorn lehnte, um sie und den Trauzeugen neugierig zu beäugen.

»Hallo, Tom. Ich habe gehört, heute ist der große Abend.« Als Reporterin wusste Alex, dass ein Gespräch, wie ein Interview, wesentlich einfacher verlaufen konnte, wenn sie die Leitung übernahm und sich ihre Themen selbst aussuchte.

Tom war zum Glück kein schwieriger Gesprächspartner. Er war froh, sich mit ihr unterhalten zu dürfen und somit nicht wählerisch, was das Thema anging. »Oh, ja. Das wird ein Riesenspaß. Ich hab einiges geplant, das Rick gefallen dürfte. Ich hoffe, die anderen werden auch begeistert sein.«

Als Trauzeuge war es Toms Aufgabe, sich um das Unterhaltungsprogramm beim Junggesellenabend zu kümmern, der traditionell am Abend vor der Trauung stattfand. Er sah sich an dem langen Tisch um. Einige der anwesenden Männer würden sie heute Abend begleiten. Nach Toms Blick zu urteilen, schien er zu hoffen, dass Alex' Onkel Zack und sein Sohn Peter nicht dazu gehören würden.

Alex dachte daran, ihm eine freundliche Entwarnung zu geben. Nicht, weil Zack und Peter sich am Abend nicht anschließen würden – Zack hatte während der Autofahrt mehrmals betont, wie sehr er sich auf den Junggesellenabend freute -, sondern, weil die beiden recht harmlose Zeitgenossen waren. Wenn sie tranken, taten sie dies stets gut gelaunt, wenn auch etwas zu enthusiastisch. Und so, wie es aussah, trank Peter zum Essen Wasser, wodurch er vielleicht wieder nüchtern sein würde, wenn es losging.

Warum sie schließlich nichts sagte, lag daran, dass ihr Onkel, der neben Lauren saß, gut vernehmlich Folgendes äußerte: »Ich habe übrigens deine Freundin kennengelernt.«

Seine Schwester sah ihn überrascht an. »Freundin?«

»Die Rothaarige mit den tollen Beinen«, erklärte Zack.

Lauren sah sich nach ihrer Tochter um, die ihr am Tisch schräg gegenüber saß. »Dana? Ich dachte, ihr wärt nicht mehr zu Hause gewesen?«

»Waren wir nicht. Sie war in dem Hotel, in dem ich Onkel Zack abgeholt habe. Lunch mit ihrer Anwältin.«

Lauren nickte. Ihr schien etwas einzufallen. »Richtig, heute war ihr Termin.«

»Termin?«, fragte Alex nach, weil es offensichtlich um mehr ging als nur ein Treffen mit ihrer Anwältin.

Ihre Mutter machte ein ernstes Gesicht.

»Doch nicht schon der Gerichtstermin?«

»Nein. Es ... Ich erklär's dir später.« Damit wandte sich Lauren wieder ihrem Bruder zu, der schon beim nächsten Thema war und Dana völlig vergessen hatte.

Alex wünschte sich, ihr wäre dies ebenfalls gelungen. Tatsächlich sorgte der Kommentar ihrer Mutter nur dafür, dass die andere Frau ihr jetzt gar nicht mehr aus dem Kopf ging.

Nach dem Essen wurde geredet, und die Raucher gingen nach draußen, um ihrer Sucht zu frönen. Die jungen Männer schienen alle ein bisschen unruhig auf das nächste Kapitel des Tages zu warten, den Junggesellenabend. Da dieser – wie Tom mitteilte – in Waldorf stattfinden würde, ließ er auch nicht allzu lange auf sich warten. Gegen vier machten sich die jüngeren und jung gebliebenen der männlichen Verwandtschaft auf den Weg in die Stadt. Zacks Freundin hängte sich an, wollte aber wohl nur wieder ins Hotel. Niemand außer Peter hatte sich beim Essen viel mit ihr unterhalten, und sie wusste wohl auch nicht, wo sie sonst übernachten sollte.

Die restliche Versammlung blieb noch eine Weile. Irgendwann drängten auch Alex' Tanten auf einen Abschied, denn schließlich war es nicht nur für den Bräutigam eine aufregende Nacht. Es würde kein Junggesellinnenabend werden. Den hatte Ally schließlich schon hinter sich. Die Tanten und ihre Töchter hatten ein ganz eigenes Ritual geplant, wovor es Alex ehrlich gesagt graute.

Sie erahnte bereits eine stockkonservative, oh-wie-heilig-ist-doch-die-Institution-der-Ehe-unter-Heterosexuellen-Festivität, bei der noch mehr peinliche, intime Geschenke für die Hochzeitsnacht ausgetauscht würden, zusammen mit ebenso peinlichen, intimen Details der Ehen ihrer älteren Anverwandten.

Konnte sie als Unverheiratete und Nicht-Braut dem nicht entgehen? Offenbar nicht. Denn neben Eloisa, Eleonora und Eleonoras Töchtern musste auch Eloisas fünfzehnjährige Enkelin, Penelope, an dem Abend teilnehmen. Das Mädchen wirkte schon sehr nervös. Ihre Augen leuchteten, und sie kicherte vor Aufregung, als hätte sie ihren ersten Schwips. Allerdings hatte Alkohol nichts damit zu tun. Es war der Mythos Eheschließung, der das Mädchen ergriffen hatte. Sie schien ihre eigene Hochzeitsnacht kaum noch erwarten zu können.

Alex verdrehte genervt die Augen und wünschte dem Mädchen eine vorangehende tolle Collegezeit und ein paar wirklich lausige Geliebte. Es war immer gut, Dinge in die richtige Perspektive zu rücken.

Als sie schließlich in zwei Autos beim Haus der Herreras ankamen, wurden bereits die ersten der wohlausgeklügelten Pläne der Brautmutter von ihren Schwägerinnen zerschlagen. Die bestanden nämlich darauf, ihre Koffer ins Haus zu bringen, was Übernachtungspläne andeutete.

Dies stellte Lauren vor ein Platzproblem. Die Schwestern bestanden üblicherweise darauf, allein zu schlafen. Ally würde allein in ihrem Bett schlafen, sie war schließlich die Braut. Tante Eleonoras Töchter, Teresa und Larissa, könnten zusammen in Alex' Doppelbett schlafen, was die Couch für Penelope ließ. Blieben Lauren und Alex, wie Alex sich schnell im Kopf ausrechnete. Als sie die Koffer ihrer Tanten ins Haus trug, suchte ihr Blick den ihrer Mutter.

Die nickte. »Ich kümmere mich darum.«

Alex nahm an, dass sie sich um Zimmer in der Pension bemühen würde, in der auch ihre Verwandten über die Hochzeit einquartiert waren.

Doch als Lauren zurück ins Wohnzimmer kam, wo die Tanten bereits begonnen hatten, Alicia wie einen Weihnachtsbaum zu schmücken, flüsterte sie ihr im Vorbeigehen zu: »Ich habe Dana angerufen. Wir können bei ihr übernachten.«

Alex erstarrte, was ihre Mutter zum Glück nicht bemerkte. *Kann mein Leben tatsächlich noch komplizierter werden?* fragte sich Alex frustriert.

Die Vorgänge im Wohnzimmer ihres Elternhauses ließen darauf schließen. Es würde in jedem Fall noch wesentlich bizarrer werden, bevor der Abend vorüber war.

Die Nacht vor der Hochzeit

Jedes noch so bizarre Ritual fand einmal ein Ende.

Allen Bedenken zum Trotz hatte Alex sich blendend amüsiert und beendete den Abend nur ungern. Da die Aufmerksamkeit aller auf Alicia gerichtet gewesen war, hatte sie sich zurücklehnen können, ein paar Gläser Wein getrunken und über die Dinge geschmunzelt, die gesagt wurden. Tatsächlich war die ganze Angelegenheit weniger auf die Ehe und damit auf den Mann gemünzt gewesen als auf Frauen und ihre familiären Bindungen. Letztendlich waren alle Herrera-Frauen durch diese Bande verbunden.

Ein ums andere Mal schoss Alex der Gedanke durch den Kopf, wie gut Dana hier hineingepasst hätte. Sie hätte Gefallen gefunden an dem herrschenden Zusammenhalt, an den Geheimnissen, die geteilt wurden. Alex hatte sich ihrer Familie noch nie so nahe gefühlt und konnte jetzt ein wenig besser verstehen, wie es für ihre Mutter gewesen sein musste, in diese Familie einzuheiraten; warum sie ihre Tanten, die meistens ganz schön schwierig waren, immer mit Respekt und Liebe behandelte.

Es war ein rührender Abend gewesen. Als Alex und Lauren sich schließlich auf den Weg zu Danas Haus machten, sagte Alex: »Das war sehr schön, was Tante Eloisa am Ende gesagt hat. Wie stolz sie sei, dass wir alle zusammengekommen sind und dass wir in dieser Runde auch die nächste Generation von Frauen willkommen heißen werden.«

»Ja, sie hat ein Gespür für die richtigen Worte. Das hast du wohl von ihr.« Lauren legte ihren Arm um Alex' Taille.

Alex war froh, dass sie trotz allem, was in dieser Woche passiert war, nach Hause gekommen war. Sie fühlte sich ihrer Mutter so nah wie schon lange nicht mehr, vielleicht noch nie.

Mit Alicia hatte sie an diesem Abend ein wenig Mitleid gehabt.

Ihre Schwester wirkte verängstigt, denn auf ihr lag nun die Zukunft. Außerdem waren die meisten Scherze des Abends auf ihr Konto gegangen.

Alex lächelte leicht und legte ihren linken Arm um die Schultern ihrer Mutter. »Ich freue mich für Ally. Rick scheint ein anständiger Kerl zu sein. Die beiden haben eine gute Chance glücklich miteinander zu werden, oder?«

»Ja, das denke ich auch. Das solltest du deiner Schwester übrigens auch sagen.«

Beim Überqueren der Straße betrachtete Alex das Profil ihrer Mutter. »Ally braucht meinen Segen nicht.«

Lauren sah zu ihr auf. »Den braucht sie vielleicht nicht, aber sie will ihn trotzdem. Sag ihr, welche gute Wahl sie getroffen hat. Sie legt sehr viel Wert auf deine Meinung. Das hat sie schon immer getan.«

Alex legte die Stirn in Falten. Das war nichts, was ihr bisher aufgefallen wäre. Aber sie vertraute auf das Urteil ihrer Mutter. Schließlich brach sie sich ja auch keinen Zacken aus der Krone, wenn sie ihrer Schwester sagte, dass sie Rick mochte und ihnen eine glückliche Zukunft wünschte.

»Das kann ich ja morgen vor der Trauung noch machen«, bemerkte Alex.

Lauren drückte sie einen Moment fester an sich, bevor sie sie entließ und einen Schlüssel aus ihrer Hosentasche zog. Sie öffnete damit die Tür zu Danas Haus.

»Du hast einen Schlüssel?«, fragte Alex überrascht.

»Ja, natürlich. Dana hat auch einen zu unserem Haus. Für Notfälle oder fürs Blumengießen, wenn eine von uns im Urlaub ist. Ich wollte nicht, dass sie wegen uns extra länger aufbleibt, deswegen habe ich ihr gesagt, dass ich den Schlüssel benutze. Und nun, psst! Sonst wecken wir sie noch auf!«

Sie traten leise ins Haus. Schon nach ein paar Schritten öffnete sich im hinteren Teil des Hauses eine Tür. Im Flur wurde Licht gemacht.

»Lauren? Alex?«

»Ja, wir sind's.«

Dana kam durch den Flur auf sie zu. Sie lächelte zur Begrüßung.

»Wir haben dich doch nicht geweckt?«

»Nein, ich habe noch gelesen. Ich wollte sichergehen, dass ihr alles habt.«

»Du hättest nicht extra aufbleiben müssen. Alex und ich kommen klar. Warum gehst du nicht ins Bett? Wir finden uns zurecht.«

Dana zögerte.

Alex hatte das Gefühl, dass sie noch gar nicht schlafen wollte, sondern lieber etwas besprochen hätte. Sie war sich allerdings nicht sicher, ob mit ihr oder ihrer Mutter.

»Ich habe das Gästezimmer fertig gemacht. Ich dachte, ihr könnt es euch teilen für eine Nacht«, bemerkte Dana.

Alex und ihre Mutter sahen einander etwas pikiert an. Es gab da so ein Problem ...

»Ich kann auch auf der Couch schlafen«, sagte Alex.

Ihre Mutter nickte. »Das ist eine gute Idee.«

Dana schien verwirrt. Sie sah nicht ein, warum Mutter und Tochter nicht in einem Bett schlafen konnten.

»Alex hat ein kleines Problem.« Lauren sah ihre Tochter an, ob sie es erzählen wollte.

Alex seufzte. »Ich horte Decken. Wenn sich eine Decke auf einem Bett befindet, finde ich sie im Schlaf und stülpe sie über mich. Jede Decke. Egal wie warm es ist, egal, wer noch mit mir in einem Bett schläft. Mom würde vermutlich erfrieren.«

Dana versuchte sich das Lachen zu verkneifen, was ihr nur leidlich gelang. »Das ist ja putzig!«

Alex verzog ihr Gesicht. »Das würdest du nicht mehr sagen, wenn du mit mir ein Bett teilen müsstest.« Sie konnte selbst kaum glauben, dass sie es gesagt hatte. Natürlich, es war ganz harmlos. Es war ja auch gar nicht so gemeint. Dennoch blickten sie und Dana sich einen Moment in die Augen und erröteten dann.

Lauren schien es nicht zu bemerken. Das Licht vom Flur war im Wohnzimmer zum Glück nur unzureichend. »Alex kann auf der Couch schlafen«, bestimmte sie.

Da fiel Dana noch etwas anderes ein. »Du könntest auch in Joshs Zimmer schlafen. Es ist ... sauber. Ich beziehe das Bett regelmäßig. Es gibt keinen Grund, warum du auf der Couch schlafen musst, wenn es ein weiteres Bett im Haus gibt.«

Betretenes Schweigen stellte sich ein. Beide Herrera-Frauen wussten, wie viel dieses Angebot Dana gekostet hatte. Es war zwar kein Klein-Jungen-Zimmer, ein Schrein für ein Kind, das man allzu früh verloren hatte. Josh war zwanzig gewesen, als er starb. Dennoch war es auch nach zwei Jahren noch SEIN Zimmer. Es würde immer Joshs Zimmer sein.

»Ich schlafe auf der Couch.« Alex wehrte Danas aufkommenden Widerspruch ab. »Ich weiß es zu schätzen, Dana, wirklich, aber die Couch ist ausreichend.« Alex sah der anderen Frau fest in die Augen. Sie erkannte das Andenken an Josh an und stand zu ihrer Entscheidung.

Dana nickte langsam.

Lauren traten Tränen in die Augen. In diesem Moment war sie sehr stolz auf ihre älteste Tochter. Alex schien zu verstehen, was Dana fühlte, was ihr das Zimmer ihres toten Sohnes bedeutete.

»Dann hole ich noch ein paar Decken.« Danas Stimme klang belegt. Im Vorbeigehen strich sie über Alex' Arm. Dieses Mal wurden sie beide nicht von einem Blitz durchzuckt, doch sie spürten die Wärme für einen Moment, die Zuneigung, die sie füreinander empfanden. »Was meinst du, wie viele Decken du brauchst? Fünf, zehn, fünfundzwanzig?«, wandte Dana sich noch einmal um und grinste ihren Gast an.

»Sehr lustig. Eine reicht schon.«

Lauren lachte mit Dana über ihre Tochter, bevor sie diese in den Arm nahm und sie leicht auf die Lippen küsste. »Du bist eine gute Tochter.«

Alex sah sie verblüfft an und erwiderte die Umarmung. »Woher kam das jetzt?«

»Nun, ich bin stolz auf dich. Dieser ganze Hochzeitstrubel ist nicht leicht für dich. Du hattest schon als Kind keine große Geduld, wenn die ganze Verwandtschaft zusammenkam und dir Leute die Wange tätschelten und kommentierten, wie unnatürlich groß du für dein Alter wärst.« Lauren lächelte, während Alex die Augen verdrehte. »Heute hast du das klaglos über dich ergehen lassen. Ich habe dich noch nie so geduldig erlebt. Es war fast so, als wärst du froh, mit uns allen deine Schwester zu feiern.«

»Ich bin froh für Ally«, verteidigte sich Alex.

»Das weiß ich. Das meinte ich auch gar nicht. Ich bezog mich eher auf all die Jahre, in denen du mit deinem Vater gestritten hast; die vielen Male, die du dich einfach in einen Bus gesetzt hast, um in die Stadt zu fahren. Du wolltest immer weg von hier. Heute hast du zufrieden gewirkt, hier zu sein«, erklärte ihre Mutter verwundert.

»Vielleicht werde ich ja erwachsen.« Alex wusste nicht, ob ihre Mutter recht hatte mit ihrer Einschätzung. Sie würde noch darüber nachdenken, bevor sie einschlief.

»Du bist erwachsen, Alex. Du warst schon erwachsen, als du eigentlich noch eine Jugendliche hättest sein sollen.« Lauren entließ ihre Tochter wieder aus der Umarmung und küsste sie noch einmal auf die Wange. »Ich bin froh, dass du lernst, Denizville zu mögen. Vielleicht sehe ich dich dann öfter zu Hause.« Lauren nahm die kleine Tasche auf, die sie für die Nacht gepackt hatte, und verschwand den Flur hinunter zum Gästezimmer, gerade als Dana wieder erschien. »Gute Nacht, Dana. Vielen Dank noch einmal für deine Gastfreundschaft.«

»Gern geschehen. Gute Nacht.« Dana sah Lauren nach, bis diese schließlich die Tür zum Gästezimmer hinter sich schloss. »Deine Mutter hat einen Schwips«, bemerkte sie bei ihrer Rückkehr ins Wohnzimmer, wo sie Alex zwei Decken aushändigte. »Leg die eine drunter. Der Bezug ist an manchen Stellen ein bisschen rau.«

»Danke, Dana. Gute Nacht.« Dana wirkte unschlüssig. Wieder hatte Alex das Gefühl, dass Dana noch reden wollte.

Schließlich wandte sich Dana ab. »Gute Nacht, Alex. Schlaf gut.«

Doch das würden sie beide nicht.

Über eine Stunde später war Alex noch immer wach. Es lag nicht daran, dass die Couch zu klein war. Tatsächlich war sie immer noch bequemer als die Couch, die im Wohnzimmer ihrer Mutter stand. Alex war warm. Alex war unruhig. Sie war verschwitzt, unzufrieden, frustriert, gerädert, hundemüde und bockig. Sie wollte aufstehen und rumlaufen. Sie wollte die Augen schließen und endlich schlafen. Und dann wollte sie noch in

Danas Zimmer gehen und sie sehr langsam und sehr sanft verführen.

Alex stöhnte frustriert auf. Solche Gedanken waren dem Schlaf nicht gerade förderlich. Wenn sie am nächsten Tag mit dicken Säcken unter den Augen bei der Hochzeit ihrer Schwester auftauchte, drehte die ihr wahrscheinlich den Hals um. Die Hochzeitsfotos würden eine Katastrophe werden, und noch Jahre später würde Ally sie darauf hinweisen, dass sie an ihrem schönsten Tag nicht perfekt gewesen war.

Alex setzte sich auf. Sollte sie vielleicht in die Küche gehen, um sich ein Glas warme Milch zu machen? Sie wollte die beiden anderen Frauen nicht wecken, daher lehnte sie sich auf dem Sofa zurück und starrte mit offenen Augen an die Decke.

Sie wusste nicht, wie lange sie so dagesessen hatte. Irgendwann hörte sie eine Tür gehen und leise Schritte, die sich näherten.

»Mom?« Alex konnte sich gut vorstellen, dass ihre Mutter vor der Hochzeit ihrer jüngsten Tochter auch kein Auge zubekam.

Es war nicht Lauren, es war Dana. »Habe ich dich geweckt, Alex?« Dana tapste ohne Licht zu machen im Flur herum.

»Nein, kannst du auch nicht schlafen?«

»Nein.« Dana trat ins Wohnzimmer. »Ich wollte mir einen Becher warme Milch mit Honig zubereiten. Das soll beim Einschlafen helfen.«

Alex lächelte in die Dunkelheit. Sie hatten denselben Gedanken gehabt. »Wie wäre es mit einem Glas Wein und einer Unterhaltung stattdessen?«

Alex wandte sich um. Dana sah hinreißend aus. Sie trug karierte Pyjamahosen, die ihr bis zum Schienbein reichten, dazu ein grünes Top, in dessen Mitte eine rosafarbene Blume prangte. Das Haar hing ihr in zwei geflochtenen Zöpfen auf die Schultern. Alex war sich bewusst, wie intim dieser Blick war, den Dana ihr gewährte. So sah sie aus, wenn sie schlief, wenn sie am verletzlichsten war. Es rührte Alex.

Dana seufzte. »Wir sollten eigentlich längst schlafen, besonders du. Die Hochzeit …«

»Ja, ich weiß. Ich werde furchtbar aussehen. Vielleicht scheint ja die Sonne, und ich kann eine Sonnenbrille tragen.« Das Gewitter, das Alex in der vorangegangen Nacht vorausgesehen hatte, war nicht eingetreten. Es hatte in der Nacht lediglich leicht gerechnet.

Dana fällte eine Entscheidung und ging in die Küche. Gleich darauf erschien sie wieder mit der Flasche Wein, die Alex ihr geschenkt hatte, und zwei Gläsern.

»Davon haben wir gestern nicht getrunken«, bemerkte sie beim Befüllen der Gläser. Sie hatte die kleine Lampe neben der Couch eingeschaltet. Sie gab ein weiches Licht, ohne bis durch den Türspalt ins Gästezimmer zu reichen.

Dana setzte sich zu Alex auf die Couch, nicht zu dicht, und reichte ihr ein Glas. Dann stießen sie an.

»Auf Ally«, sagte Dana.

»Auf Ally«, bestätigte Alex, und sie tranken.

»Der ist sehr gut«, lobte Dana.

Die jüngere Frau nickte. Im Gegensatz zu Dana kannte sie sich mit Weinen nicht aus. Für Alex reichte es, wie gut er schmeckte.

Eine Weile schwiegen sie, genossen die Stille, die Anwesenheit der anderen Frau.

»Worüber würdest du gern reden?«, fragte Dana irgendwann.

»Wie lief dein Termin heute ... oder besser, gestern?« Alex hatte ihre Mutter am vorangegangenen Abend nochmals darauf angesprochen. Nun wusste sie von Danas erstem Wiedersehen mit ihrem untreuen Ehemann nach Brians überraschendem Auszug.

Alex hatte sich wegen der Szene im Restaurant noch ein bisschen mehr geschämt. Genau, was Dana gebrauchen konnte, während sie sich von ihrem Ehemann trennte: jemand anderen der Besitzansprüche an sie stellte. Sie senkte auch jetzt den Kopf ob der Erinnerung an ihre Eifersucht.

»Es ging ...« Dana suchte nach einem Wort, das das Ausmaß des katastrophalen Zusammentreffens mit Brian ansatzweise erfasste. Sie schüttelte den Kopf. »Ich hätte nie gedacht, dass ich Brian hassen könnte. Gestern hat er es fast geschafft«, sagte sie schließlich. Sie leerte ihr Glas in einem Zug und stellte es neben die Flasche auf den Wohnzimmertisch.

»Möchtest du noch ein Glas?«, fragte Alex hilfsbereit und

wollte Dana schon nachschenken.

Die andere Frau schüttelte den Kopf. »Nein. Wenn ich jetzt anfange zu trinken, höre ich nicht auf, bis die Flasche leer ist. Es reicht schon, dass ich morgen – ich meine, heute – übermüdet zur Hochzeit gehen werde. Ich will nicht auch verkatert sein.«

Alex nickte. »Was hat Brian getan?«, kam sie auf das Thema zurück.

»Nun, vermutlich nichts Schlimmes. Bestimmt ist er lediglich dem Rat seines Anwalts gefolgt. Es war auch nicht das, was er getan hat ... Es war sein Verhalten bei dem Treffen. Als wäre ihm unser ganzes gemeinsames Leben nur noch lästig. achtundzwanzig Jahre, Alex. Sollten die nicht irgendetwas bedeuten?« Dana schloss die Augen. Sie fühlte Tränen in sich aufsteigen, die sich nicht niederkämpfen ließen und ihr über die Wangen liefen.

Alex sah es und breitete ihre Arme aus. Sie bot Dana eine Umarmung an. Die ältere Frau stürzte sich geradezu in den schützenden Kokon.

Alex strich Dana über den Kopf, über Nacken und Schultern. Sie rieb ihr den Rücken und küsste ihren Scheitel, während Dana schluchzte.

»Dein Mann ist ein solcher Idiot«, bemerkte sie irgendwann und wünschte sich gleich darauf, es nicht gesagt zu haben.

Dana sah auf und blickte sie dankbar an. Dann nickte sie. Ein zaghaftes Lächeln bahnte sich den Weg in das hübsche Gesicht. Sie löste sich aus Alex' Umarmung und fischte nach einer Packung Kleenex, die nach Brians Auszug ihren permanenten Platz an ihrer Seite gefunden hatte. Sie wischte ihre Tränen ab und schnäuzte sich.

»Das war er nicht immer, aber das ist er ganz sicher geworden. Er hat eine Freundin, kannst du dir das vorstellen?« Dana schüttelte angewidert ihren Kopf.

»Bei ihm kann ich es mir vorstellen. Wie er dich allerdings betrügen kann, ist mir ein Rätsel!« Es platzte einfach so aus ihr heraus. Alex war selbst überrascht, wie groß ihre Verachtung für den Mann war, der Dana derart verletzte. Sie fühlte sich emotional engagiert und wusste doch, dass sie eigentlich gar kein Recht auf Einmischung hatte. Sie war nicht Danas Retter in der Not. Sie war nicht einmal der Mensch, den Dana an ihrer Seite wollte. Was nichts an den Tatsache änderte: Alex wollte dieser Mensch für Dana sein.

»Du bist süß!« Dana legte ihre Hand an Alex Wange und streichelte sie.

Beide verloren sich in dem Moment. Alex lehnte den Kopf in Danas Hand und schaute die Freundin mit ihren dunklen, seelentiefen Augen an.

»Und du bist so wunderschön«, setzte Dana noch hinzu. Sie beugte sich zu Alex hinüber und küsste sie ganz sanft auf ihre Lippen, ehe sie ihre Stirn an Alex' Stirn lehnte.

Die jüngere Frau blieb stumm. Sie brachte kein Wort heraus. Ihr Herz schlug wie wild. Sie wollte ihre Hände ausstrecken und Dana an sich ziehen, wagte es jedoch nicht.

»Ich will dir widerstehen, Alex. Leider machst du es mir verdammt schwer.« Dana zog sich wieder zurück, lächelte schüchtern.

»Ich hab mich gefragt ...« Alex' Stimme klang belegt. Sie räusperte sich. »Ich habe mich gefragt, ob du ... vielleicht schon mal Erfahrungen mit Frauen gemacht hast?«, brachte sie schließlich hervor und errötete leicht.

Dana lächelte. »Erfahrungen mit Frauen? Nun, ich war auf dem College.« Beide mussten über das Klischee lachen. »Tatsächlich bestand diese Erfahrung nur aus einem Kuss ... einem sehr leidenschaftlichen Kuss.«

»Erzähl mir davon. Bitte.«

Dana lachte auf. »Es war auf einer Party in einer Burschenschaft. Es war mein erstes Semester. Damals dachte ich noch, so etwas müsste man einmal erlebt haben. Ich ging nicht besonders viel aus. Ich war zum Studieren an der BU. An diesem Abend fand ich mich im Verbindungshaus der ... warte, *Kappa Delta Phi*, wieder. Ich stand nahe dem Tisch mit den Erfrischungen und sah mich nach jemandem um, den ich vielleicht kannte, entweder aus meinen ersten Vorlesungen oder noch von der High School, denn einige meiner Klassenkameraden sind nach ihrem Abschluss an die BU gegangen.«

Alex musste nicht fragen, auf welche Uni sich Dana bezog. Die *Boston University* war auch die Alma Mater ihres Vaters gewesen.

»Ich bemerkte eine junge afro-amerikanische Kommilitonin, die in einem meiner Englisch-Seminare saß. Sie schien genauso verloren wie ich, obwohl sie schon ein erfahrenes Drittsemester war.« Dana schmunzelte, und Alex lachte auf. »Schscht, du weckst noch deine Mom«, schalt Dana.

Sie sahen sich beide nach dem Flur um, der zum Gästezimmer führte. Alles blieb ruhig.

»Wie dem auch sei, wir fingen ein Gespräch an. Ich glaube, es ging um den Russischen Existentialismus und wie er die amerikanische Literatur geprägt hat. Es war natürlich ein heilloses Chaos aus Musik und lärmenden Studenten um uns. Petra schlug ein ruhigeres Plätzchen vor. Wir gingen ins obere Stockwerk und fanden tatsächlich eines der Zimmer unverschlossen. Ich bekam auch gar nicht mit, dass sie die Tür abschloss, als wir drin waren.« Dana machte eine Pause für den dramatischen Effekt.

»Oho ...« Alex lächelte.

»Es stellte sich heraus, dass Petra gar nicht so sehr am Russischen Existentialismus interessiert war. Wir saßen beide auf dem Bett eines der Knaben der Verbindung. Sie lehnte sich zu mir rüber und küsste mich.« Dana seufzte. »Es war ... wundervoll. Sehr sexy, sehr ... leidenschaftlich. Hätte nicht jemand versucht, ins Zimmer zu kommen, ich weiß nicht, wie weit wir gegangen wären. Allerdings waren unsere Hände nicht gerade sittsam im Schoss gefaltet, während unsere Lippen einander erforschten. Wenn du verstehst, was ich meine.«

Alex unterdrückte ein Lachen. »Ja, ich glaube, ich kann es mir vorstellen.«

»Nichts unterhalb der Gürtellinie, doch darüber ... sehr eifrig.« Dana lächelte. »Wie gesagt, jemand wollte unbedingt ins Zimmer, daher mussten wir unsere kleine, intime Party aufgeben. Ich hätte den Abend gern noch fortgesetzt. Nachdem wir praktisch erwischt worden waren, wurde Petra ganz komisch und wollte nur noch nach Hause. Bei unserer nächsten Begegnung versicherte sie mir, sie sei nicht lesbisch, sondern nur angetrunken gewesen. Du kennst sicher die Ausreden.«

Alex nickte.

»Ich fand das schade, denn ich mochte sie. Ich hätte diese Gefühle, die sie damals in mir geweckt hatte, vielleicht auch weiterhin erforscht, aber nur zwei Wochen später lernte ich Brian kennen. Es war keine Liebe auf den ersten Blick oder so etwas. Wir lernten uns auf einer Kundgebung gegen Atomkraft kennen ... Er war ein guter Redner, kein Kennedy, doch er konnte die Leute mitreißen ...«

Dana verlor sich in der Erinnerung.

»Wir waren beide so jung. Wir diskutierten über alles und jedes. Wir waren idealistisch, aufgeschlossen. Irgendwann veränderte sich sein Interesse an mir. Er fragte mich, ob wir ausgehen wollten. Ich sagte ja. Unsere Beziehung verlief fast zu normal. Ein paar Dates, das erste Mal, Verlobung. Er hielt sogar ganz offiziell bei meinen Eltern um meine Hand an, obwohl das damals schon furchtbar aus der Mode war.«

Alex nickte. Sie konnte sich Dana als Neunzehnjährige gut vorstellen; wie sie über den Campus lief, die Bücher in ihrer Schultertasche, in Cordhosen und Bluse, darüber vielleicht ein Pullunder. Der selbstbewusste Gang derer, denen die Zukunft gehörte, führte sie über eine Wiese, und ihre Hand hielt die des jungen Mannes, der ihr Ehemann werden würde. Alex seufzte. Sie selbst war damals auf kleinen fetten Beinchen im Garten herumgewackelt und hatte mit Bauklötzen um sich geworfen.

»Ich machte meinen Collegeabschluss und fing an zu arbeiten, während Brian seinen Master machte. Er fand dieses Haus und bestand darauf, dass wir es kauften. Achtundzwanzig Jahre später komme ich an einem Mittwoch von der Arbeit und finde meinen Ehemann mit zwei gepackten Koffern im Wohnzimmer vor. Er sagt mir, dass er es nicht mehr aushält und die Scheidung will. Dann geht er.« Danas Mundwinkel bogen sich nach diesen Worten nach oben. Es war kein Lächeln, es war eine Maske.

Diesmal war es Alex, die ihre Hand nach der anderen Frau ausstreckte und schließlich ihre Wange streichelte. Dana flüchtete sich wieder in Alex' Arme, die sie fest umfangen hielten, und schloss die Augen gegen den Schmerz.

»Ich habe mich geirrt, Brian ist nicht nur ein Idiot, er ist dazu noch ein Arschloch«, flüsterte Alex.

Dana schüttelte den Kopf. »Das denken vermutlich viele verlassene Ehefrauen insgeheim. Alex, ich war ihm keine gute Ehefrau mehr. Nicht … nicht nach Joshs Tod. Ich … habe ihn kaum noch wahrgenommen. An Intimität war gar nicht zu denken. Ich habe mich nicht von ihm trösten lassen; ich habe ihn weggestoßen. Ich konnte nicht mit mir selbst leben, also auch nicht mit ihm.«

»Du hattest dein einziges Kind verloren«, rechtfertigte Alex ihr Verhalten.

»Ja«, war alles, was Dana dazu sagte. Sie schien nicht gewillt, mehr zu sagen.

Vermutlich wollte sie nicht über Josh sprechen. Dana hatte bereits einen emotional aufrührenden Tag und Abend hinter sich. Sie brauchte nicht noch mehr Schmerz in dieser Nacht.

Sie saßen so eine ganze Weile. Dana hatte das Gesicht in Alex' T-Shirt vergraben und atmete ihren Geruch mit jedem Atemzug. Alex' linke Hand fuhr in Kreisen über Danas Rücken, während ihre rechte noch immer ihr Gesicht hielt.

»Können wir so für immer sitzen bleiben?«, fragte Dana irgendwann.

Alex lächelte. »Von mir aus gern.«

Dana schmunzelte, als sie den Kopf schließlich von seinem Ruheplatz an Alex' Brust nahm und die jüngere Frau ansah. Die Stimmung veränderte sich schlagartig. War sie gerade noch relaxt und leicht gewesen, wurde sie jetzt durchtränkt von Verlangen.

In der nächsten Sekunde gaben beide der schwelenden Sehnsucht nach. Erneut fanden sich ihre Lippen. Der Kuss war fordernd, verlangend, doch nicht außer Kontrolle, sondern sehr intensiv, innig. Ihre Hände waren ebenfalls ruhelos, fuhren über leicht bekleidete Formen, griffen in Haar und Kleidung. Seufzer bahnten sich ihren Weg vorbei an Zungen, die miteinander rangen. So verloren sie sich mehrere Minuten ineinander.

Sie trennten sich schließlich, weil sie beide kaum noch Luft bekamen. Alex hielt Danas Gesicht umfasst, sie wollte sie nicht ganz gehen lassen.

»Was ist, wenn Lauren uns so findet?«, fragte Dana.

Alex nahm ein paar tiefe Atemzüge und antwortete mit einem Grinsen. »Dann sage ich ihr, dass du mich geschwängert hast. Sie wird Dads alte Schrotflinte aus dem Keller holen und dich damit zwingen, eine ehrbare Frau aus mir zu machen.«

Dana lachte auf. Sie konnte nicht anders. Sie wand sich aus Alex Griff und setzte sich auf. »Du bist deiner Mutter so ähnlich, aber deinen Humor hast du ganz klar von deinem Vater.«

»Muss ich mich dafür entschuldigen?« Alex feixte und rappelte sich ebenfalls aus ihrer halbliegenden Position hoch.

»Nein, ich mochte Jorges Humor. Ich würde gern hören, was er zu meiner Scheidung zu sagen hätte.«

»Was denkst du, würde er sagen?«, fragte Alex nach.

»›Bist du ihn endlich los, den Klotz am Bein? Wenn du denn jetzt wieder frei bist: Ich habe einen Cousin in Puerto Rico, der eine Frau sucht. Er würde deinen Eltern drei Hühner und eine Ziege für dich geben. Überleg's dir.‹«

Jetzt lachten beide. Dana hatte Alex' Vater wirklich sehr gut getroffen.

Im hinteren Teil des Hauses regte sich etwas. Die Tür zum Gästezimmer ging auf. Gleich darauf schlurfte Lauren ins Wohnzimmer.

»Ich dachte, ich hätte euch gehört. Was macht ihr denn hier?« Sie rieb sich die Augen. Offensichtlich war ihr gelungen, was den anderen beiden Frauen nicht gelingen wollte. Sie hatte geschlafen.

»Haben wir dich geweckt?«, fragte Dana betreten. Sie hatte ein schlechtes Gewissen. Nicht nur, weil sie Alex vom Schlafen abhielt; vielmehr deshalb, wie sie sie davon abhielt.

»Nein, irgendwo hat ein Hund gebellt. Davon bin ich aufgewacht. Dann habe ich euch gehört. Ihr solltet wirklich schlafen. Morgen ist die Hochzeit.«

Alex wollte ihre Mutter verbessern, dass die Hochzeit bereits heute war, doch sie hielt sich zurück. Widerworte waren das letzte, was Lauren Herrera jetzt von ihrer Tochter hören wollte.

»Es tut mir leid. Es war meine Schuld. Ich konnte nicht schlafen und habe Alex wach gehalten.« Dana erhob sich von der Couch. Sie griff sich die Weinflasche und die beiden leeren Gläser und brachte sie in die Küche.

Lauren sah ihr nach. »Ist alles in Ordnung?«, fragte sie ihre Tochter.

»Ja, sie wollte nur ein bisschen reden, und ich konnte auch

nicht schlafen.«

Lauren nickte und machte sich wieder auf den Weg ins Bett. »Geh schlafen«, riet sie Alex über ihre Schulter.

»Nacht, Mom«, kam es zurück.

Dana kam aus der Küche und sah, wie Lauren wieder im Gästezimmer verschwand. »Ist sie sauer?«, fragte sie Alex, die den Kopf schüttelte.

»Aber sie wird es sein, wenn sie aufsteht und uns immer noch hier sitzen sieht.«

»Wir sollten schlafen gehen ...« Die Worte trieben Dana erneut die Röte ins Gesicht.

Alex kicherte.

»Ich meine, jeder für sich. Du hier auf der Couch. Ich in meinem Bett.« Sie lehnte sich über die Couch, bevor sie ihre Worte in die Tat umsetzte. Sie gab Alex einen zärtlichen Kuss auf die Lippen. »Danke fürs Zuhören.«

»Gern geschehen.« Alex grinste.

Dana fiel es schwer, sich loszureißen. Sie hielt Alex' Hand, die locker auf der Rückenlehne der Couch lag. »Du bist wirklich eine ganz außergewöhnliche Frau, Alex. Ich wünschte ...« Eigentlich gab es nichts zu wünschen. Es gab immer Wege, die aus Unmöglichkeiten Möglichkeiten machten. Man musste sie nur bestreiten. Dana fragte sich, über wie viele Leichen sie würde gehen müssen, um zu kriegen, was sie wollte. Kein Zweifel: Der Preis würde zu hoch sein.

Der Tag der Hochzeit

Der Tag begann mit einem Regenschauer und den ersten Tränen der Braut. Lauren war bereits zur Stelle und tröstete ihre Tochter mit der Aussicht, dass Ally sich glücklich schätzen könne, sollte das Wetter das einzige bleiben, was an diesem Tag schiefging. Zudem versprach sie, sich um alle weiteren Katastrophen persönlich zu kümmern, damit Alicia sich ganz auf den schönsten Tag ihres Lebens konzentrieren konnte.

Lauren hatte Alex an diesem Morgen schon aufgeschreckt, bevor die Sonne vollends aufgegangen war. Es war halb sechs gewesen. Alex hatte vielleicht zwei Stunden geschlafen und war entsprechend gerädert. Da Lauren darauf bestand, dass sie Dana weiterschlafen ließen, überquerte Alex die Straße ungekämmt und noch in ihren Schlafklamotten. Es war ihr egal. Falls jemand sie sah, wusste dieser vermutlich von der anstehenden Hochzeit im Hause Herrera. So etwas brachte häufig die eigenartigsten Erscheinungen mit sich.

Alex hätte sich gern noch eine Weile in ihr Bett verkrochen. Bloß hatte ihre Mutter sie nicht zufällig so früh geweckt. Es gab noch tausend Dinge zu tun. Lauren verließ sich selbstverständlich auf Alex' tatkräftige Unterstützung. Daher gab sie Alex, sobald diese angezogen und fertig zurechtgemacht war (noch nicht in dem zweiteiligen Nadelstreifenanzug, den sie bei der Hochzeit tragen würde, sondern in praktischen Jeans und einem Sweater), eine Liste.

Alex sollte sicherstellen, dass sämtliche Bestellungen korrekt eingetroffen waren und sich zur rechten Zeit am rechten Platz befanden: Blumen, Essen, Stühle und Tische, das ganze Paket. Mit anderen Worten: Alex durfte den ganzen Morgen in der Gegend herumfahren und Ladenbesitzer aufschrecken. Für Alex war das eine willkommene Aufgabe, so musste sie sich nicht erneut mit beschwipsten Gästen herumschlagen.

Lauren kümmerte sich indessen um die Braut und machte Telefonanrufe bei der Kirche und im Hotel, wo in einem der Ballsäle die Hochzeitsfeier stattfinden würde. Außerdem unterhielt sie nebenbei noch die Schwestern und Nichten ihres verstorbenen Ehemannes. Im Haus herrschte an diesem Morgen das reinste Chaos. Ein Wirrwarr aus Frauen, die in verschiedenen Formen des Angezogenseins durch das Haus liefen, Lockenwickler im Haar, Make-up nur halb aufgetragen, irgendwelche Accessoires und Schönheitsartikel austauschend.

Dies war übrigens ein weiterer Grund, warum Lauren Alex aus dem Haus geschickt hatte. An irgendeinem Punkt würde unweigerlich einer der Hausgäste ihre älteste Tochter darauf ansprechen, wie wenig Make-up Alex benutzte oder weshalb sie kein großes Getue um ihre Frisur machte. Lauren hatte es häufig genug gesehen. Sie selbst war ebenfalls eher Minimalistin, wenn es um derlei Schnickschnack ging. Aber sie war auch keine Latina. Die Verwandten ihres Mannes betrachteten es als Teil ihres kulturellen Erbes, sich so auszustaffieren, dass sie sich zur richtigen Zeit am richtigen Ort präsentieren konnten. Solche Oberflächlichkeiten waren Alex egal. Sofern Lauren es zeitlich richtig plante, würden alle anderen bereits auf dem Weg zur Kirche sein, wenn Alex sich für die Trauung umzog.

Alex war spät dran. Sie kam gerade aus ihrem Elternhaus. Ihr Nadelstreifenanzug saß wie angegossen. Das Haar hatte sie sich von einer der Brautjungfern, die Friseurin war und auch die Haare ihrer Schwester frisiert hatte, hochstecken lassen. Sie sah fantastisch aus.

Das sah auch Dana, die selbst gerade in ihren Wagen steigen wollte, um zur Kirche zu fahren. Sie winkte Alex, die ihren Gruß erwiderte.

»Möchtest du mit mir mitfahren?«, rief Alex über die Straße und versinnbildlichte ihre Frage mit Handzeichen.

Dana schüttelte den Kopf. »Du kannst mit mir mitfahren.« Sie machte dieselben Handzeichen wie zuvor Alex.

Sie grinsten einander an, dann kam Alex über die Straße zu Dana.

»Ich werde vermutlich nicht bis zum Schluss bleiben. Wenn du noch bleiben würdest, wäre ich gestrandet«, erklärte Dana, warum es sinnvoller war, mit ihrem Wagen zu fahren.

»Dann planst du also mit Wasser anzustoßen?«, fragte Alex.

Ihr Gegenüber nickte, während sie ins Auto stiegen.

Dana setzte ihren Wagen in Bewegung und rollte aus ihrer Auffahrt. Alex beobachtete sie. Die kleinere Frau war eine sichere Fahrerin, sehr aufmerksam trotz der Anzahl an Jahren, die sie bereits ein Fahrzeug führen durfte. Sie wurde sich allerdings auch Alex' prüfendem Blick bewusst.

»Würdest du mich bitte nicht anstarren, das macht mich nervös.« Dana lächelte dabei.

Alex schüttelte den Kopf, um sich zu fangen. »Entschuldige.

Ich ...« Sie verstummte.

Beide Frauen mussten an den vorangegangen Abend, die Nacht denken. Die Erinnerung stand zwischen ihnen und bettelte um Aufmerksamkeit.

Dana nahm sich schließlich ein Herz. »Ich habe es wirklich genossen letzte Nacht.« Sie musste lachen, weil es tatsächlich nach mehr klang, als es gewesen war. Sie hatten schließlich nur geredet und sich geküsst.

»Das habe ich auch«, bestätigte Alex. »Doch es ist immer noch unmöglich, richtig?«, fragte sie nach. Es lag etwas unbeabsichtigt Beleidigtes in ihren Worten.

Dana verstand. Alex fühlte sich benutzt. So, als würde sie mit ihr spielen. Hatte sie das getan? Nein, sie hatte Gefühle für die junge Frau. Und sie konnte nicht immer stark sein. Das war letzte Nacht gewesen. Heute musste sie stark sein und Alex sagen, dass es in der Tat unmöglich war.

»Ich habe mich letzte Nacht gehen lassen, Alex. Das war nicht richtig dir gegenüber. Du hast deinen Teil dazu beigetragen. Wir müssen uns beide darüber im Klaren sein, dass dies nirgendwo hinführt.«

Alex blickte starr aus der Windschutzscheibe vor sich. Dana hatte recht. Trotzdem war es noch immer unfair.

Dana schaute zu Alex hinüber, deren Nackenmuskeln angespannt waren. Dana konnte spüren, wie ihre Finger geradezu juckten, Alex ihre Hände in den Nacken zu legen und die Sorgen fort zu massieren. Schnell richtete sie den Blick wieder auf die Straße.

Es war unheimlich, wie ihr Körper auf den der jüngeren Frau reagierte. Als sie Alex aus dem Haus hatte kommen sehen in ihrem perfekt sitzenden Anzug mit einem Ausschnitt, der gerade den darunter sitzenden BH verhüllte, schienen alle ihre Nervenenden aufzuspringen und »hier« zu rufen. Ihre Hände wollten über die kaum verhüllten Rundungen gleiten, ihr Körper sich an sie pressen, und ihre Lippen wollten wieder von Alex geküsst werden.

Sie begehrte die jüngere Frau so sehr, es war fast schmerzhaft. Doch da war noch mehr. Da war eine sentimentale kleine Stimme, die ihr Geschichten von Alex als kleinem Mädchen erzählte. Wie sie auf ihrer eigenen Hochzeit rumgetapst war und alle Gäste verzaubert hatte. Wie ihr Vater ihr vor dem Haus das Fahrradfahren beigebracht und Alex ihr freudestrahlend zugewinkt hatte als sie endlich ohne Hilfe davonfuhr.

Das war die kleine Alexandra, die beschützt und umsorgt werden musste. Und dann war da die erwachsene Frau, die mehr war als ein hinreißender Körper. Sie hatte Humor und Verstand. Sie war mitfühlend und herausfordernd. Sie könnte Danas ganze Welt zum Einsturz bringen. Auch, wenn von Danas Welt nicht mehr viel übrig war, so hielt sie krampfhaft an dem wenigen fest, das sie noch hatte: ihrem Job, ihrer besten Freundin, und dem Glauben, dass Alex nicht in ihre Welt passte.

Dana stöhnte frustriert auf. »Was willst du von mir, Alex?«

Die beiden Frauen sahen einander an, beide erschrocken über diesen Ausbruch.

Alex fand keine Antwort. Keine, die nicht selbst für sie furchtbar utopisch klang. Sie schüttelte den Kopf.

Dana wandte sich wieder der Straße zu. Sie waren jetzt fast bei der Kirche. Beide konnten den kleinen Kirchturm am Ende der Straße ausmachen. Dana steuerte den Wagen in eine Parklücke. »Was immer es ist, Alex, es ist zu spät dafür.«

»Ist das wieder ein Hinweis auf unseren Altersunterschied?«, fragte Alex bitter. Sie wollte diesen Grund am wenigsten zählen lassen. Er war ihrer Meinung nach absurd.

»Ich bin zu alt. Ich bin zu alt für all diese Gefühle, die du in mir auslöst. Ich bin zu alt, um meine Libido neu zu entdecken und noch einmal von vorn anzufangen. Ich hab einfach nicht die Kraft, Alex.«

»Das ist Unsinn. Das weißt du auch. Du hast Angst. Das hat nichts mit deinem Alter oder deiner gescheiterten Ehe zu tun. Du hast Angst, du könntest mehr für mich empfinden als körperliche Anziehung. Gib es wenigstens zu.«

»Ich bin zu alt, mich zu verlieben«, bestätigte Dana traurig.

Alex schüttelte den Kopf. »Noch mehr Unsinn.« Sie wandte sich Dana zu und sah sie eine Weile nachdenklich an. »Ich weiß, dass es keinen Weg für uns gibt, Dana. Ich ... weiß es. Dennoch will ich dich. Das geht nicht einfach weg, nur weil eine Beziehung aussichtslos erscheint. Du solltest dich aber auch nicht selbst belügen. Gefühle haben rein gar nichts mit dem Alter zu tun. Du bist fähig zu Leidenschaft und zur Liebe, das weiß ich. Das weiß ich ganz genau. Wir haben uns geküsst. Ich kenne dich besser, als du denkst.«

Sie blieben einen Moment sitzen und sahen einander an.

Dana war überrascht über Alex' eindringliche Worte. Sie würden sie so schnell nicht wieder verlassen. Dana sah zur Kirche hinüber, wo ein paar Leute die Treppen hinaufeilten. Auch sie und Alex sollten sich eigentlich beeilen. Nur schien diese Unterhaltung hier so viel wichtiger als alles andere.

»Du hast recht. Ich habe Gefühle für dich. Ich kann es nicht verstehen, Alex. Nach allem ... Joshs Tod, Brian. Ich müsste völlig kalt und leer sein. Doch ich fühle ... dich.« Sie legte Alex ihre Hand an die Wange.

»Ich fühle dich auch.«

Dana bemerkte eine Bewegung bei der Kirche. Lauren kam auf ihr Auto zugeeilt. Dana zog ihre Hand von Alex' Gesicht. »Deine Mutter.«

Alex wandte sich um und öffnete die Wagentür, noch bevor Lauren am Auto ankam. Sie waren sich beide nicht sicher, ob Lauren sie gesehen hatte.

»Da seid ihr ja endlich! Schnell, wir wollen anfangen!« Lauren fuchtelte wild mit den Armen und trieb Alex und Dana zur Eile an. Sie liefen schließlich zur Kirche und waren die letzten, die ihre Plätze einnahmen.

Vor der Trauung hatte Alex noch mit ihrer Schwester reden wollen. Durch das Gespräch mit Dana war ihr dazu keine Zeit mehr geblieben. Die Trauung war wie man es von solchen Ereignissen erwartete: Sie war feierlich. Sie war rührend. Alle fühlten sich mit Liebe und Zuckerguss bedeckt, als die Zeremonie endlich vorbei war. Vor der Kirche wurden Fotos gemacht, von einem professionellen Fotographen und einigen Amateuren, die den Moment für das eigene Album festhalten wollten. Danach machte sich die Versammlung auf den Weg ins *Henderson*, einem traditionsreichen Hotel, das zwischen Dennizville und Waldorf lag.

Alex nutzte die erste Gelegenheit, ihre Schwester in einen

kleinen privaten Raum zu ziehen, der von der Empfangshalle abging. Die Hochzeitsgesellschaft würde ein paar Minuten ohne sie auskommen müssen.

Sie standen sich gegenüber. Alex lächelte stolz auf ihre jüngere Schwester hinab.

»Es tut mir leid, dass ich so spät war. Ich wollte eigentlich noch vor der Trauung mit dir reden«, entschuldigte sich Alex.

»Du hast den ganzen Morgen daran gearbeitet, meinen Ehrentag perfekt zu machen. Selbst du bist heute absolut perfekt.« Alicia berührte ganz leicht Alex' hochgestecktes Haar. »Du siehst so hübsch aus.«

»Sagte die atemberaubend schöne Braut zu ihrer Schwester.« Sie lächelten einander an. »Das bist du wirklich.« Alex schüttelte verträumt den Kopf und zupfte an einem der kleinen Löckchen, die den Kopf ihrer Schwester umrahmten.

»Ich fang gleich an zu heulen«, warnte Alicia.

Das brachte beide zum Lachen.

»Okay. Ich wollte dir eigentlich nur sagen, wie stolz ich auf dich bin. Ich finde, du hast einen tollen Verl… Ehemann. Ich kann ihn gut leiden und glaube, dass er gut zu dir sein wird. Sollte er es irgendwann nicht mehr sein, werde ich ihm natürlich jeden Knochen im Leib brechen.«

Alicia gab Alex einen leichten Schlag auf den Arm, kicherte aber.

»Ihr beide werdet hoffentlich sehr glücklich miteinander werden.«

»Ohhhh, Alex.« Jetzt fielen schließlich doch ein paar Tränen. Ally ignorierte sie und legte die Arme um den Hals ihrer Schwester.

Alex drückte ihre Schwester einen Moment an sich, schob sie dann wieder von sich und nahm eine kleine Schmuckschatulle aus ihrer Tasche. »Nun zu deinem Geschenk. Ich habe lange darüber nachgedacht. Es sollte etwas Besonderes sein.« Alex öffnete die Schachtel und ließ Ally hineinsehen. In dem dunklen Samt lagen zwei silberne Ketten, deren Anhänger ein goldenes in ein silbernes Herz gefasstes Kreuz ergaben.

»Es lässt sich in der Mitte trennen und wieder zusammenfügen. Eine ist natürlich für Rick, die andere für dich. Auf der

Rückseite ...« Alex drehte das kleine Herz in seinem Nest um.

Ally musste sich weit über die Schachtel lehnen, um zu sehen, was auf der Rückseite eingraviert war. »*Alicia & Richard* und das heutige Datum«, las die Braut. »Das ist so ... wunderschön, Alex. Ich danke dir.« Wieder umarmte Alicia ihre Schwester.

Dieses Mal hielt die größere Frau die kleinere eine ganze Weile lang fest. Als sie sich trennten, lächelten sie einander wieder an.

»Es ist Zeit für deine Party«, bemerkte Alex.

»Worauf du dich verlassen kannst!«, bestätigte Alicia.

Sie verließen den kleinen Raum für einen größeren mit Tischen und Geschenken, einer Band, einem Tanzparkett und vielen Menschen, die sich bereits gut amüsierten.

Es wurde gegessen, es wurden Reden gehalten, es wurden traditionelle, und manchmal auch recht peinliche Spiele gespielt. Anschließend wurde getanzt. Alex beteiligte sich an jedem Unsinn, mit dem die Brautjungfern und der Trauzeuge aufwarteten, und ließ es sich auch nicht nehmen, einen Toast auf das Brautpaar auszusprechen.

Nur als ihre Verwandten anfingen, die Tanzfläche zu stürmen, lehnte sie selbst mehrere Aufforderungen dazu ab. Als großer Mensch hielt sie sich nicht für sehr gelenkig. Als Latina fehlte ihr das Gespür für Rhythmus. Deshalb fühlte sie sich immer beobachtet, wenn sie eigentlich selbstverloren sein sollte. Diese Tatsache machte Tanzen für sie nicht zum Vergnügen.

Zudem waren von ihr bevorzugte Tanzpartnerinnen in diesem Kreis tabu. Alex sah viele Male zu Dana hinüber und wünschte, sie könne zu ihr hinübergehen und sie zum Tanzen auffordern. Das ging jedoch nicht. Allerdings war ihr schleierhaft wieso auch niemand anderes sich dazu aufraffte, Dana aufzufordern. Sie sah sich unter den Männern der Gesellschaft um, unter den ledigen wie den vergebenen, unter den alten, den jungen und denen dazwischen. Keiner dieser Trottel schien gewillt, mit der absolut attraktivsten Frau im Raum das Tanzbein zu schwingen. Alex fand das inakzeptabel.

Sie beobachtete eine Weile, wie Dana sich mit einigen ihrer Tischnachbarn unterhielt. Wieder schweifte ihr Blick suchend über die Gesellschaft – und fand Tom Kent. Der Trauzeuge unterhielt sich gerade mit dem Bräutigam.

Sowie er Alex' Blick einfing, beendete er dieses Gespräch recht schnell und kam zu ihr hinüber. »Hallo, Alex. Würdest du vielleicht gern mit mir tanzen?«

Sie lächelte, schüttelte jedoch den Kopf. »Nein, danke.«

Sein Lächeln verging. Trotzdem setzte er sich auf den leeren Stuhl an ihrer Seite.

»Du könntest mir einen Gefallen tun und eine Freundin von mir auffordern.«

Tom sah sie fragend an.

Alex schaute zu Dana hinüber.

Tom folgte ihrem Blick, schien aber nicht zu wissen, um welche der drei Frauen an dem Tisch es ging.

»Die Frau in dem grauen Kostüm, rotbraunes Haar. Das ist Dana Lincoln. Ich möchte, dass du sie zum Tanzen aufforderst.«

Tom sah von ihrer Freundin wieder zu Alex zurück. Er schien auf eine Erklärung oder vielleicht ein Zugeständnis ihrerseits zu warten. Vielleicht, dass sie später auch mit ihm tanzen würde.

Doch Alex gab keine Erklärung und auch kein Versprechen. Sie sah ihm tief in die blauen Augen, bis er dem Blick nicht mehr standhalten konnte, sondern es einfach tat, weil sie ihn darum gebeten hatte.

Er zuckte die Schultern. »Na schön.« Damit machte er sich auf den Weg zu Danas Tisch und forderte sie zum Tanzen auf.

Dana schaute überrascht zu dem blonden, jungen Mann auf, lächelte, nickte und ließ sich von ihm auf die Tanzfläche führen.

Alex lächelte ebenfalls. Mission erfüllt.

Alex spürte, wie sich zwei Arme über ihre Schultern legten und sie von hinten umarmten.

Die Stimme ihrer Mutter flüsterte ihr ins Ohr: »Das habe ich gesehen.« Die Arme um ihre Schultern drückten Alex dankbar. Dann setzte sich ihre Mutter auf den Stuhl, den Tom kurz zuvor verlassen hatte. »Das war sehr süß von dir. Dana tanzt sehr gern.«

›Und sehr gut‹, wollte es sich an Alex' Kloß im Hals vorbeidrücken, als ihr Blick über das Tanzpaar fuhr, das sie zu dieser Gelegenheit zusammengeführt hatte. Mehr denn je wünschte sie sich, diejenige sein zu können, die Dana im Arm hielt. Ihr Blick senkte sich und richtete sich auf ihre Mutter, die sie prüfend beobachtete.

»Es ist eine schöne Feier, Mom.«

Lauren nickte. Sie sah sich zufrieden um. Schließlich war der reibungslose Ablauf vor allem ihr zu verdanken. »Ja, das ist es. Ich bin so froh. Ally hat diesen Tag verdient.«

»Ja, das hat sie. Du hast dich selbst übertroffen.«

Lauren lächelte über das Kompliment, wurde jedoch schnell wieder ernst. Alex ahnte, dass ihre Mutter über etwas reden wollte. Es gab zumindest ein Thema, das sie fürchtete. Was ihre Mutter schließlich sagte, überraschte sie.

»Dana und du, ihr habt euch angefreundet.«

»Ehm, ja. Sie ... ja.«

Lauren nickte. Sie wägte ihre nächsten Worte ab. »Du magst sie sehr, nicht wahr?« Ihre Mutter sah ihr tief in die Augen.

Alex wagte kaum sich zu bewegen. Sie hatte erneut einen Kloß im Hals, fürchtete allerdings, ein Räuspern würde ihrer Mutter mehr verraten, als sie preisgeben wollte. Alex nickte. »Sie ist sehr nett«, kam es etwas platt.

»Das ist sie. Sie macht im Moment eine Menge durch, vor allem mit der Scheidung. Ihr habt darüber gesprochen?«

»Ja, unter anderem.«

Lauren nickte. Sie sah sich nach Dana um, dann wieder zurück zu ihrer Tochter. In ihren blauen Augen stand eine vage, unausgesprochene Frage. Vielleicht war es nur eine Ahnung dessen, was Alex ihr schon so lange erzählen wollte. Am Ende seufzte Lauren nur und lächelte Alex an.

Ihre Tochter bemerkte Laurens Besorgnis trotz des Lächelns. »Wir sind Freunde, Mom.« Es hatte etwas Endgültiges, wie sie es sagte, als wollte sie ihrer Mutter die Sorge abnehmen zu denken, dass sie vielleicht mehr waren als das.

Lauren nickte. Sie verstand. Sie war sich nur nicht sicher, ob sie es auch hundertprozentig glaubte. Sie sah sich noch einmal zu Dana um, die inzwischen von ihrem Tanzpartner zurück an ihren Tisch begleitet wurde. »Darüber bin ich sehr froh, Schatz. Dana braucht im Moment gute Freunde.« Sie lächelte ihre Tochter erneut an und küsste sie auf die Wange. »Ich bin so stolz auf dich, Kleines.«

Alex schmunzelte aufgrund des Kosewortes. Sie überragte ihre Mutter bereits seit sie vierzehn war.

»Und ich liebe dich sehr.« Lauren stand auf.

»Ich liebe dich auch, Mom«, erwiderte Alex und sah zu ihrer Mutter auf.

Die lächelte, streichelte die Wange ihrer Tochter und verließ sie wieder, um sich wieder ihren Pflichten als Mutter der Braut zu widmen.

Alex blieb zurück. Sie war sich nicht sicher, was diese Unterhaltung über Dana bedeutet hatte. Offensichtlich hatten ihre Worte die Mutter beruhigt. Blieb die Frage, woher die Sorge ihrer Mutter kam. Hatte Lauren gesehen, wie Dana im Auto ihre Wange gestreichelt hatte? Hatte sie vielleicht etwas von der Unterhaltung gehört, die Dana und sie in der Nacht zuvor geführt hatten? Alex wusste es nicht. Doch sie entschied, ihrer Mutter keinen weiteren Grund für irgendwelche Sorgen zu liefern.

Alex hatte es geahnt. Irgendwann fand sich Tom wieder an ihrer Seite ein, den Blick eines treuen Hündchens in den Augen. Es war etwa eine halbe Stunde nach der Unterhaltung mit ihrer Mutter. Ihre Gedanken hatten sich noch nicht vollends davon gelöst, auch wenn sie inzwischen mit ein paar Bekannten aus Dennizville zusammenstand und Geschichten über eine jüngere, wie stets sehr selbstbewusste, Alicia lauschte.

»Entschuldige, Alex.«

Die große Frau wandte sich dem noch größeren Mann zu.

Er lächelte hoffnungsvoll. »Würdest du jetzt vielleicht mit mir tanzen?«

Alex wollte verneinen. Da fiel ihr Blick auf ihre Mom, die sich angeregt mit einem von Ricks Verwandten unterhielt. Sie sah sich zur Tanzfläche um, auf der inzwischen wesentlich weniger Tanzpaare ihrer Leidenschaft frönten. Viele der Hochzeitsgäste saßen an Tischen und unterhielten sich. Eine kleine Menschentraube hatte sich um die Bar versammelt. Alle schienen vertieft, entweder in ihre jeweilige Unterhaltung oder das Getränk ihrer Wahl.

Alex seufzte. »Na schön. Ein Tanz.« Trotz der wenig charmanten Art Alex' strahlte Tom sie an. Er führte sie zur Tanzfläche. Es war ein langsamer stimmungsvoller Tanz. Alex bemerkte, dass auch das Brautpaar sich von der Musik tragen ließ. Sie hoffte allerdings, dass Ally ihre Augen nicht von denen ihres Bräutigams lösen und merken würde, dass sie mit Tom tanzte. Das würde ihre Verkuppelungsversuche nur intensivieren.

Alex ließ sich von Tom führen, hörte ihm zu, wie er davon sprach, wie schön dieser Tag gewesen war und wie sehr er sich wünschte, seine eigene Hochzeit, irgendwann, in nicht allzu ferner Zukunft, möge ebenso schön werden.

Alex hörte nur mit halbem Ohr zu. Ihre Augen taten, was sie schon die ganzen letzten Tage getan hatten – sie suchten Danas schlanke Gestalt. Sie fanden sie bei der Tür, zusammen mit ihrer Mutter.

»Will sie etwa schon gehen?«, murmelte Alex.

Tom sah sie fragend an. Alex bemerkte es nicht. Sie beobachtete, wie ihre Mutter ihre Freundin umarmte und sich sogleich einem der Hotelangestellten zuwandte, der irgendetwas mit ihr besprechen wollte.

Dana sah sich inzwischen ein letztes Mal in dem großen Raum um. Ihre Blicke streiften das Brautpaar auf der Tanzfläche und blieben schließlich mit Alex' eigenen verstohlenen Blicken verhaftet.

Alex merkte nicht, dass ihre Füße sich nicht mehr bewegten, oder dass Tom sie verwirrt fragte, was los sei. Sie sah einfach in Danas Augen, sah das Lächeln, das sich auf ihrem Gesicht formte, liebevoll, dankbar, doch hoffnungslos. Dann wandte sich Dana ab und ging.

»Alex?«, schob sich Tom Kents Stimme in Alex' Bewusstsein.

»Was?« Verwirrt schaute seine Tanzpartnerin zu ihm auf.

»Ist dir nicht gut? Wollen wir einen Moment nach draußen gehen?« Statt eine Antwort abzuwarten, nahm er ihren Arm und führte sie nach hinten aus den Flügeltüren auf eine Veranda, die auf einen wunderschönen Garten und einen kleinen See hinausblickte. »Soll ich dir etwas zu trinken holen? Ein Glas Wasser?«, fragte der große Mann besorgt. Er hielt noch immer Alex' Arm.

Alex löste sich von ihm und trat an das Geländer, denn die Veranda lag höher als der Garten. Stufen führten an beiden Seiten hinunter ins satte Grün.

»Nein, das ist nicht nötig«, erwiderte sie.

Sie sah hinaus in den Garten, der bereits von ein paar Lampen beleuchtet wurde. Es war später geworden. Der Abend war hereingebrochen. Sie fragte sich, wie viele der Gäste es bemerkt hatten. Sie selbst hatte sich für ein paar Stunden eingebildet, dieser Tag würde ewig dauern. Doch die ersten Gäste waren bereits vor Dana gegangen und vermutlich warteten die meisten der Anwesenden nur darauf, dass sich das Brautpaar zurückzog, um selbst den Heimweg anzutreten.

Aber darüber dachte Alex nicht wirklich nach. Sie dachte an Dana. An das Lächeln, das sie ihr am Schluss geschenkt hatte. Es war zweifellos der Schluss gewesen. Das Ende. Dana ließ sie ... los, zurück, gehen? Es spielte keine Rolle. Es war endgültig. Zwischen ihnen würde sich nichts mehr abspielen. Keine nächtlichen Unterhaltungen mehr; keine Küsse; keine Berührungen irgendwelcher Art. Beim nächsten Wiedersehen würden sie so tun, als wäre das alles nie passiert. Alex schloss die Augen und schüttelte den Kopf. Es war schwer zu verstehen und noch schwerer zu ertragen.

»Bist du sicher, dass ich dir nichts holen kann? Ein Glas Wein vielleicht?«, fragte Tom nach.

»Einen Doppelten von irgendetwas Hochprozentigem wäre gut.«

Der große Mann schaute zwar erstaunt, wollte sich aber sogleich auf den Weg machen.

Alex hielt ihn am Arm fest. »Nein, vergiss, was ich gesagt habe. Ist schon gut.«

»Ganz sicher?«

»Ganz sicher«, bestätigte Alex.

Tom lehnte sich neben sie ans Geländer, allerdings schaute er in Richtung Feierlichkeiten. »Rick hat ein solches Glück mit deiner Schwester«, bemerkte er nach einer Weile Schweigen.

Alex nickte. »Ja, das hat er. Obwohl sie es auch nicht zu schlecht getroffen hat. Wenn ich an einige der Jungs aus der High School denke, mit denen sie ausgegangen ist ...« Alex erschauerte.

»Ist sie wirklich mal mit einem Skater gegangen?«

Alex lachte auf. »Woher weißt du das?«

»Oh, die erste Brautjungfer hat ein Fotoalbum gemacht, darin war ein Bild von ihr und so einem Typen. Hast du es nicht gesehen?«

Alex schüttelte den Kopf. »Nein, aber das werde ich nachholen.«

»Da sind auch ein paar schöne Fotos von dir drin. Ich mochte das von dir und Ally bei deinem Abschluss.«

Alex wusste, von welchem Foto er sprach. Ein Abzug davon hing in Baltimore in ihrer Wohnung, zusammen mit einem ganzen Haufen Familienfotos und Fotos von Freunden.

»Das ist ein schönes Bild«, bestätigte Alex.

»Kein Wunder, ihr seid ja auch zwei sehr schöne Frauen.«

Alex sah zu Tom auf, der charmant lächelte. Weder seine Worte noch sein Lächeln rührten sie, wie sie eigentlich sollten. »Tom ...«

»Nein, lass mich das kurz loswerden, bitte.«

Sie nickte. Sie hatte das Gefühl, dass sie ihn ohnehin nicht davon abhalten könnte, zu sagen, was er jetzt sagen wollte.

»Ich weiß, du warst nicht begeistert von Allys Verkuppelungsbemühungen. Rick hat mir von eurer Auseinandersetzung deswegen erzählt. Ich verstehe das. Ich dachte selbst, dass es nichts werden würde. Im Moment wollte ich eigentlich gar keine Beziehung. Bis ich dich traf. Deine Schwester hat dich überhaupt nicht richtig beschrieben. Sie sagte, du wärest attraktiv – das beschreibt dich nicht einmal annährend, Alex. Du bist so wunderschön.«

Er hob eine Hand, wollte sein Gegenüber berühren. Alex fing seine Hand auf und legte sie aufs Geländer zurück.

»Ich bin kein schlechter Kerl, weißt du? Man muss mich nur kennenlernen. Vielleicht könntest du dir diese Zeit ja nehmen, wenn du wieder in Baltimore bist. Wir könnten ausgehen, nur wir beide. Was sagst du?«

Alex sah Tom an. Er lächelte hoffnungsvoll.

»Es tut mir leid, Tom, aber es macht einfach nicht Klick mit dir. Außerdem ... es gibt da jemand anderen.«

Er wollte etwas entgegnen. Alex winkte ab.

»Ally hat dir wahrscheinlich erzählt, dass ich mit jemandem

ausgehe, es aber nicht – wie sie es vermutlich ausgedrückt hat – Mr. Right ist. Von diesem Jemand spreche ich nicht. Es gibt hier jemanden in Dennizville …« Sie schüttelte den Kopf. »Es spielt keine Rolle, denn – obwohl ich finde, dass du ein netter Kerl bist – fühle ich mich nicht zu dir hingezogen. Es tut mir wirklich leid, Tom.«

Er sah sie eine Weile enttäuscht an, dann nickte er. Er versuchte ein Lächeln. »Das passiert.«

Alex wäre jede Wette eingegangen, dass es ihm noch nie passiert war. Warum auch? Er war groß und blond, mit strahlend blauen Augen. Er war gut gebaut, charmant und hatte einen tollen Job. Frauen standen vermutlich Schlange, um mit ihm auszugehen oder perfekte kleine Kinder von ihm gezeugt zu bekommen. Nur war Alex keine dieser Frauen.

»Ja, das passiert«, bestätigte Alex, drehte sich um und ging wieder ins Hotel zurück.

Ally warf den Brautstrauß. Geschickt platzierte sie ihre Schwester vor den anderen Frauen und zwinkerte ihr zu. Sobald Ally sich umgedreht hatte, schlängelte sich Alex durch das Rudel unverheirateter Frauen nach hinten. Eine der Brautjungfern fing den Strauß. Geflissentlich ignorierte Alex den vorwurfsvollen Blick ihrer Schwester, weil sie sich nicht ein bisschen bemüht hatte, den Strauß zu fangen. Ein ähnliches Szenario wiederholte sich, als Rick Allys Strumpfband in eine Menge unverheirateter Männer warf. Tom hatte sich ganz hinten aufgebaut, und der Preis ging an einen von Ricks zahlreichen Cousins.

Gleich darauf verschwand das Brautpaar unter Pfiffen und letzten schlüpfrigen Ratschlägen in die Flitterwochensuite, die schon am nächsten Tag gegen ein permanenteres Domizil auf Hawaii eingetauscht werden sollte. Eine Woche Paradies für die Jungvermählten. Es war Laurens Geschenk. Sie und ihr Mann hatten für diese Gelegenheit schon Geld zurückgelegt, als die Mädchen noch Kinder gewesen waren.

Die letzte offizielle Handlung der Mutter der Braut war es, mit Alex zusammen ihren Bruder auf sein Zimmer im ersten Stock des Hotels zu bringen, wo seine Freundin bereits friedlich vor sich hin schnarchte. Danach war die Hochzeit vorbei.

Lauren war erleichtert, denn es war halb drei Uhr nachts. Als sie und Alex das Hotel endlich verließen, um nach Hause zu fahren, schlüpfte sie aus ihren Schuhen, löste ein paar Haarnadeln aus der Frisur und schüttelte die Haare in der frischen Luft aus. Sie strahlte Alex an.

Die lächelte. »Hattest du einen schönen Tag, Mom?«

»Darauf kannst du wetten«, bestätigte Lauren. »Soll ich fahren?«

»Nein, ist okay, ich hab nur zwei Gläser Wein zum Essen gehabt. Ich bin nüchtern.«

Lauren nickte. Sie selbst hatte mehr gehabt, obwohl auch sie nicht wirklich angetrunken war. Es hatte einen ernüchternden Einfluss, wenn man dem eigenen Bruder den Kopf über die Kloschüssel halten musste, damit er seinen Mageninhalt nicht daneben ausleerte.

»Hast du dich amüsiert, Alex? Du hast gar nicht getanzt.«

»Doch einmal mit Tom. Du weißt, ich tanze nicht gern vor versammeltem Haus. Trotzdem fand ich es schön. Ich habe mich lange mit Peter unterhalten. Er ist eigentlich ganz okay.« Alex sprach von ihrem Cousin, der es seinem Vater an diesem Abend nicht nachgemacht und sich sinnlos betrunken hatte. Tatsächlich schien Peter eher seinem Vater zuliebe zum Alkohol zu greifen, als dass Peter tatsächlich trinken wollte. Es war eigenartig, was Kinder alles taten, um die Aufmerksamkeit ihrer Eltern zu erringen.

»Ja, er ist ein netter Junge.«

»Vielleicht kann ich ihm ja einen Job bei der Zeitung beschaffen. In der Postabteilung oder der Druckerei. Ich habe ihm meine Nummer gegeben, dann können wir besprechen, wofür er sich eignet.«

Lauren hakte sich auf dem Weg zu ihrem Wagen bei Alex unter und sah zu ihr auf. »Ich bin so stolz auf dich, mein Schatz.«

»Danke, Mom.« Sie lächelte auf ihre Mutter hinab.

Im nächsten Moment wurde ihre Mutter ernst.

»Ist etwas nicht in Ordnung?«, fragte Alex.

Lauren blieb stehen. Alex tat es ihr nach. Sie standen auf dem Parkplatz hinter dem Hotel zwischen ein paar Autos, nur eine Autoreihe von Laurens eigenem Toyota entfernt.

»Alex, ich möchte dich etwas fragen, und ich möchte, dass du mir ehrlich antwortest.« Alex hatte kaum Zeit in Panik zu geraten, denn ihre Mutter machte nur eine kurze Pause, bevor sie fragte: »Bist du lesbisch?«

Die Kinnlade der jungen Frau fiel hinunter. Alex' Magen sackte noch tiefer. Für einen endlosen Moment sah sie ihre Mutter fassungslos an. Lauren erwiderte ruhig den Blick ihrer Tochter. Alex begriff, dass es keine Anklage gewesen war, sondern einfach eine Frage, deren Antwort sie interessierte. Und mit deren Antwort sie vielleicht leben konnte.

Alex schluckte. Ihr Kopf nickte bereits, ehe sie es sagte. Die Worte folgten sofort. »Ja, ich bin lesbisch.«

Ihre Mutter nickte. Sie sah in den Nachthimmel, der zu wolkenverhangen war, um Sterne zu zeigen. Dann wandte sie sich wieder ihrer Tochter zu, die sich fragte, was als nächstes passieren würde, die sich vor dem Schlimmsten fürchtete und auf das Beste hoffte.

»Es ist okay«, sagte ihre Mutter. »Es macht für mich keinen Unterschied. Ich liebe dich. Und ich bin stolz auf dich, Alex.«

Sofort sprangen Tränen in Alex' Augen. Ein Schluchzer erschütterte ihren Körper. Es war eine solche Erleichterung, ihre Mutter dies sagen zu hören.

Lauren breitete ihre Arme aus.

Alex stürzte sich hinein und klammerte sich an die Frau, die sie all die Jahre unterschätzt hatte.

Mehr Tränen fielen auf beide Gesichter. Es dauerte eine ganze Weile, bis sie sich wieder trennten und einander ansahen.

»Wir sollten jetzt nach Hause fahren. Ich bin hundemüde. Bevor du morgen fährst, würde ich gern noch mit dir darüber reden. Okay?«

Alex nickte. Sie hätte gern sofort mit dem Reden angefangen und ihre Mutter gefragt, woher sie es wusste. Andererseits war es fast drei Uhr morgens. Sie hatte die Nacht zuvor kaum geschlafen. Sie hatten eine Hochzeit hinter sich. Außerdem standen sie noch immer auf einem Parkplatz im Nirgendwo, und die Fahrt nach Hause würde noch eine Weile dauern.

Zurück nach Baltimore

Am Ende war es Lauren gewesen, die den Wagen nach Hause gefahren hatte. Alex war zu aufgewühlt gewesen. Ihr ganzer Körper stand unter Strom, während ihr Gehirn sich geweigert hatte, über irgendetwas nachzudenken. Während der Fahrt hatte sie nur blind aus dem Seitenfenster in die Dunkelheit geschaut.

Zu Hause angekommen wünschten sich die beiden nur noch eine Gute Nacht. Lauren hatte ihre Tochter fest umarmt, ehe sie beide in ihren Zimmern verschwunden waren.

Beide hatten geschlafen, zu erschöpft von den Ereignissen und Geständnissen des Vortages. Nach dem Aufstehen hatten sie sich wie selbstverständlich in die Küche begeben, wo sie jetzt beide am Küchentisch über zwei Tassen schwarzen Kaffees lehnten.

Lauren sah ihre Tochter prüfend an.

Alex erwiderte den Blick ihrer Mutter. Sie konnte sehen, wie es hinter ihrer krausgezogenen Stirn arbeitete. Wie ihre Mutter nach Antworten suchte, aber noch nicht bereit war, die Fragen mit Alex zu teilen.

Die jüngere Frau erinnerte sich an einen anderen Morgen, an dem sie so in der Küche gesessen hatten. Es war vor Alex' High School-Abschluss gewesen. Damals hatte Lauren mit ihr ihre weiteren Pläne besprechen wollen. Alex hatte damals bereits einen festen Vorsatz gehabt. Ihre Mutter dagegen hätte gern gesehen, dass sie sich alle Optionen offenhielt. Am Ende war Alex ihrem Plan gefolgt; das war es, was sie wollte, und sie war noch immer glücklich, es genauso gemacht zu haben, wie sie es sich als Teenager ausgemalt hatte.

Doch dies war ein anderer Morgen, eine andere Situation. Sah ihre Mutter sie heute anders als noch am Morgen zuvor? War sie noch immer bereit, ihre ältere Tochter so zu lieben, wie sie war? So wie sie es am Abend zuvor versprochen hatte?

Alex war dabei, dies herauszufinden. Obwohl sie ihrer Mutter vertrauen wollte, war da ein kleiner Rest Zweifel. Die Angst, die sie seit sechzehn Jahren mit sich herumschleppte, hatte sich am Abend zuvor nicht vollends aufgelöst. Ein Rest von ihr war zurückgeblieben.

Lauren nahm nach einer Weile die Hand ihrer Tochter vom Tisch und drückte sie. »Wie lange weißt du es schon?«, war die erste Frage, die sie Alex stellte.

Ihre Tochter räusperte sich. »Seit ich sechzehn bin.«

Lauren wirkte überrascht. »So lange?«, fragte sie ungläubig.

»Am Anfang dachte ich, dass ich Jungs und Mädchen mag. Allerdings waren meine Dates mit Jungs irgendwie ... gezwungen und verkrampft. Gott, ich hab's wirklich gehasst, wenn sie mir ihre Zunge in den Mund stopften und anfingen, an mir rumzutatschen.«

Lauren lachte auf. »Lass es einfach raus, Darling.«

Alex schmunzelte. »Das erste Mal, dass ich wirklich etwas empfand und so richtig verstand, worum es beim Küssen ging, war mit Lanie Thomas.« Sie machte eine Pause, während ihre Mutter sich zu erinnern versuchte, wer das gewesen war.

»Ihr habt Basketball zusammen gespielt. Sie war noch ein Stück größer als du. Ihr ... ihr habt viel Zeit zusammen in deinem Zimmer verbracht ... allein, unbeaufsichtigt ... Himmel, wenn ich das gewusst hätte!«

Jetzt lachte Alex. »Nun, wir waren eher froh über deine Ahnungslosigkeit. Ihre Mutter war nämlich wesentlich aufmerksamer, wenn es darum ging, wie viel Zeit ihre burschikose Tochter mit ihren Freundinnen in ihrem Zimmer verbrachte. Nicht, dass es keine Ausweichmöglichkeiten gegeben hätte.«

Lauren starrte Alex ungläubig an. »Du genießt es, mich zu schockieren, oder? Nach all diesen Jahren?«

»Du sollst bloß nicht glauben, ich hätte in meinem Zimmer gesessen und gefürchtet, ihr könntet es herausfinden. Ich habe ein bisschen experimentiert, auch wenn ich erst auf dem College das erste Mal Sex hatte.«

Lauren nickte. Darüber hatten sie und Alex gesprochen. Alex war nach dem ersten Semester bedrückt nach Hause gekommen, hatte kaum etwas gesagt, kaum etwas gegessen. Es war schließlich so weit gekommen, dass Lauren sie gefragt hatte, ob sie schwanger war. Es war eine Erleichterung gewesen, als Alex brüskiert ausrief, dass sie es nicht war. Dann hatte sie ihrer Mutter unter Tränen von jemandem erzählt, mit dem sie zusammen gewesen war; jemand, der sie benutzt hatte und von dem sie später erfuhr, dass *er* (das war das Pronomen, das Alex benutzt hatte) nur seine übliche Runde durch die Betten der Freshmen gedreht hatte.

Alex konnte sehen, wie ihrer Mutter nun einiges klar wurde. Es war damals eine *sie* gewesen. Lauren wirkte nicht schockiert. Sie lächelte nur etwas wehmütig.

»Also war Lanie deine erste Freundin?«, fragte Lauren nach.

Alex schüttelte den Kopf. »Nicht wirklich. Ich meine, wir waren nicht zusammen. Wir waren Freunde und gelegentlich, wenn gerade kein Spiel im Fernsehen lief oder wir für eine Prüfung lernen mussten, haben wir rumgeknutscht.« Alex zog eine Schulter hoch.

Lauren nickte. »Hattest du auf der High School eine Freundin?«

»Fragst du mich, ob ich Gefühle für jemanden hatte?«

Dieses Mal zuckte Lauren die Schultern. »Du hast mir nie erzählt, ob du während dieser Zeit in jemanden verliebt warst. Ich würde einfach gern wissen, wie es für dich war, diese Gefühle zu entdecken.«

»Es gab ein Mädchen ... Ich fand sie interessant. Sie war eine Einzelgängerin. Du weißt vermutlich nicht, wen ich meine. Katie Lucas ...«

Ihre Mutter schüttelte den Kopf.

»Katie war intelligent, hatte ihre Nase immer in einem Buch. Sie trug eine Brille und die Hemden ihrer älteren Brüder auf. Wir haben uns ein paar Mal unterhalten, über Bücher.« Alex seufzte. »Ich hätte sie gern besser kennengelernt, denn ich glaube, sie mochte mich auch. Aber ... nun, sie war nicht an Sport interessiert. Das war damals das Wichtigste für mich. Die Mädchen aus dem Team haben mich einmal mit ihr reden sehen und sich danach über mich lustig gemacht. Das war das. Ich wünschte, ich wäre nicht so schrecklich oberflächlich gewesen. Ich habe in Englisch schräg hinter ihr gesessen und habe sie gern angesehen. Sie war mittelgroß, hatte rotbraunes Haar ...«

Alex hielt inne, das klang ein bisschen nach jemand anderem, den sie beide kannten. Hatte Alex schon in der High School einen Typ entwickelt? Und hatte ihre Mutter bemerkt, dass ihre

Gedanken zu Dana abgeschweift waren? Alex sah ihre Mutter an.

Die erwiderte den Blick aufmerksam.

»Auf jeden Fall war ich ein bisschen verknallt in sie. Leider auch zu schüchtern oder zu blöd, etwas deswegen zu unternehmen.«

Lauren nickte. »Ich wünschte, es wäre leichter für dich gewesen. Wir waren dir überhaupt keine Hilfe, dein Vater und ich.«

»Es war nicht so dramatisch. Ich wusste ja nicht, dass ich Mädchen viel lieber mochte oder dass ich wirklich verliebt war in Katie. Ich machte es einfach meinen Freundinnen nach: Ich ging mit Jungs aus, die mich mochten – nicht unbedingt mit denen, die ich mochte. Wir redeten fast die ganze Zeit über Jungs oder über Sport, zumindest im Team. Ich glaube, ich habe damals nicht furchtbar viel in mich hineingehorcht. Die ersten Monate auf dem College hingegen waren eine Offenbarung. Überall Lesben, wohin das Auge reichte. Die, die nicht lesbisch waren, waren bereit zu experimentieren. Das bekam sogar ich mit . . . und ich ging nicht viel aus.«

»Klingt ein bisschen wie meine Collegezeit.« Lauren lächelte.

»Hast du jemals experimentiert?« Alex musste an Danas Geschichte denken. Gab es jemanden wie Petra auch im Leben ihrer Mutter?

Ihr Gegenüber schüttelte den Kopf. »Nein. Zumindest nicht mit Frauen. Nicht einmal ein Kuss. Obwohl einer der Footballspieler, in den ich verknallt war, mich einmal gefragt hat, ob ich mit ihm und seiner Freundin einen flotten Dreier haben wollte.«

Alex, die gerade einen Schluck von ihrem Kaffee genommen hatte, spuckte diesen wieder in ihren Becher.

Ihre Mutter lachte, während ihre Tochter um Fassung rang.

»Ernsthaft?«

»Eine wahre Geschichte. Wir hatten einen Geschichtskurs zusammen. Die meiste Zeit saß er hinter mir. Ich hatte zu dieser Zeit immer ein Make-up-Döschen mit Spiegel dabei, nur damit ich ihn gelegentlich ansehen konnte. Irgendwann lehnte er sich nach einer Stunde vor, blies mir übers Ohr und fragte, ob ich mit ihm und seiner Freundin eine private Party feiern wollte. Es war sehr verlockend. Seine Freundin war natürlich Cheerleader, eine Afro-Amerikanerin mit langen Beinen, hohen Wangenknochen ...«

»Klingt fast, als hättest du lieber mit ihr allein gefeiert ...«, unterbrach Alex die Ausführungen ihrer Mutter, die leicht errötete.

»Ich bin mir schöner Frauen durchaus bewusst, Alex. Auch wenn ich sie nicht sexuell anziehend finde. Das war übrigens genau der Grund, warum ich ablehnte. Wer weiß, hätte er gesagt, er und sein bester Kumpel, ein sündig gutaussehender Latino, wollten eine private Party feiern, wäre ich vielleicht darauf eingegangen.«

»Bitte sag mir, dass das nicht Dad war. Das ist kein Bild, das ich mir vorstellen möchte.«

»Dein Vater ging auf ein anderes College als ich. Nein, der Junge von dem ich rede, war schwul. Als seine Teamkollegen es herausfanden, haben sie ihn zusammengeschlagen. Es ging damals durch alle lokalen Zeitungen. Danach hörte ich auch auf, mein Make-up-Döschen mit mir rumzutragen. Ich konnte mich nicht damit abfinden, dass jemand so etwas einem anderen Menschen antun konnte, noch dazu seinem besten Freund. Ich war nicht mehr verliebt in ihn.«

Alex nickte.

»Ich weiß nicht, was ich getan hätte, wenn dir so etwas passiert wäre«, sagte Lauren ernst. »Oder wenn dir so etwas passieren sollte«, fügte sie zu, denn ihr wurde bewusst, dass es eine Realität war, mit der sie konfrontiert werden könnte.

Dieses Mal langte Alex über den Tisch und nahm die Hand ihrer Mutter. »Mom, hör zu. Mein Leben ist nicht in größerer Gefahr als das anderer Leute, nur weil ich lesbisch bin. Baltimore ist nicht so ein unheimlich gefährliches Pflaster. Ich weiß, in welchen Stadtteilen ich nicht nach Einbruch der Dunkelheit herumlaufe. Uns allen können schlimme Dinge passieren. Aber wir dürfen nicht ständig darüber nachdenken. Mach dir heute nicht mehr Sorgen, als du dir gestern gemacht hättest. Ich bin so sicher, wie ich es sein kann.«

Lauren nickte. Sie wusste, dass sie keinen Dummkopf erzogen hatte. Das galt für Alex und auch für Alicia. »Du bist vorsichtig.«

»Ich bin immer vorsichtig.«

»Gut. Und jetzt erzähl mir von der Frau, mit der du ausgehst. Ihr arbeitet zusammen?«

Alex rollte die Augen. »Ich sagte dir schon, daraus wird nichts. Sie ist nett, aber ... es funkt nicht.«

»Hat es schon einmal mit jemandem gefunkt?«

Alex dachte sofort an Dana, doch sie wollte die Freundin ihrer Mutter lieber ausklammern. »Ich hatte schon längere Beziehungen zu Frauen. Zwei, um genau zu sein. Sie sind beide auseinander gegangen.«

»Warum?«

Alex zuckte mit den Schultern. »Keine besonderen Gründe. Ich arbeite viel, und ich reise gelegentlich. Es ist schwer für mich, mich zu öffnen«, gestand sie schließlich.

Ihre Mutter sah sie liebevoll an. »Hat das vielleicht etwas damit zu tun, dass du deinem Vater und mir nicht von dir erzählen konntest?«, fragte sie ernst.

»Ich weiß nicht. Ich hätte es euch gern erzählt, aber ich wusste, wie Dad reagieren würde, also habe ich es nicht getan. Das hatte aber nichts mit meinen Beziehungen zu tun. Meine lesbischen Freunde wissen, dass ich lesbisch bin. Auf der Arbeit, nun, da wissen es einige. Aber die sind in den meisten Fällen selbst schwul oder lesbisch. Natürlich hat es mich beschäftigt, dass ich es euch nicht sagen konnte. Andererseits habe ich nicht Tag und Nacht darüber gebrütet. Nein, es waren andere Dinge ... Ich bin vielleicht einfach kein sehr aufregender Mensch«, schloss Alex.

Ihre Mutter schüttelte den Kopf. »Du bist ein wundervoller Mensch. Wenn diese Frauen das nicht gesehen haben, dann waren sie auch nicht richtig für dich«, entgegnete sie.

Alex lächelte.

»Weißt du, was ich mir wünsche?«, fragte Lauren nach einer Weile.

Alex schüttelte den Kopf.

»Dass du eine tolle Frau kennenlernst. Dass du dich verliebst, richtig verliebst. Und dass du sie dann herbringst und sie mir vorstellst.«

Alex' Augen füllten sich mit Tränen. In ihrer Vorstellung sah sie, wie sie und Dana vor der Haustür ihrer Mutter standen ... Das war natürlich Unsinn.

»Das wünsche ich mir auch«, drückte Alex an ihren Tränen vorbei.

Ihre Mutter stand auf und legte ihre Arme um Alex' Schultern.

»Ich freue mich so über dein Verständnis, Mom.«

»Ich wünschte, dein Dad hätte es verstanden und akzeptiert. Er ...« Sie verstummte, denn sie redete nicht schlecht über den Vater der Mädchen, selbst, wenn es Dinge gab, in denen sie grundverschiedener Meinung gewesen waren. Und ihr Mann konnte so stur sein, wie er katholisch war.

Sie schwiegen. Jorge Herrera war nicht der einzige der Familie, der mit Alex' Homosexualität ein Problem gehabt hätte.

»Tust du mir einen Gefallen?« Lauren und setzte sich wieder auf ihren Stuhl. Sie entließ ihre Tochter allerdings nicht, sondern nahm ihre beiden Hände in ihre.

Alex hob fragend eine Augenbraue.

»Könntest du noch warten, bis du es Ally erzählst? Ich meine nicht nur, solange sie auf Hochzeitsreise ist.«

»Auf unbestimmte Zeit?«, fragte Alex.

Lauren machte ein trauriges Gesicht. »Du weißt, wie sie ist.«

»Sie ist wie Dad«, bestätigte Alex.

»Nicht nur. Aber ja, sie ist ihm sehr ähnlich. Ich möchte einfach ... ich weiß nicht. Kannst du noch warten?«

Alex nickte. »Es ist nicht so, als hatte ich geplant, es dir zu sagen – zumindest nicht diese Woche. Ich wollte es allerdings demnächst machen. Dana meinte ...« Alex hielt inne. Sie hatte Dana aus der ganzen Unterhaltung heraushalten wollen, und nun hatte sie sogar zugegeben, dass sie mit Dana darüber gesprochen hatte.

»Dana? Du hast mit Dana ... Du hast ihr erzählt, dass du lesbisch bist, bevor du es mir erzählt hast?« Lauren war verletzt über diese Neuigkeit.

»Mom, es tut mir leid. Ich habe es ihr nicht erzählt, zumindest nicht zuerst. Sie hat mich gefragt. So, wie du mich auch gefragt hast.«

Lauren schien trotzdem noch nicht glücklicher darüber zu

sein. Sie sah Alex für den Moment nicht an, sondern starrte einfach vor sich hin.

Alex wartete darauf, was sie als nächstes sagen würde.

»Ich sollte vermutlich nicht überrascht sein. Ihr habt viel miteinander geredet, seit du hier bist. Da blieb es vermutlich nicht aus, dass ihr auch über dich gesprochen habt. Über deine Probleme ...«

»Ich hätte es dir zuerst sagen sollen. Es tut mir leid. Es war an dem Abend, als ich mit Rick und Ally essen war – mit Tom. Sie hat mich einfach gefragt. Ich konnte sie nicht anlügen«, erklärte Alex die Situation.

»Nein, das solltest du auch nicht. Du solltest niemals lügen müssen darüber, wer du bist.« Lauren sah ihrer Tochter fest in die Augen. In ihrem Blick lag eine gewisse Trauer.

»Mom.«

»Es ist ... Dana hat etwas in dir gesehen, das ich nicht gesehen habe. Ich bin froh, dass sie dich darauf angesprochen hat und dass du mit ihr darüber reden konntest. Sie ist wirklich eine gute Freundin.«

Alex nickte. Trotzdem machte es ihrer Mutter zu schaffen. »Das ist sie. Aber du bist meine Mom, und sie ist deine beste Freundin. Ich hätte sensibler sein müssen. Es tut mir leid.«

Lauren versuchte ein Lächeln. »Das hätte ich auch vor sechzehn Jahren. Dann würden wir hier heute nicht sitzen. Aber weißt du was? Ich bin froh, dass wir hier sitzen. Und ich bin froh über dieses Gespräch. Falls es von jetzt an irgendetwas gibt, das du mir erzählen möchtest ... ich bin immer hier. Du kannst spontan rüberkommen oder mich fragen, ob ich in die Stadt komme – ich bin immer für dich da, Kleines.«

Dieses Mal standen sie beide auf und umarmten einander. Es war eine lange und feste Umarmung. Es war ein Versprechen. Und es war auch ein Pakt. Der Pakt, die Wahrheit noch eine Weile für sich zu behalten, fern von Alicia – auf unbestimmte Zeit.

Nach dem Lunch machte sich Alex auf den Weg zurück nach Baltimore. Ihre Mutter hatte gefragt, ob sie nicht noch bis zum nächsten Tag bleiben könnte, doch an diesem Sonntag fand das erste Spiel der neuen Footballsaison statt. Alex musste darüber berichten – und wollte sich das Spiel lieber im Stadion ansehen als auf dem altmodischen Fernsehgerät ihrer Mutter.

Als Alex ihre Tasche auf die Rückbank ihres Ford Pick-up warf, sah sie zu Danas Haus hinüber. Dort regte sich nichts. Alex fragte sich einen Moment, ob sie hinübergehen sollte, um sich zu verabschieden. Sie hätte Dana gern noch einmal gesehen.

Alex sah sich nach ihrer Mutter um, die in der Auffahrt stand. Sie lächelte ihrer Tochter zu.

Alex winkte. »Ich rufe dich an«, rief sie zu ihr hinüber.

Lauren winkte zurück, dass sie verstanden hatte.

Alex ging um ihren schweren Truck herum und glitt gleich darauf hinters Lenkrad. Sie sah im Rückspiegel auf das Haus auf der anderen Straßenseite. Wusste Dana, dass sie heute wieder nach Hause fahren würde?

Alex startete ihren Wagen und lenkte ihn sicher aus der Parklücke vor dem Haus ihrer Eltern. Sie machte sich auf den langen Rückweg, auf dem sie sich immer wieder dieselbe Frage stellte: Kümmerte es Dana überhaupt, dass sie einander für eine lange Zeit nicht sehen würden?

Die Antwort war einfach: Dana kümmerte es. Sie saß tatsächlich schon früh an diesem Tag in ihrem Wohnzimmer. Immer wieder sah sie durch ihr Fenster auf die andere Straßenseite auf Alex' Pick-up vor dem Haus der Herreras. Sie wusste, dass die Freundin heute abreisen wollte und wünschte sich, dass Alex noch einen Tag bleiben würde. Vielleicht könnte sie später hinübergehen. Sie könnten über die Hochzeit reden, darüber, was sie verpasst hatte. Sie würde gern noch ein paar Stunden in der Gesellschaft der jungen Frau verbringen, mit ihr reden, sie ansehen. Doch noch nicht. Sie war noch nicht bereit.

Sie war auch noch nicht bereit, als sie Alex mit ihrer Sporttasche aus dem Haus kommen sah. Sie selbst gab ihren Platz auf ihrer Couch auf, auf der sie bereits seit Stunden vorgab, beschäftigt zu sein, immer wieder wechselnd zwischen einem Fernsehprogramm, das sie nicht interessierte und einem Buch, auf das sie sich nicht konzentrieren konnte.

Dana stellte sich hinter ihre Gardine ans Fenster. Als Alex zu ihrem Haus sah, fing der Puls in ihrem Hals an zu pochen. Würde Alex vielleicht herkommen, um sich von ihr zu verabschieden? Dana wünschte es sich so sehr. Doch dann winkte Alex Lauren zu und stieg in ihren Wagen. Kurz darauf bog ihr Pick-up um die nächste Ecke und war verschwunden.

Dana schloss die Augen. Sie fühlte sich benommen. Das war es also gewesen. Ein kurzer Flirt, nichts weiter. Ein paar innige Gespräche. Ein paar noch innigere Küsse. Nun war alles vorbei. Und sie wachte wie aus einem Traum auf und musste weitermachen. Sie musste zur Arbeit gehen, immer lächelnd, immer zuvorkommend Gäste begrüßen. Sie musste ihre Scheidung über sich ergehen lassen und daraus stärker hervorgehen, als sie es zuvor gewesen war, weil die Leute es erwarteten. Sie musste Essen kochen, Wäsche waschen, Staub wischen. All die kleinen Dinge, die jeder andere Mensch auch tun musste. Und am Abend würde sie allein auf ihrer Couch sitzen und sich fragen, was es wirklich gewesen war, das sie zu Alex hingezogen hatte. Was Alex zu ihr hingezogen hatte. In diesen kurzen Tagen vor Alicias Hochzeit.

Alex betrat ihre Wohnung und ließ die Sporttasche neben der Tür fallen.

»Home, sweet home«, bemerkte sie. Es klang nicht so erleichtert, wie sie es bei ihrer Abfahrt vor knapp einer Woche erwartet hatte. Da hatte sie gedacht, sie würde froh sein, wieder hier zu sein und die Ruhe und Einsamkeit genießen.

Doch die hatten ihr nur in den ersten Stunden ihres Heimatbesuchs gefehlt. Als ihre Mutter sie immer wieder angesehen hatte, als hätte sie vergessen, wie Alex aussah. Als ihre Schwester ihr all die wichtigen und unwichtigen kleinen Details über ihre Hochzeit erzählt hatte.

Irgendwann hatten sie sich daran gewöhnt, dass Alex wieder zu Hause war. Alle drei hatten sie sich an die Arbeit gemacht, die letzten Kleinigkeiten für den großen Tag ihrer Schwester zu erledigen. Alex hatte kaum an einen Gedanken an verpasste Sport-News verschwendet. Selbst den mitgebrachten Laptop hatte sie nur ein einziges Mal benutzt, als sie den Weg zum Hotel auskundschaften musste, wo sie ihren Onkel und seine Familie abholen sollte.

Alex ging ins Wohnzimmer und setzte sich auf die cremefarbene Ledercouch. Ihr Apartment war sehr hell gehalten. Weiß. Elfenbein. Creme. Einige Akzente in Aquamarin. Zu ihrer Linken sah Alex auf die halbe Wand, die ihre Küche vom Wohnzimmer trennte. Sie zeigte eine Wolke aus Bilderrahmen mit Fotos aus Alex' Leben. Fotos von wichtigen Ereignissen wie ihrem High School-Abschluss, der Hochzeit ihrer Eltern (bei der sie natürlich noch nicht anwesend gewesen war), und ...

Alex stand von ihrer Couch auf und besah sich ein Foto genauer. Es zeigte sie selbst auf wackligen Kinderbeinen in einem Kleid bei einer Feier. Sie kannte das Foto gut, hatte aber nicht gewusst, um welche Feier es sich handelte. Jetzt wusste sie es. Das Bild war auf Dana und Brian Lincolns Hochzeit entstanden. Man konnte ein Stück vom Garten sehen, ein paar Gäste im Hintergrund. Alex versuchte zu erkennen, ob Dana durch einen seltsamen Zufall irgendwo zu sehen war, doch das war sie nicht. Wäre sie zu sehen gewesen, wäre es vermutlich nicht schwer zu erraten gewesen, wann es geschossen worden war.

Alex schüttelte den Kopf und besah sich auch einige der anderen Fotos genauer. Keines zeigte ihr den Menschen, den sie so gern entdeckt hätte.

Mit einem Seufzer kehrte Alex zur Couch zurück. Sie schaltete den Fernseher ein, starrte jedoch nur auf den Sportkommentator, der irgendwelche Bilder von irgendeinem Training irgendeiner Mannschaft zeigte. Alex kannte den Reporter, Steve Bryant, er war ein Schnösel. Er hatte sie mal um ein Date gebeten. Sie hatte abgelehnt. Es war erstaunlich, dass er sie an diesem Nachmittag noch weniger interessierte als an dem Tag, an dem er ihr ziemlich unzeremoniell den Hintern getätschelt und sie mit verschmitztem Grinsen um ihre Telefonnummer gebeten hatte.

Normalerweise hörte Alex Steve Bryants Ausführungen zumindest fünf Minuten lang zu, bevor sie über seine lausige Recherche und seine oberflächliche Berichterstattung den Kopf schüttelte. Heute hatte sie den Fernseher nur eingeschaltet, um ihre Gedanken auszublenden. Was ihr nicht gelang.

Immer wieder fuhr ihr Blick über das Bild von Danas Hochzeit. Ihre Gedanken drehten sich im Kreis. Sie wünschte sich, Dana in das Foto spazieren zu sehen, damit sie einen Blick auf sie als Braut werfen könnte. Zweifellos war Dana atemberaubend schön gewesen. Alex versuchte sich zu erinnern, ob sie je eine Aufnahme von ihr als Braut gesehen hatte, doch da gab es keine Erinnerung.

Alex seufzte zum wiederholten Male, lenkte ihre Aufmerksamkeit schließlich zurück zum TV-Bildschirm und bekam gerade noch ein paar kurze Worte über das Spiel am nächsten Tag mit.

Sie schaltete den Fernseher ab. Zum ersten Mal in ihrem Leben hatte sie keinerlei Interesse, den Berichterstattungen zu folgen, die auch Teil ihres eigenen Berufs waren.

Sie schnappte sich ihre Tasche von der Tür und lud einen Teil ihrer dreckigen Wäsche in die Waschmaschine. Sie lief durch ihre Wohnung, räumte ein paar Dinge auf, die nicht an ihrem Platz waren, sortierte die Zeitungen auf dem Tisch und fischte ein paar alte Ausgaben heraus, die sie entsorgte. Sie stand in ihrem Wohnzimmer und schaute sich nach etwas um, das sie noch tun konnte und entdeckte nichts.

Also nahm sie ihr Telefon und rief ihre Mutter an. Sie wechselten ein paar Worte. Alex sagte, sie sei gut zu Hause angekommen, fragte nach, ob bei ihrer Mutter alles in Ordnung sei und ob diese von Ally und Rick gehört habe.

Lauren war überrascht über den Anruf. Sie hatte erst in ein paar Tagen damit gerechnet. Ally und Rick hatten kurz durchgerufen, nachdem ihr Flug in Hawaii gelandet war. Es ging ihnen prächtig. Sie selbst kümmerte sich um ein paar Kleinigkeiten, die wegen der Hochzeit liegen geblieben waren, nichts Großartiges.

Es schien, als sei ihre Mutter genauso unbeschäftigt wie Alex selbst. Allerdings schien es ihre Mutter nicht zu stören. Sie hatte wieder Zeit für sich. Alex hingegen fühlte sich das erste Mal, seit sie denken konnte, einsam.

Dana hörte eine Wagentür zuschlagen und blickte aus dem Fenster. Erneut saß sie vor dem Fernseher und schaltete durch das

Programm. Sie hatte den Tag damit verbracht, das Haus aufzuräumen. Inzwischen war es spät genug, dass sie sich auf dem Sofa zurücklehnen und sich berieseln lassen konnte. Doch Dana war unruhig. An keinem Programm blieb sie lang genug hängen, dass sie hätte sagen können, worum es ging. Die Person, die allerdings vor ihrer Tür aus dem Wagen stieg, fesselte ihre Aufmerksamkeit. Dana stand auf und ging zur Tür. Sie öffnete, sobald sie die Schritte vor ihrer Tür enden hörte.

Vor ihr stand ihr Ehemann, der gerade seinen Schlüssel benutzen wollte, um sich Zugang zum Haus zu verschaffen.

»Weiß dein Anwalt, dass du hier bist?«, fragte sie Brian. Dana stellte sich so breit sie konnte in die Eingangstür. Sie hatte nicht vor, Brian ins Haus zu lassen.

»Ich wollte nur ein paar Klamotten holen.« Brian hielt einen offensichtlich leeren Koffer in einer Hand.

»Du hättest nicht vorher anrufen können? Was, wenn ich nicht allein gewesen wäre?«

Brian stockte einen Moment.

War da etwa eine Spur von Eifersucht in seinen braunen Augen?

Er schüttelte den Kopf und tat Danas Frage als die Provokation ab, die sie gewesen war. »Hör zu, es tut mir leid. Ich habe Montag ein wichtiges Meeting und brauche meine BU-Krawatte. Der Klient ist ein Ehemaliger.« Damit schob Brian den Koffer voran.

Dana machte ihm Platz. »Und du hättest nicht vorher anrufen können?«, wiederholte sie ihre Frage.

»Ich wusste, du würdest nein sagen. Also habe ich mir den Anruf geschenkt.« Brian sah sich einen Moment im Wohnzimmer um, sah, dass seine Frau nichts verändert hatte, seit er ausgezogen war. Er machte sich auf den Weg den Flur entlang ins Schlafzimmer.

Dana folgte ihm. Sie konnte nicht sagen, was sie mehr ärgerte: die Selbstverständlichkeit, mit der er hier hereinplatzte (er hätte tatsächlich seinen Schlüssel benutzen wollen anstatt zu klingeln!) oder seine Schnoddrigkeit ihr gegenüber.

»Wie war eigentlich die Hochzeit? Sie war doch dieses Wochenende, oder?«

Dana schüttelte irritiert den Kopf. Was sollte das? Brian interessierte sich nicht im Geringsten für die Angelegenheiten seiner Nachbarn, am Allerwenigsten die der Herreras.

»Ja, sie war gestern. Es war sehr schön.«

»War Alex dort?«, fragte Brian als nächstes und öffnete einen seiner Schränke. Er schien beschäftigt mit Packen, trotzdem wartete er auf eine Antwort.

In Dana stieg leichte Panik auf. Konnte es sein, dass Brian von ihr und Alex wusste? Hatte er vielleicht einen Privatdetektiv engagiert, wie es Ehemänner in kitschigen Krimiserien taten, um sie in einer kompromittierenden Situation zu erwischen, damit er ihr keinen Unterhalt zahlen musste?

»Natürlich war Alex auf der Hochzeit ihrer Schwester«, entgegnete Dana vorbei an einem dicken Knoten, der ihr die Kehle zudrückte.

»Du weißt nicht zufällig, ob sie noch da ist?«

»Sie ist heute Mittag wieder zurück nach Baltimore gefahren.«

Brian nickte. »Schade.« Er sah Dana nicht an, packte nur weiterhin Klamotten in seinen Koffer.

Seine Frau bemerkte, dass er vor allem seine legere Kleidung einpackte: Sweater, Jeans, T-Shirts. Vieles davon trug einen *Boston University*-Schriftzug.

»Warum fragst du nach Alex?«, fand Dana schließlich den Mut zu fragen.

»Das erste Spiel der Saison ist morgen. Die *Ravens* spielen gegen die *Patriots*. Jeder weiß, dass Reporter auch noch sehr spät an Tickets kommen können. Ich dachte, ich frage sie.«

Danas Augen weiteten sich ungläubig. Ihre Panik schwand. Sie lachte auf, denn der Irrsinn von Brians Worten erreichte sie. »Du wolltest Alex fragen, ob sie dir einen Gefallen tut?« Die Betonung lag auf »dir«.

Brian blickte seine Frau verständnislos an. »Warum sollte sie nicht?«

»Lauren ist meine beste Freundin, Brian. Sie ist Alex' Mutter.« Entweder hatte Brian dies vergessen oder seine Deduktionsfähigkeiten hatten in den letzten Wochen extrem nachgelassen.

»Und?«

Vielleicht hatte er auch einfach seinen Verstand verloren.

»Warum sollte Alex dir einen Gefallen tun? Das ist absurd«, bemerkte Dana.

Brian zuckte mit den Schultern. Aufmerksam sah er seine Frau an. »Unsere Scheidung. Du weißt, warum ich es getan habe. Ich habe es dir erklärt.«

Dana lachte auf. Es klang bitter. »Du hast gesagt, dass du es nicht mehr aushältst. Wenn du meinst, das ist eine Erklärung für das Scheitern von achtundzwanzig Jahren Ehe, ja, dann hast du es wohl erklärt«, bemerkte sie zynisch.

Brian schüttelte den Kopf. »Es ist nicht allein meine Schuld«, verteidigte er sich.

»Das habe ich auch nicht gesagt. Aber gab es keinen anderen Weg, es zu beenden, Brian? Einen besseren Weg?«

»Du wolltest nicht mit mir reden. Ich habe es oft genug versucht.« Brian hob seine Hände, als hätte er alles getan und sich nichts vorzuwerfen.

Es ging nicht darum, dass er nicht die Schuld in die Schuhe geschoben bekommen wollte – er wollte vielmehr ihr den Schwarzen Peter zuschieben. Dana schloss einen Moment die Augen und atmete tief durch. »Und ich will immer noch nicht darüber reden. Wir haben beide einen Anwalt, die können das Reden übernehmen. Bist du hier fertig?«

»Findest du nicht, dass du dich ein wenig albern verhältst?«, fragte Brian, und dieses Mal erhob er seine Stimme.

»Ich benehme mich albern? Vor zwei Tagen saßen wir uns in einem Büro gegenüber. Du hast mich nicht angesehen; du hast nicht mit mir gesprochen; du hast mich gerade einmal begrüßt – und ich benehme mich albern? Weißt du überhaupt ...« Sie stoppte sich. Sie würde ihm nicht sagen, wie sehr sein Verhalten sie verletzt hatte. Sie würde ihm nicht zeigen, dass sein Auftauchen hier an diesem Abend – gerade diesem Abend – sie völlig aus der Bahn warf. »Hast du jetzt alles?«

»Dana ...«

»Nein. Ich will nichts mehr hören, Brian. Geh jetzt!«

Diesmal atmete Brian tief durch. Beim Umdrehen fiel sein Blick auf eine Anrichte im Flur. Zielstrebig eilte er hinüber. Er öffnete sie und entnahm ihr einen Ordner, mit dem er zurück ins Schlafzimmer ging.

»Den nimmst du nicht mit!« Die Aufschrift auf dem Ordner sagte »Haus«.

»Irrtum, Dana.«

»Brian Leland Lincoln, ich schwöre dir, wenn du diesen Ordner in deine Tasche steckst, rufe ich die Polizei. Dieser Ordner bleibt hier.« Dana sah ihrem Ehemann fest in die Augen.

»Na schön. Ich sage meinem Anwalt Bescheid, und wir machen einen Termin. Dann können wir das Ding Seite für Seite durchgehen und werden sehen, wer das Haus verdient.«

»Das kannst du gern tun. Ich bin sicher, danach wird dein Anwalt mir recht geben.«

Brian warf den Ordner mit den wichtigsten Unterlagen das Haus betreffend auf das Bett. Er schloss den Koffer und hievte ihn hoch. Als er sich auf den Weg durchs Haus machte, folgte Dana ihm.

Sowie er den Türknauf umfasste und gehen wollte, hielt sie ihn auf. »Ich möchte deinen Hausschlüssel.«

Er drehte sich schwungvoll um. Der Koffer entglitt ihm und schlug mit einem Knall auf dem Parkettfußboden auf. »Wie bitte?!«

»Du hast mich gehört. Ich wohne hier. Ich will nicht, dass du hier ein- und ausgehst, wie es dir gefällt. Gib ihn mir!«

»Das werde ich ganz sicher nicht tun. Dies hier ist mein Haus ...«

»Aus dem du ausgezogen bist, Brian.« Sie schrien sich an.

»Dies ist mein Haus!«

»Dies ist mein Zuhause! Es ist einfach unglaublich, mit welcher Dreistigkeit du unangemeldet hier hereinschneist, mich beleidigst und dann auch noch erwartest, dass ich dich das von nun an tun lasse, wann immer du willst! Du gibst mir den Schlüssel, oder ich werde morgen jemanden beauftragen, der das Türschloss auswechselt. Es ist deine Entscheidung.«

Sie sahen einander an, wütend, verletzt, fassungslos, dass es so weit gekommen war. Brian rammte seine Hand in die Tasche seines Jacketts und zog seinen Schlüssel hervor. Für einen Moment dachte Dana, er würde ihn auf sie werfen, doch er schlug ihn hart auf den Tisch neben der Tür. Er schlug noch härter die Tür zu, nachdem er hindurch gestürmt war.

Dana zitterte am ganzen Körper. Sie stieß den Atem aus und fuhr sich durch das Haar.

Wie hatte ihre Ehe nur so schieflaufen können?

Zurück zum Alltag

Am Sonntag sah sich Alex das Spiel an und schrieb darüber ihre Kolumne. Ihr Boss verlangte drei Überarbeitungen und war selbst danach noch nicht hundertprozentig zufrieden. Als sie das vierte Mal in sein Büro gestapft kam, fragte er schließlich, ob etwas nicht in Ordnung sei. Alex wehrte genervt ab.

Die Woche wurde danach nicht besser. Alex arbeitete, doch ihr Kopf war nicht bei der Sache. Sie machte Fehler, und das ärgerte sie. Arbeit fühlte sich zum ersten Mal seit sie bei der *Sun* war, nach Arbeit an. Normalerweise liebte sie das Schreiben, und natürlich liebte sie Sport. Nur war es in diesen Tagen praktisch unmöglich für sie, sich zu konzentrieren.

Das galt nicht nur für ihre Arbeit. Es galt für alles, was sie tat: Hausarbeit, Kochen, Lesen, Wäsche waschen, alles fühlte sich schwer und ungelenk an. Sie seufzte an einem Tag so häufig, dass sie schon überlegte zum Arzt zu gehen und sich auf Kurzatmigkeit untersuchen zu lassen.

Natürlich hatte ihre Schwerfälligkeit keine gesundheitlichen Ursachen. Es hatte alles mit dem einen Gedanken zu tun, den sie nicht mehr loswurde: Dana.

Am Mittwochabend warf sie mit ein paar Männern aus ihrer Nachbarschaft Körbe und geriet über ein leichtes Foul fast in eine Schlägerei. Sie war so wütend, dass sie hart gegen den Ball trat. Der krachte in den Zaun, der den Basketball-Court umgab.

Der Donnerstag begann mit Regen. Dieser besserte ihre Laune ebenfalls nicht. Der September ging langsam zu Ende. Es wurde spürbar kühler. An diesem Morgen hängte Alex zum ersten Mal eine Jacke über ihre Stuhllehne, bevor sie sich in ihren teuren, ergonomisch geformten Bürostuhl setzte. Es war ein Vorteil, bei einer großen Zeitung zu arbeiten. Sie hatte zwar kein eigenes Büro, doch zumindest war es ihren Arbeitgebern wichtig genug, dass sie bequem saß, wenn sie Stunden an ihrem Computer verbrachte.

Alex schaltete ihren Computer ein, loggte sich auf ihrem Arbeitsplatz ein und begann online ein paar Sportseiten zu lesen. Die neuesten Gerüchte fand man immer im Netz. Manchmal stellten diese sich sogar als richtig heraus. Sie hatte die letzten Tage einige Gerüchte über den Wechsel eines bekannten – einige würden sogar sagen: berüchtigten – Basketball-Coachs verfolgt. Es war eine ungewöhnliche Zeit für so einen Wechsel, nicht uninteressant für Leute, die auf Spiele wetteten, was Alex nicht tat. An diesem Morgen war die Gerüchteküche allerdings noch nicht am Brodeln, und Alex versank eine Weile in ihren Emails.

»Hey, Morgen, Alex. Wie sieht's aus mit Metcalf? Geht er zu den *Knicks*?«, wurde sie eine Weile später von einem ihrer Kollegen aus der Politik aufgeschreckt.

»Hm? Oh, keine Ahnung. Bisher ist nichts raus.«

»Was sagt dein Instinkt?«

Alex' Instinkt war üblicherweise eine verlässliche Quelle, wenn es um derlei Gerüchte ging. Doch ihr Instinkt hatte sich zu diesem Thema noch nicht geäußert. Er schien in letzter Zeit ein wenig aus dem Takt gekommen.

»Mein Instinkt sagt dazu noch gar nichts. Abwarten und Tee trinken, Mitch.«

Ihr Kollege sah sie ein wenig verunsichert an, so, als würde er nicht wissen, ob sie ihn veralbern oder anlügen wollte. Er zuckte die Schultern und ging zu seinem eigenen Schreibtisch.

Die Redaktion wurde langsam belebt. Journalisten und Fotografen liefen überall herum und redeten über die Ereignisse der letzten Stunden. Alex beachtete den Trubel um sich herum nicht. Sie war kaum anwesend. Schon zum dritten Mal las sie eine Mail, ohne herausfinden zu können, worum es ging.

»Hey, Alex.« Jemand drängte sich neben sie in ihre beengten drei Wände. »Wie geht's dir?« Lindsay aus der Recherche lächelte sie an.

Alex wandte sich ihr zu. »Ganz gut. Wie geht's dir?«

»Nun, ich bin ein wenig einsam. Ich dachte, du würdest dich melden, wenn du zurück bist aus ... wo warst du?«, fragte die junge Frau, mit der sie bisher zweimal ausgegangen war und die offensichtlich ein drittes Date wollte.

»Dennizville.«

»Richtig, Dennizville. Du hast dich nicht gemeldet«, bemerkte Lindsay richtig.

»Hör zu, ich ... ich finde, wir sollten uns außerhalb der Arbeit nicht mehr treffen.«

Das Lächeln der anderen Frau verblasste.

»Es hat nichts mit dir zu tun, Linds. Du bist eine tolle Frau. Ich ... ich bin einfach ...« Alex wusste es nicht. Sie wusste nicht, was sie war, abgesehen von nicht interessiert.

Lindsay nickte jedoch. »Ja, ich weiß«, sagte sie. »War nett, Alex.« Die andere Frau wandte sich ab.

Alex berührte sie am Arm. »Moment. Was ... was weißt du?« Die Kolumnistin war verwirrt. Lindsay schien weder besonders überrascht noch besonders enttäuscht. Nicht, dass Lindsay nach zwei Dates am Boden zerstört sein sollte. Aber dies kam Alex fast so vor, als wäre es Lindsay egal. Mehr noch, als hätte sie mit diesem schnellen Ende gerechnet.

»Alex.« Der Rotschopf seufzte. »Versteh das bitte nicht falsch. Du bist nett. Du siehst gut aus. Aber ... es hat nicht wirklich geklickt, oder?«

Alex schüttelte den Kopf.

»Und das ist ja auch nichts Schlimmes. Ich fand nur...« Lindsay schien verlegen, doch sie schien es auch sagen zu wollen.

»Was?«

»Du bist nicht gerade der leidenschaftlichste Mensch, den ich kenne. Ich meine, du bist süß und zuvorkommend, aber ... als wir uns geküsst haben ...« Lindsay machte eine sich auflösende Geste mit beiden Händen. Es hatte sie offensichtlich nicht berührt.

Alex blinzelte irritiert. Wollte Lindsay ihr etwa sagen, was Rachel ihr nach fast zwei Jahren Beziehung gesagt hatte: dass sie langweilig war? Sie kannte sie doch gar nicht. Sie hatten sich zweimal getroffen; sie wussten so gut wie gar nichts übereinander. Sie konnte sehr wohl leidenschaftlich sein. Vielleicht lag es ja auch an Lindsay!

Die hatte sich inzwischen abgewandt und war bereits auf halbem Weg zu den Fahrstühlen, bevor Alex sich überhaupt ihrer Abwesenheit bewusst wurde. Sie fragte sich, ob sie Lindsay folgen und diese Sache klarstellen sollte. Andererseits fehlte ihr die Energie, sich darüber aufzuregen.

Alex schüttelte den Kopf und kehrte zu ihrer Arbeit zurück. Lindsays Worte kamen mehrmals an diesem Tag zurück zu ihr. Immer wieder schüttelte sie den Kopf darüber. Doch die Frage, die sie nicht losließ, war die, ob Dana ebenso empfand wie ihre Kollegin.

»Komm rein, die Pizza ist auch gerade gekommen.« Dana öffnete die Tür und winkte ihren Gast herein.

Lauren folgte Dana in die Küche und stellte einen Sixpack Bierflaschen neben die Pizzaschachtel auf den Tisch. »Aus dem Kühlschrank«, bemerkte sie.

Dana lächelte. »Gut, welche Filme hast du besorgt?« Ein Blick auf Laurens leere Hände verriet, dass sie keine mitgebracht hatte. »Du willst dir nichts ansehen?«

»Nein, ich ... ich wollte mit dir über etwas reden. Macht es dir etwas aus, wenn wir ein anderes Mal Filme gucken?«

Dana stockte. Wieder überkam sie ein Anflug von Panik. Bestimmt wollte Lauren über Alex reden. Darüber, was zwischen ihr und Alex vorgefallen war. Diese Panik lag stets unter der Oberfläche. Die Gedanken an Alex ließen sie nicht los, daher war auch die Sorge, andere könnten sie in diesen Gedanken erwischen, nur eine persönliche Frage entfernt.

»Natürlich nicht.« Dana lächelte ihre Freundin an und vermutete, dass ihr Lächeln genauso nervös wirkte wie sie selbst es war. »Worüber möchtest du reden?« Dana wandte sich den Küchenschränken zu. Sie öffnete einen, um Teller herauszuholen, und hielt inne, bis Lauren ihr antwortete, bevor sie irgendetwas Zerbrechliches in die Hand nahm.

»Lass uns erst etwas essen. Ich habe seit dem Frühstück nichts mehr gehabt. Der Laden wurde heute überhaupt nicht leer.«

Lauren hatte ein kleines Geschäft auf der Nyland Street, wo sie Kinderbücher verkaufte.

»Okay.« Dana nahm zwei Teller aus dem Schrank. »Möchtest du ein Glas für dein Bier?« Sie hörte ein Zischen.

Als sie sich umwandte, setzte Lauren bereits eine Flasche an ihre Lippen. Die ältere der beiden Frauen schüttelte den Kopf, nahm eine zweite Flasche auf und öffnete sie für Dana.

Bevor die Gastgeberin sich setzte, stellte sie die restlichen Flaschen Bier in ihren Kühlschrank. Beide Frauen nahmen sich mehrere Stücke Pizza und begannen entspannt zu essen.

Nun, Lauren war entspannt. Dana stahl nervöse Blicke zu ihrer Freundin. Ihr Bier hatte sie schnell geleert. Sie stand jedoch nicht auf, um sich ein zweites zu holen. Sie wollte ihre Sinne beieinander haben, wenn sie endlich darüber redeten, worüber Lauren reden wollte.

Die begann die Unterhaltung dann auch, nachdem sie selbst ihr Bier geleert hatte. »Ich habe mit Alex gesprochen. Sie hat mir gesagt, dass sie ... lesbisch ist.«

Dana legte ihr Stück Pizza auf den Teller zurück, ohne einen Bissen genommen zu haben. Mit der Serviette wischte sie sich den Mund ab.

»Sie hat mir auch gesagt, dass du es bereits wusstest«, fügte Lauren hinzu. Sie klang verletzt.

Dana wandte sich Lauren zu und sah ihr in die Augen. »Ja, wir haben darüber gesprochen«, bestätigte sie.

»Seit wann ... Woher wusstest du es? Alex hat es dir nicht erzählt, du hast es erraten. Wie ...?«

Dana nahm Laurens Hand und drückte sie. »Es war so etwas wie eine spontane Eingebung. Sie hatte mir von dem Junggesellinnenabend erzählt. Sie war wenig begeistert von der Idee mit den Strippern; noch weniger, nachdem einer von ihnen ihr wohl einen Lapdance vorgeführt hatte. Und nachdem Alicia sie mit Tom verkuppeln wollte ... sie schien irgendwie ... abgestoßen, grundsätzlich desinteressiert. Da kam mir dieser Gedanke. Im selben Moment habe ich sie auch schon gefragt. Es war wahrscheinlich furchtbar unsensibel. Ich hätte nichts sagen sollen ...«

»Nein, es ist ... Ich denke, Alex wäre nicht darauf eingegangen, wenn sie nicht darüber hätte reden wollen.« Lauren seufzte.

»Hätte ich es dir sagen sollen? Ich habe ihr versprochen, es für mich zu behalten.«

Lauren hatte den Kopf gesenkt.

Dana versuchte ihr ins Gesicht zu sehen. Ihre beiden Hände hielten inzwischen Laurens.

Alex' Mutter schüttelte den Kopf. »Nein. Es ist nur ... Seit sie sechzehn ist, weiß Alex, dass sie Mädchen ... Frauen mag. Ihr halbes Leben. Und ich habe es nicht gewusst. Ich habe es nicht gesehen.« Lauren schüttelte ihren Kopf. »Wie konnte mir so etwas Wichtiges entgehen?« Sie sah ihre Freundin so intensiv an, als erwarte sie eine Antwort.

»Ich glaube nicht, dass Alex es dich sehen lassen wollte. Oder besser, sie wollte nicht, dass Jorge es sieht.«

Lauren schloss die Augen. Dana hatte natürlich recht. Es ging in erster Linie um ihren Mann und seine traditionellen Ansichten. »Jorge ist seit fünf Jahren tot. Warum hat sie danach nichts gesagt?«, fragte Lauren, was sie außerdem beschäftigte.

»Sie hat befürchtet, du könntest seine Ansichten teilen, Lauren. Du hast Jorge vor deinen Kindern nie widersprochen. Nie habt ihr vor den beiden Mädchen gestritten. Vermutlich dachte Alex ihr wäret immer und in allem einer Meinung.«

Lauren sah Dana an. »Hat sie das gesagt?«, fragte sie, weil ihre Freundin die Gefühle ihrer Tochter widerzugeben schien.

Dana nickte. »Ich habe ihr gesagt, dass sie sich vermutlich täuscht und dass du sie überraschen würdest.«

Lauren lächelte, zog ihre Hände aus Danas hervor und umarmte die andere Frau. »Danke«, sagte sie einfach und entließ Dana wieder aus ihrer Umarmung.

»Dann bist du ... einverstanden mit Alex' ... Lebensweise?« Dana schaute verunsichert, ob ihrer Wortwahl.

Lauren lächelte. »Ich liebe meine Töchter, Dana. Nichts, was eine der beiden tun könnte, würde mich dazu bringen, sie weniger zu lieben.«

»Aber?«, fragte Dana nach.

Lauren atmete tief durch. »Ich weiß nichts über Homosexualität. Die ganze Diskussion der letzten Zeit, ob Homosexuelle heiraten dürfen sollten, ging völlig an mir vorbei. Ich habe mir keine Gedanken darüber gemacht.«

Dana nickte. Sie konnte gut verstehen, was Lauren empfand. Sie selbst hatte sich kaum mit dem Thema auseinandergesetzt, wenn sie auch immer auf dem Standpunkt gestanden hatte, dass jeder Mensch dieselben Rechte verdiente. *»Seperate but equal«* hatte schon in den sechziger Jahren nicht funktioniert. Warum glaubten einige Menschen, die Homosexualität eines anderen Menschen gefährde die eigenen Rechte? Diese Menschen wollten sich nur als etwas Besseres fühlen, weil sie »normal« geboren waren. Was immer »normal« bedeutete ...

»Ich habe mich in den letzten Wochen so intensiv mit Alicias Hochzeit beschäftigt und habe nicht gewusst, dass Alex in unserem Staat nicht einmal heiraten dürfte, selbst, wenn sie wollte. Ich weiß nicht, ob sie will. Sie hat keine sehr hohe Meinung von der Ehe. Allerdings weiß ich nicht, ob das auch für die Ehe zwischen zwei Frauen gilt. Ich weiß nicht, ob sie Kinder will und wie sie sie bekommen würde – oder ob ihre Partnerin sie bekommen würde. Diese Dinge sind so neu für mich. Ich hätte nie gedacht, dass ich mir darüber Gedanken machen müsste.« Lauren schüttelte leicht den Kopf. »Ich kann nicht glauben, dass ich mir diese Gedanken nie gemacht habe.«

»Das tun die wenigsten von uns, Lauren«, bemerkte Dana.

»Tust du es?« Die Freundin sah sie ernst an.

»Nun, ich versuche, immer informiert zu sein. Und ich halte es für unsinnig, einer Gruppe von Menschen zu verbieten, was einer anderen Gruppe erlaubt ist. Jeder sollte ab einem gewissen Alter wählen dürfen; jeder sollte den Menschen heiraten dürfen, den er liebt. Alles andere ist Diskriminierung und gegen die Verfassung.«

Lauren lächelte. »Ist es so einfach?«

»In der Realität ist es das offensichtlich nicht. Aber es ist auch nicht so kompliziert, wie einige Politiker es darstellen. Meine eigenen Rechte werden doch nicht eingeschränkt oder geschmälert, nur, weil zwei Männer oder zwei Frauen irgendwo dieselben Rechte einfordern.« Dana hielt inne. Sie wurde sich bewusst, dass sie sich selbst mit Lauren auf eine Seite stellte und Alex auf die andere Seite.

Auf welche Seite gehörte sie eigentlich?

»Nein, das werden sie nicht«, sinnierte Lauren. »Ich will, dass Alex genauso glücklich wird wie Ally es ist ... und natürlich will ich dieselben Rechte für meine beiden Töchter.«

Dana nickte. Sie dachte an Alex, die so stark wirkte, so ausgeglichen. Sie war ein guter Mensch, hatte einen guten Job, bezahlte ihre Steuern, kümmerte sich, war leidenschaftlich und interessiert an anderen Menschen. Es war schwer vorstellbar, dass jemand ihr verbieten wollte, einen Menschen zu heiraten, den sie liebte, nur, weil dieser jemand eine Frau sein könnte.

Und diese Frau könnte sie sein ...

Dana schüttelte den Kopf und sah zu Lauren auf, die sie beobachtete.

Lauren strich Dana über den Arm. Ihre Freundin lächelte leicht. Sie fühlte sich verlegen. Sie redete über Alex' Leben, als würde es sie etwas angehen. Als wäre sie ein Teil davon. Doch das war sie nicht. Dafür hatte sie selbst gesorgt. Alles, was sie hier zu tun hatte, war, Lauren zuzuhören, für sie da zu sein.

Das Telefon unterbrach ihre Gedanken. Beide Frauen schauten etwas irritiert.

Dana sah auf die Uhr. »Es ist fast neun«, bemerkte sie. »Ich schwöre, wenn das Brian ist ...« Sie war offensichtlich so späte Anrufe nicht gewohnt.

Dana stand auf und verließ die Küche. Im Flur nahm sie das schnurlose Telefon auf. »Hallo?«, meldete sie sich, während sie zurück in die Küche ging.

»Hallo, Dana«, antwortete Alex' tiefe Stimme ruhig.

Danas Rücken spannte sich. Sie wagte nicht, zu ihrer Freundin zu sehen.

»Oh, hallo.« Sie blieb in der Tür stehen und griff nach dem Türrahmen, als müsse sie sich daran festhalten. Ihr Atem stockte. »Ist alles in Ordnung?«

»Ja, ich ... wollte nur ... reden«, stotterte Alex am anderen Ende der Leitung.

»Das ist kein guter Moment. Ich habe Besuch«, entgegnete Dana.

Alex blieb stumm. Es schienen Minuten zu verstreichen, bevor die Anruferin vorsichtig fragte: »Ist meine Mom bei dir?«

Sie wollte eigentlich nicht wissen, ob es jemand anderes war. Aber ihre Mutter war kein abwegiger Gast im Haus ihrer Freundin.

»Ja, so ist es.«

Alex entließ ihren Atem hörbar. »Dann kannst du nicht reden.«

»Nein, nicht wirklich. Soll ich dich später zurückrufen?« Dieses Angebot überraschte Dana selbst. Ihr ganzer Körper schien zu vibrieren, jetzt, da sie endlich wieder Alex' Stimme hörte. Sie wollte wissen, was die junge Frau auf dem Herzen hatte, warum sie mit ihr reden wollte und mit niemandem sonst.

»Das wäre gut. Hast du meine Nummer?«

»Ich hab Caller-ID«, bestätigte Dana und hörte Alex leise lachen.

»Gut. Ich warte. Egal, wie spät es ist, okay?«

»Okay. Bis dann.«

»Bis später.« Diese letzten, atemlos vorgebracht Worte verrieten Alex' Ungeduld.

Dana spürte dieselbe atemlose Energie in sich selbst. Das Blut stieg ihr in den Kopf, als sie schließlich zu Lauren sah.

Die schaute neugierig. Sie lächelte außerdem verschmitzt. »Das klang verdächtig. Nicht, dass ich mitgehört habe . . .«

»Ist schon gut. Es ist nicht so, dass du es hättest überhören können.« Dana lächelte verlegen und errötete noch ein bisschen mehr.

»Darf ich fragen, wer der nächtliche Anrufer war?«

»Ein . . . Kollege aus dem Restaurant.«

Laurens Lächeln wurde breiter. »Tatsächlich. Und was wollte er so spät noch?«

Dana wusste, dass Lauren sie aufzog. Unter anderen Umständen wäre es nur leicht unangenehm gewesen, unter diesen Umständen war es reine Folter, denn Dana musste ihre Freundin anlügen, was sie hasste. »Reden.« Dana setzte sich wieder an den Tisch, überlegte es sich dann aber anders und ging zum Kühlschrank, dem sie noch zwei Flaschen Bier entnahm. Sie öffnete beide und stellte eine davon vor Lauren hin. Als sie sich setzte, zog sie einen zweiten Stuhl zu sich heran und legte ihre Beine darauf.

»Du willst nicht darüber sprechen?« Alles Necken war aus Laurens Stimme verschwunden. Sie sah Dana ernst an.

»Da gibt es nicht wirklich viel zu sagen. Wir kennen uns noch nicht sehr lange. Er ist ein netter Kerl.«

Lauren nickte. »Du magst ihn?«

Danas Augen schienen der älteren Frau eine Antwort zu liefern, die Dana nicht bereit war zu geben.

»Du magst ihn sehr«, schloss Lauren.

Dana wollte etwas entgegnen. Lauren legte ihrer Freundin eine Hand auf die Schulter. »Es ist okay, Dana. Du musst dich vor mir nicht rechtfertigen. Ich bin froh, wenn du jemand findest, der gut zu dir ist und dich glücklich macht. Du hast es verdient, glücklich zu sein. Auch wenn dieser verlogene Bastard, dein Ehemann, dich glauben lassen will, dem sei nicht so.«

Dana griff nach Laurens Hand auf ihrer Schulter und drückte sie. »Ich glaube nicht, dass es etwas wird zwischen mir und ... meinem Kollegen. Wir sind zu verschieden. Außerdem ist er jünger, viel jünger.«

»Du musst ihn ja nicht gleich heiraten«, entgegnete Lauren und trank ihr Bier.

Dana verlor sich in ihren Gedanken. Heiraten war natürlich sowieso nicht möglich. Genauso wenig war eine Affäre eine Option. Lauren würde dies niemals gutheißen, wenn sie wüsste, um wen es hier wirklich ging. Dana fühlte sich den Tränen nahe, weil sie einerseits ihre Freundin belog und andererseits nicht anders konnte, als sich zu wünschen, sie würde endlich gehen, damit sie Alex anrufen konnte. Sie wollte Alex' Stimme hören, sie wollte wissen, was sie beschäftigte. Sie wollte ihr so nah sein, wie es durch eine Telefonleitung möglich war.

»Hey, ich werd' mal wieder. Wir reden ein anderes Mal weiter.« Lauren hatte ihr Bier geleert und stand auf.

»Du musst nicht gehen, nur weil ...«

»Ist schon gut, Dana. Mach deinen Anruf. Ich werde dich morgen weiter über deinen neuen Freund ausfragen.«

Lauren lächelte, doch Dana verursachten die Worte ein mulmiges Gefühl. Sie würde sich eine plausible Geschichte für ihre Freundin einfallen lassen müssen, und das war das letzte, was sie tun wollte. Die Sache zwischen ihr und Alex war so unmöglich, weil sie genau diese Situation hatte vermeiden wollen. Sie war keine gute Lügnerin. Irgendwann würde Lauren die Wahrheit herausfinden. Dann würde sie ihre beste Freundin verlieren. Das hatte sie von Anfang an vermeiden wollen.

Lauren umarmte Dana und küsste sie auf die Wange. »Ich danke dir, dass du für Alex da warst. Du bist eine gute Freundin.«

Diese Worte trafen Dana wie ein harter Schlag. Sie wollte etwas sagen, sie wollte gestehen, doch bevor sie den Mut aufbringen konnte, hatte Lauren die Küche und ihr Haus verlassen.

Dana blieb zurück mit dem dringenden Bedürfnis, ihr Gewissen zu erleichtern und dem noch dringenderen, Alex' Stimme zu hören.

»Ja?«, meldete sich Alex beim ersten Klingeln.

Dana konnte hören, dass sie ebenso aufgeregt war wie sie selbst. »Hey, Alex.«

Einen Moment blieb es still am anderen Ende der Leitung. »Hallo, Dana.« In Alex' Stimme schwang hörbare Freude mit.

Es schien Dana, als würde ihr ein Stein von der Seele fallen. Als wäre das Leben leichter, nur weil sie mit Alex sprechen und ihre Stimme hören konnte. Sie fühle sich ruhiger, als sie die ganze Woche gewesen war.

»Wie geht es dir?«, fragte die jüngere Frau.

»Ganz gut, denke ich«, antwortete Dana.

»Das klingt nicht überzeugend. Ist etwas passiert?«

Dana zögerte einen Moment. Sollte sie Alex erzählen, was sie beschäftigte oder so tun, als sei alles in Ordnung – was die junge Frau ihr sicher nicht abkaufen würde.

Sie ergab sich in ihr Schicksal. »Verschiedene Dinge. Zum einen denkt deine Mutter jetzt, dass ich einen heimlichen Verehrer habe, der mich spät abends anruft. Ich hasse es, sie anzulügen.« Sie wusste, es klang wie ein Vorwurf. Sie konnte ihn nicht abschwächen. »Zum anderen war Brian am Sonntag hier, und wir hatten einen Streit.«

»Das ... tut mir leid.« Alex sagte nicht, worauf sie sich bezog. »Kann ich irgendwie helfen?« *Und sag bitte nicht, dass ich dich nie mehr anrufen soll,* flehte sie innerlich. Sie fühlte sich schlecht, weil Dana ihre Mutter anlog. Sie fühlte sich auch schlecht, weil sie selbst ihre Mutter ebenfalls anlog, da sie hinter ihrem Rücken Kontakt mit Dana hatte.

»Nein, eigentlich nicht.« Dana sagte Alex nicht, wie gut es sich anfühlte, mit ihr reden zu können. Sie konnten nicht zu dem Moment zurückgehen, wo sie sich solche Dinge hätten sagen können, ohne noch über ganz andere Dinge reden zu müssen. Darüber, dass Dana Alex vermisste. Darüber, dass sie an sie dachte, fast unentwegt. Diese Dinge musste sie für sich behalten.

»Warum hast du angerufen?«

»Ich . . . ich wollte dich etwas fragen.« Alex fuhr nicht fort.

Dana wartete einen Moment, dann fragte sie: »Und jetzt hast du es dir anders überlegt?«

»Nein, es ist . . . albern . . . Gott, es ist . . . peinlich«, stotterte Alex vor sich hin.

»Alex, raus damit«, forderte Dana die jüngere Frau auf.

»Okay.« Wieder herrschte einen Moment Stille. »Findest du mich langweilig?« Das war vermutlich die letzte Frage, mit der Dana gerechnet hätte. Es war in der Tat albern.

»Wie kommst du auf so einen Unsinn?«, entgegnete Dana.

Alex erwiderte nichts. Sie schämte sich für ihre verletzte Eitelkeit.

»Du bist eine so unglaubliche Frau, Alex . . . Ich dachte, ich hätte das klar gemacht. Du bist . . . interessant und . . . aufregend und sexy.« Sie wusste, sie sollte diese Dinge nicht sagen, doch sie empfand sie, und Alex musste sie anscheinend hören – aus welchem Grund auch immer.

»Es tut mir leid, ich . . . ich sollte dich nicht mit so einem Blödsinn belästigen«, entschuldigte sich Alex, obwohl ihr Danas Worte gutgetan hatten. Sie lächelte ein kleines bisschen über das letzte Wort. Dana fand sie sexy.

»Habe ich irgendetwas gesagt, dass dich hat denken lassen . . .«

»Nein«, unterbrach Alex schnell. »Ich . . . es ist Lindsay, die Frau von der Arbeit, mit der ich ein paar Mal aus war. Sie . . . sie hat gesagt, ich sei . . . langweilig . . . leidenschaftslos . . .« Es fiel Alex offensichtlich schwer, diese verletzenden Worte zu äußern, die sie derart verunsichert hatten.

»Die hat Nerven!«, platzte es aus Dana hervor.

Alex grinste noch ein bisschen mehr.

Beide Frauen schwiegen einen Moment, dann sagte Dana – und sie hielt sich sehr zurück mit ihren Formulierungen -: »Du bist eine wundervolle Frau, Alex. Du bist eine gute Zuhörerin. Du bist intelligent. Ich habe mich keine Sekunde mit dir gelangweilt, und wir haben schließlich viel Zeit miteinander verbracht, als du hier warst. Soweit ich es beurteilen kann, bist du sehr leidenschaftlich.« Sie errötete bei dem letzten Satz. Das geschah ihr noch immer, wenn sie daran dachte, wie Alex und sie sich geküsst hatten. Wie jemand gerade Alex vorwerfen konnte, nicht leidenschaftlich zu sein, war Dana ein Rätsel. Doch sie wollte auch nicht darüber nachdenken, woher diese Lindsay ihre Falschinformation bezog.

»Danke, Dana. Ich ... ich war ein wenig verunsichert. Ich hätte das wirklich nicht fragen sollen.«

»Schon gut«, bemerkte Dana,

Wieder schwiegen sie. Es war gut für beide zu wissen, dass die jeweils andere Frau am Ende der Leitung saß. Nur machte das die Unterhaltung nicht weniger schwierig, nicht weniger angespannt.

»Ich wollte ...«, begann Dana. Wieder hielt sie inne. »Ich habe mich nicht bei dir verabschieden können. War die Hochzeit noch schön?«

»Ja, sie war schön ... und ereignisreich. Hat Mom dir erzählt, dass wir über mich gesprochen haben?« Alex musste nicht ausführen, welchen Aspekt sie besprochen hatten. Dana würde es wissen, selbst, wenn ihre Mom es ihr nicht erzählt hatte.

»Ja, sie hat es erzählt. Ich bin sehr froh für euch beide. Bist du erleichtert?« Sie hörte Alex lachen und kannte ihre Antwort, noch ehe Alex ein Wort sagte.

»Ja. Das war längst überfällig. Du hast gesagt, dass sie mich überraschen würde.«

»Deine Mom liebt euch beide sehr. Ich konnte mir nicht vorstellen, dass irgendetwas das ändern könnte. Allerdings solltest du ihr auch noch andere Dinge erzählen.« Dana erahnte die Verwirrung der anderen Frau über die lange Verbindung.

»Du meinst doch nicht das mit uns beiden, oder?«

»Nein, ich ... ich glaube, sie würde gern hören, wie es in deinem Leben aussieht. Ob da jemand ist. Wie du dir deine Zukunft vorstellst. Wie du über Heirat denkst und Kinderkriegen und all die Dinge, die Mütter gern wissen möchten. Sie möchte an deinem Leben teilhaben, Alex.«

Wieder herrschte Stille. Alex schien über Danas Worte nachzudenken. »Hat sie das gesagt?«

»Sie hat gesagt, dass sie sehr wenig darüber weiß, wie es für dich ist. Die Tatsache, dass du in Maryland nicht heiraten kannst, zum Beispiel. Das beschäftigt sie. Sie fühlt sich außerdem ein bisschen schlecht, weil sie über diese Dinge noch nie nachgedacht hat.«

»Hm«, machte Alex. Sie war sich nicht sicher, ob sie diese Dinge mit ihrer Mutter teilen wollte. Sie war sich nicht einmal sicher, wie sie selbst diese Dinge sah. Natürlich sollte ihrer Meinung nach jeder Mensch das gleiche Recht haben zu heiraten. Das bedeutete allerdings nicht, dass sie selbst es für sich in Anspruch nehmen wollte. Sie sah die Ehe als eine archaische Institution und fand es fragwürdig, warum irgendjemand sich freiwillig in diese Falle begeben wollte. Egal, ob homo- oder heterosexuell. »Vielleicht rufe ich sie die nächsten Tage einmal an«, bemerkte Alex schließlich. Sie wusste nicht, worüber sie reden würden, doch es war vielleicht eine gute Idee, sich ein wenig mehr zu öffnen.

»Mach das.« Damit schien alles besprochen. Danas Worte waren wie ein Schlusspunkt.

»Danke für das Zuhören«, sagte Alex in die Stille der Telefonleitung.

»Natürlich.«

»Kann ich dich wieder anrufen?«, fragte Alex schüchtern.

Beide hielten das für keine gute Idee. Trotzdem wünschte es sich jede von ihnen.

»Ich weiß nicht, Alex.«

Dana konnte es nicht sehen, doch Alex nickte. Sie hatte nicht wirklich nachgedacht, wie es sein würde, wieder mit Dana zu reden, wie gut es sich anfühlen würde, wie vertraut. Die Frage, die nach dem Gespräch mit Lindsay so schwer auf ihr gelastet hatte, schien inzwischen völlig irrelevant, dumm, ein Vorwand. »Ich vermisse dich, Dana«, hörte Alex sich sagen.

»Ich muss jetzt auflegen«, erwiderte Dana einen Moment später.

Es klickte in der Leitung.

Alex schloss die Augen, während ihre Hand mit dem Telefon wie kraftlos aufs Sofa rutschte. »Ich vermisse dich, Dana«, wiederholte sie in die Stille.

Das war alles, was sie fühlen konnte.

Am Samstagabend saß Alex an der Bar ihres Lieblingslokals *PW's Sports Bar & Grill*. Es war eine gemischte Bar, die eine hauptsächlich schwule Klientel bewirtete. Dennoch fühlte Alex sich hier ausgesprochen wohl. Es gab Pooltische und Dartscheiben. Auf mehreren Großbildfernsehern lief Sport.

An diesem Samstag war es recht friedlich bei *PW's*. Der vierte Samstag des Monats war so etwas wie ein Ruhetag. Kein Karaoke, keine Drag-Show, kein gar nichts. Alex lächelte zufrieden in ihr Bier. An ihrer Seite saß ihre beste Freundin, Cara Michaels, und gestikulierte wild mit den Armen wegen einer Fehlentscheidung eines Schiedsrichters. Sie schauten Basketball. Eigentlich schaute nur Cara Basketball; Alex starrte selbstverloren in die Gegend.

»Kannst du das glauben, der Typ hat doch Tomaten auf den Augen!«, erboste sich Cara und stieß Alex an.

Die nickte.

Das war ihrer Freundin offensichtlich nicht genug Engagement in Anbetracht der Ungerechtigkeit, die sich gerade auf der Mattscheibe abspielte. »Hey, was ist los? Sonst würdest du an dieser Stelle Mord und Totschlag rufen.« Caras strahlendblaue Augen schauten neugierig auf ihre Freundin.

Im Hintergrund stöhnten einige Fans über einen Freiwurf für die falsche Mannschaft.

Alex zwang sich zu einem Lächeln und schüttelte den Kopf. »Nichts Wichtiges«, antwortete sie und sah Richtung Fernseher.

So leicht ließ sich die Freundin nicht täuschen. Die beiden Frauen kannten sich seit dem College, als sie sich zusammen ein Zimmer im Studentenwohnheim geteilt hatten. Sie hatten ein paar Anfangsschwierigkeiten gehabt, doch irgendwann hatten sie sich zusammengerauft. Alex half Cara bei ihrem Coming Out im dritten Semester, danach wurden sie unzertrennlich. Sie hatten für eine Weile versucht, mehr zu sein als Freunde, sahen aber schnell ein, dass ihre Freundschaft diese Strapaze nicht aushalten würde und ließen es schnell wieder bleiben.

Cara hielt ihren durchdringenden Blick auf Alex gerichtet, die ihn ignorierte. Cara war niemand, den man lange ignorieren konnte. Sie war fast so groß wie Alex, dabei strohblond, mit elend langen Beinen, großen Brüsten und einem herzförmigen Gesichtchen. Sie sah aus wie etwas, das ein fünfzehnjähriger Computerfreak in seinem Labor geschaffen zu haben schien. Die meisten ihrer Freundinnen sahen in ihr die perfekte Mischung aus Marilyn Monroe und Charlize Theron. Sie selbst rollte über solche Vergleiche ihre blauen Augen.

»Komm schon, heraus damit. Du siehst ja nicht mal hin. Weißt du überhaupt, wer spielt?«

Alex blickte kurz auf ihre Freundin, dann zurück auf den Fernseher. In der rechten oberen Ecke waren die Teams eingeblendet. »Die Knicks gegen die ... oh, uns«, womit sie die *Washington Wizards* meinte. Baltimore hatte schon seit den Sechzigern kein eigenes Basketball-Team mehr, doch die *Wizards* waren vor fünfzig Jahren noch die *Baltimore Bulletts* gewesen, und somit feuerte man in Baltimore die *Wizards* an. »Go Team.« Alex gab Cara ein schiefes Grinsen und nahm einen tiefen Schluck aus ihrem großen Bierglas.

»Sehr überzeugend. Komm schon, was ist los?«

Alex wandte sich Cara zu, dann sah sie sich in der Bar um. Sie wies auf einen Tisch an der Rückwand der Bar, dort, wo sie ungestört reden könnten. Cara nickte und ging voraus. Alex bemerkte, wie sich Köpfe nach ihr umsahen. Ihre Freundin hatte diese Wirkung auch bei schwulen Männern. Es war, als könne niemand so recht fassen, dass es einen Menschen wie Cara tatsächlich geben konnte. Sie sah aus wie eine reale Barbie.

Sie setzten sich an den Tisch. Alex seufzte, bevor sie sagte: »Ich habe jemanden kennengelernt ... das heißt, ich habe jemanden wiedergetroffen ... vor der Hochzeit.«

Cara schaute verwirrt. »Wiedergetroffen? Jemanden aus der

High School?«

Alex schüttelte den Kopf, leckte sich die Lippen. »Sie wohnt im Haus gegenüber von meinen Eltern. Wir kennen uns praktisch schon mein ganzes Leben. Naja, ich war lange nicht zu Hause, und als wir uns wiedergesehen haben ...« Alex schnippte ihre Finger. »Es war wie ein Schlag auf den Kopf«, bemerkte sie.

»Klingt romantisch. Ihr seid zusammen aufgewachsen?«

»Nicht direkt«, entgegnete Alex.

Cara sah sie fragend an. Plötzlich lachte sie auf. »Und wie viel älter als du ist sie?«, fragte die Blondine.

»Woher ...?« Alex stellte die Frage nicht zu Ende. Sie sollte eigentlich nicht mehr überrascht sein, dass Cara sie durchschaute, doch vermutlich fiel sie trotz ihrer langen Freundschaft immer noch auf das Blondinenklischee herein.

»Komm schon, Alex. Gerri war älter als du – zwölf Jahre? Und Rachel war ...«

»Sie war jünger«, verteidigte sich Alex.

»Wie viele Monate?«

»Drei.«

Cara nickte wissend. »Nun, es wäre zumindest nicht das erste Mal, dass du auf ein älteres Modell stehst. Ich muss dich nicht an Jessica erinnern, oder?«

Alex schüttelte den Kopf. Jessica war eine kurze Affäre gewesen, die Alex vor etwa zwei Jahren gehabt hatte. Es war tatsächlich eine Affäre gewesen, denn Jessica war verheiratet gewesen. Sie und ihre Partnerin gingen damals durch eine holprige Zeit. Sobald diese vorbei war, war auch Alex' Affäre vorbei. Jessica war Mitte Vierzig gewesen. Sie müsste jetzt etwa genauso alt sein wie Dana, erinnerte sich Alex. »Dana ist achtundvierzig«, gestand die junge Kolumnistin schließlich.

Cara nickte anerkennend. »Herzlichen Glückwunsch. Du hast offiziell einen Typ. Soll ich meine Mom vor dir warnen?« Cara lachte, als Alex ihr einen leichten Schlag auf den Oberarm gab.

»Deine Mom ist ganz bestimmt nicht mein Typ«, entgegnete Alex.

»Hey, was hast du gegen meine Mom?«, spielte Cara die Beleidigte. »Du könntest dich glücklich schätzen, jemanden wie sie zu bekommen.«

»Ja, zusammen mit einem riesigen Loch in der Brust, wenn dein Vater mich erwischt.«

Sie lachten beide.

»Also, erzähl mir von Dana«, forderte Cara Alex schließlich auf.

Die dunkelhaarige Frau schüttelte den Kopf. »Da gibt es nicht viel zu erzählen. Sie ist ... unglaublich. Intelligent, attraktiv, humorvoll ... verheiratet ... die beste Freundin meiner Mutter ... lebt in Dennizville ...«

»Okay, spul kurz zurück. Sie ist die beste Freundin deiner Mutter? Dieselbe Mutter, die nicht weiß, dass du lesbisch bist?«, fragte Cara mit großen Augen. Sie sah offensichtlich, wo das Problem lag. Es war nicht Danas dahinscheidende Ehe.

»Dieselbe Mutter, die inzwischen von meinen sexuellen Präferenzen weiß; die allerdings keine Ahnung hat, dass ich ... Gefühle für ihre Freundin habe.« Alex wählte ihre letzten Worte sehr bewusst. Cara sollte nicht glauben, dies sei nur eine Affäre, so wie mit Jessica. Dana bedeutete ihr mehr.

»Du hast dich geoutet? Das erzählst du mir erst jetzt?« Cara griff nach Alex' Händen und zog sich leicht aus ihrem Sitz hoch. Sie küsste Alex auf die Wange. »Ich bin stolz auf dich. Wie hat sie es aufgenommen?«

Alex erzählte ihrer Freundin von der Unterhaltung mit ihrer Mutter und auch, dass ihre Schwester es noch nicht wusste.

Cara nickte. Sie kannte Alicia oberflächlich. Die beiden Frauen mochten einander kein bisschen. »Und jetzt? Wie geht es mit dir und Dana weiter?«, fragte Cara schließlich.

Alex schüttelte entmutigt den Kopf. »Gar nicht. Sie steckt mitten in ihrer Scheidung. Außerdem will sie meine Mutter nicht vor den Kopf stoßen mit der Nachricht, dass sie mich mag. Es gibt noch andere Dinge, die die ganze Sache kompliziert machen. Es ... ist unmöglich.« Es klang bitter, wie sie es sagte, denn das waren genau die Worte, die sie in ihrem Kopf formte, wenn sich ihre Gedanken allzu sehr um Dana drehten. Es war wie ein Mantra. Leider kein sehr aufbauendes.

»Das klingt endgültig«, bemerkte Cara.

»Ja.«

»Aber sie mag dich auch?«, fragte die Blondine nach.

»Ja. Wir haben uns geküsst.« Alex lächelte. Es war ihr erstes ehrliches Lächeln des Abends, und es erhellte ihr Gesicht.

»Das muss ja ein toller Kuss gewesen sein.«

Alex nickte nur.

»Wow«, kam es von ihrer Freundin. Sie sah Alex erstaunt an. »Du bist verliebt in diese Frau, oder?«

Wieder nickte Alex. Es war wahr. Sie war verliebt in Dana. Sie wusste selbst nicht, wie ihr das hatte passieren können.

»Wow«, wiederholte Cara. Sie sah auf die beiden mehr leeren als vollen Biergläser, die vor ihnen auf dem Tisch standen. »Das verlangt nach Cocktails. Ich hole uns jetzt zwei Long Islands, und dann knallen wir uns die Köpfe dicht. Alex Herrera ist verliebt ...« Cara stand auf und murmelte auf dem Weg zur Bar noch irgendetwas vor sich hin. Minuten später kam sie mit zwei Cocktailgläsern zurück und stellte sie auf den Tisch. »Trink aus, meine Süße. Der Abend geht auf mich. Wir verlassen diese Bar erst, wenn du mir alles über diese Traumfrau erzählt hast, die dein Herz erobert hat.«

Alex schüttelte den Kopf, doch sie war ihrer Freundin unendlich dankbar. Die ganze Woche hatte sie ihre Gefühle mit sich herumgeschleppt, sie in ihrem Kopf gedreht bis sie kaum noch eine Bedeutung hatten. Cara bot ihr die Chance, endlich offen zu reden, Dinge zu sagen, die sie bisher nicht einmal gedacht hatte.

Alex nutzte diese Chance eingehend. Zwei Stunden später rutschten die beiden Frauen auf die Rückbank eines Taxis, das sie zu Alex fuhr, wo sie noch ein bisschen mehr redeten. Dieses Mal allerdings ohne Alkohol und Hintergrundgeräusche.

Erst in den frühen Morgenstunden breitete Alex eine Wolldecke über Cara aus. Cara schloss müde die Augen.

Alex selbst fühlte sich ebenfalls erschöpft, wenngleich auch sehr erleichtert. Sie war ein paar Dinge losgeworden. Das hatte gutgetan. Ihre Gefühle allerdings waren noch immer genau dort, wo Dana sie zurückgelassen hatte: in der Warteschleife.

Während Alex ihren ersten Cocktail leerte, stand auch Dana an einer Bar. Diese Bar gehörte zu dem Restaurant, in dem sie arbeitete. Dort stand sie, während sie sich in ihre Jacke schwang. Ihre Handtasche hatte sie auf einen der Barstühle gelegt, denn der Barkeeper, Louis, wischte gerade zum letzten Mal die Theke. Es war fast Mitternacht und Zeit für den Feierabend.

»Kann ich dir noch einen auf den Weg geben, Dana? Du kannst auch gern mit zu mir kommen, dann mixe ich uns beiden noch etwas Leckeres«, flirtete der Barkeeper.

Dana lachte auf. Sie nahm den gutaussehenden Afro-Amerikaner genauso wenig ernst wie die anderen Frauen, die mit ihm arbeiteten. Er flirtete mit allen von ihnen. Was er wohl für ein Gesicht machen würde, wenn eine von ihnen tatsächlich einmal auf seine Anmache einging?

»Danke, Louis, aber mir steht derzeit nicht der Sinn nach männlicher Gesellschaft.« Dana legte sich ein dünnes Tuch um den Hals. Es war in der letzten Woche erheblich kühler geworden.

»Tatsächlich?«, fragte er nach und grinste. »Dann bevorzugst du im Moment weibliche Gesellschaft? Das hätte ich nicht von dir gedacht, Dana. Ehrlich gesagt, bricht es mir das Herz.« Er machte ein trauriges Gesicht.

Dana rollte mit den Augen. »Das tut mir fast leid, Louis. Aber es ist wohl wahr: Frauen sind einfach die besseren Männer. Oder vielleicht sind wir einfach nur die besseren Menschen.«

»Seid ihr auch die besseren Liebhaber?« Louis lehnte sich auf die Theke. Er fand die ganze Unterhaltung offensichtlich sehr amüsant.

Dana fragte sich, ob er sie auch nur ein bisschen ernst nahm, denn sie selbst war ein kleines bisschen ernst. »Ich kann zumindest sagen, dass wir besser küssen«, entgegnete sie schelmisch grinsend.

Louis spielte den Schockierten. »Na so was, Mrs. Lincoln. Da tun sich ja Abgründe auf.«

Dana lachte und zuckte die Schultern.

»Ich nehme an, diese Frau über die wir reden, sieht auch noch sehr gut aus?«

Danas Blick traf den ihres Kollegen voll. Sie lächelte selbstbewusst. »Das tut sie. Zudem ist sie unanständig erfolgreich, groß, atemberaubend.«

»Wie soll da ein einfacher Barkeeper mithalten?«, fragte Louis gespielt beleidigt. »Sag mir nicht, dass sie ihre eigene Bar hat, dann fang ich an zu weinen.« Das war sein Traum.

»Nein, sie schreibt für die *Sun*«, rutschte es Dana heraus.

»Politik?«

»Sport.« Dana konnte kaum glauben, wie schnell diese hypothetisch alberne Konversation in die Wahrheit umschlug. Sie schloss die Augen, fühlte einen Moment Erleichterung, denn es tat gut, diese Dinge laut zu sagen, sich zu offenbaren, selbst, wenn ihr Gegenüber nicht wusste, dass sie es tat.

Louis sah sie in diesem Moment tatsächlich sehr ernst und nachdenklich an. »Alex Herrera?«, fragte er.

Dana riss die Augen auf. Wie konnte er das wissen? »Woher ... Louis!« Dana sah sich um, doch die drei ihrer Kollegen, die sie sehen konnte, unterhielten sich im Gang zu den hinteren Räumlichkeiten. Sie waren in ihr Gespräch vertieft.

»Es stimmt?«, fragte er sie überrascht. »Du und Alex?«

»Louis, ich ... Nein, wir sind nicht ... Es ist ... kompliziert.« Panik stieg in Dana auf. Diese war fast schon vertraut, deswegen jedoch auch nicht leichter zu kontrollieren. »Wie kommst du gerade auf Alex?«, fragte sie schließlich, nachdem sie mehrmals tief durchgeatmet hatte.

»Du weißt es vermutlich nicht mehr. Ich bin mit Alicia zur Schule gegangen. Wir waren sogar mal ein paar Monate zusammen. Ich habe immer vor eurem Haus geparkt, denn ich hatte eine Heidenangst vor Alicias Dad. An einem Abend haben wir so lange vor eurem Haus gestanden und geknutscht, dass dein Mann irgendwann gegen mein Fenster geklopft hat. Himmel, ich hab' damals fast einen Herzinfarkt bekommen. Ich weiß, dass ihr euch kennt, weil ihr gegenüber voneinander gewohnt habt. Und ich weiß, dass Alex bei der *Sun* arbeitet, weil ihre Mutter und ich uns immer noch grüßen und uns gelegentlich auch unterhalten. Alex war zur Hochzeit von Alicia hier, nicht wahr?«

Dana nickte langsam. »Es ist nicht ... ich meine, wir sind nicht zusammen, Louis. Es ist ... einfach so eine Sache ...«

»Dana, ganz ruhig. Ich werde es niemandem sagen«, versicherte er.

Dana schloss die Augen und atmete tief durch. »Danke, Louis«, sagte sie während sie sich gegen die Theke lehnte.

»Hey, Dana.«

Sie sah zu ihm auf.

Er lächelte verständnisvoll. »Es ist okay. Diese Dinge passieren. Wenn du reden willst, ich hab immer ein offenes Ohr.« Er war jetzt ganz ernst und nickte ihr aufmunternd zu.

Es war schon eigenartig. Sie arbeitete jetzt über ein Jahr mit Louis bei *Giordelli's*. Dies war das erste Mal, dass ihre Unterhaltung über seine oberflächlichen Anbaggerungsversuche hinausging. Dana wusste nicht, was in sie gefahren war, warum sie sich so weit geöffnet hatte. Vielleicht hatte sie nur ein Ventil gebraucht, einen schwindelfreien Moment wie diesen vergangenen, um über ihre Gefühle zu sprechen. Über diese wundervollen und so aussichtslosen Gefühle. Und Louis hatte zugehört. Er hatte verstanden. Dana fühlte sich erleichtert, auch wenn es nichts an der Unmöglichkeit einer Beziehung mit Alex Herrera änderte. Es war raus.

Dana reichte über die Theke und ergriff Louis' Unterarm. »Das ist lieb von dir, Louis. Ich weiß das Angebot zu schätzen.«

»Ich bin nicht immer nur ein unverbesserlicher Chauvinist, Dana. Manchmal kann ich auch ein guter Freund sein.«

Dana lächelte. »Wer hätte das gedacht?«, fragte sie ihn.

Er erwiderte ihr Lächeln.

Sie wurden durch ihre Kollegen unterbrochen, die sich langsam auf den Weg Richtung Ausgang machten. »Hey, ihr zwei. Könnt ihr euch denn gar nicht loseisen?«, fragte Maribelle, eine der Kellnerinnen, und warf ihnen einen fragenden Blick zu.

Dana hielt noch immer Louis' Unterarm. Es war offensichtlich eine Geste, die die Kellnerin überraschte.

»Dana wollte mich gerade zu sich nach Hause einladen, richtig, Süße?«, witzelte Louis.

Dana lachte. »In deinen Träumen, Süßer.« Sie betonte das letzte Wort, bevor sie seinen Arm entließ und ihre Tasche aufnahm.

Ihre Kollegen riefen ihnen inzwischen ein »Gute Nacht« zu.

Dana wandte sich Louis ein letztes Mal zu. »Danke.«

Er nickte. »Vielleicht hast du ja nächste Woche mal Lust, einen Kaffee mit mir zu trinken?« Dieses Mal war es keine seiner oberflächlichen Anmachen, sondern das Angebot einer Freundschaft.

Dana nickte. »Ja, das klingt gut. Wir reden am Montag darüber. Gute Nacht, Louis.«

»Gute Nacht, Dana.«

Zwischenmenschliches

Am Sonntagabend betrat Alex die Redaktion. Sie war müde. Normalerweise wäre sie nicht noch an ihren Arbeitsplatz zurückgekehrt, nachdem sie erst vor anderthalb Stunden aus dem Flugzeug gestiegen war. Doch sie versuchte nun schon seit Stunden erfolglos, das Heimspiel der *Atlanta Falcons* gegen die *New Orleans Saints* zu kommentieren. Sie hatte sogar im Flugzeug ihren Laptop hervorgeholt, sich einige entscheidende Momente des Spiels nochmals angeschaut. Die Worte wollten einfach nicht kommen. Ihr fiel überhaupt nichts ein.

Alex hoffte, die Atmosphäre der Zeitungsredaktion würde helfen. Außerdem beschränkte sich die Ablenkung an diesem Ort auf ein Minimum, da die meisten ihrer Kollegen am Wochenende von Zuhause aus arbeiteten.

Das hätte Alex auch gern getan. Aber zu Hause stand ihr Telefon, das nicht klingelte. Dort hing auch das Foto, das sie auf der Hochzeit der Lincolns zeigte und das sie immer wieder ansehen musste. Es war fast schon peinlich, wie kleine Dinge, irrelevante Dinge, ihre Gedanken wie magnetisiert auf Dana zogen.

Mit einem abgrundtiefen Seufzer ließ Alex sich in ihren Bürostuhl fallen. Sie schaltete ihren Bildschirm ein. Ihr Login erschien. Sie tippte ihre Kennung und ihr Passwort in die Felder. Gleich darauf erschien auf dem Bildschirm das Bild eines legendären Augenblicks im Baseball: Babe Ruth am Schlagmal traf den Ball, der ihn zum erfolgreichsten Spieler der Baseballgeschichte machte. Fenway Park, 1927.

Normalerweise zauberte dieses Bild immer ein kleines Lächeln auf Alex' hübsches Gesicht. Nicht so an diesem Tag. Sie starrte auf ihren Bildschirm und wünschte, sie wäre mehr wie ihre Kollegen, die Bilder von ihren Ehefrauen, Ehemännern, Freundinnen und Kindern auf ihren Desktops präsentierten.

Alex schüttelte den Kopf und öffnete einen Link zum Internet sowie ihr favorisiertes Schreibprogramm. Sie schaute sich wieder die Videos zum Spiel an, rief außerdem ihre Notizen zu beiden Teams auf, suchte nach etwas, das das Spiel im Nachhinein für sie interessant machen würde. Da gab es nichts. Sie fühlte sich leer. Selbst Sport konnte dieses Loch in ihrem Innern nicht füllen.

Die junge Frau wischte sich eine Träne aus dem Augenwinkel. Sie schloss für einen Moment die Augen. Als sie sie wieder öffnete, schien die Uhrzeit in der rechten unteren Ecke sie mit der Information erschlagen zu wollen, dass ihr nur noch knapp vier Stunden bis zum Redaktionsschluss blieben.

»Verdammt«, bemerkte Alex und sah sich um. Irgendwo ganz hinten im Büro – Alex meinte es kam aus der Wirtschaftsredaktion – hämmerte jemand wie wild auf seiner Tastatur herum. Alex war sich fast sicher, dass es Templeton war, der alle paar Monate eine neue Tastatur bekam, weil seine Anschläge nicht mehr funktionierten. Nicht verwunderlich; eines seiner Hobbys war Geige spielen, und seine Finger waren dadurch gestählt, was seinem Geigenspiel zwar zugutekam, nicht jedoch seinen diversen Schreibgeräten.

Alex lächelte leicht, wurde schlagartig wieder ernst und starrte aus dem Fenster auf einen Himmel, der bewölkt war und grau. In Atlanta waren es warme siebenundzwanzig Grad gewesen, das Thermometer im Büro gab die Außentemperatur in Baltimore mit vierzehn Grad an. Alex seufzte erneut und sah auf die Uhr an ihrem Computer. Weitere zehn Minuten waren vergangen. Ihre Deadline rückte näher, und sie machte sich Gedanken ums Wetter. Großartig!

Alex ließ den Blick durch das Büro schweifen, bis sie jemanden bemerkte, der sie offensichtlich beobachtete – so wie es aussah, schon eine Weile. Es war ihr Boss, Gerald Henderson. Als er merkte, dass sie ihn gesehen hatte, bedeutete er ihr, in sein Büro zu kommen.

»Was nun?«, fragte sie in den Raum, der ansonsten nur durch das Tippen ihres Kollegen in der Wirtschaftsredaktion belebt wurde.

Alex trat ins Büro ihres Chefs und sah die tiefen Runzeln auf seiner Stirn. Er schien ein Problem zu haben, was bedeutete, dass sie ein Problem hatte.

»Was gibt es?«, fragte sie.

»Setz dich, Alex.«

Sie tat es.

Er sah sie aufmerksam an. »Arbeitest du gern hier?«

Alex stöhnte unterdrückt auf. Sie hasste es, wenn ihr Boss um den heißen Brei herumredete. Es hielt sie üblicherweise nur von ihrer Arbeit ab. Natürlich hielt sie im Moment alles von ihrer Arbeit ab, also war es wohl nicht so schlimm, wenn Henderson seinen eigenen Beitrag dazu leistete.

»Das wissen Sie doch, Chef«, antwortete Alex.

Er verzog das Gesicht. »Nein, das weiß ich nicht. Ich habe noch immer keinen Kommentar von dir zum heutigen Spiel – und das geschlagene vier Stunden nach dem Spiel«, betonte er.

Dieses Mal verzog Alex das Gesicht. Sonst war sie nie so spät. Manchmal verfasste sie ihren Artikel noch während sich das Stadium um sie herum leerte und war mit ihrer Arbeit fertig ehe ihre Konkurrenten von anderen Zeitungen überhaupt anfingen zu schreiben.

»Es war nicht sehr interessant«, bemerkte sie trotzig.

Er zog seine Augenbrauen hoch. Sein Gesicht hatte etwas von dem eines Vogels, wenn er das tat. Seine Nase war recht lang, und sein Gesicht wirkte fast oval, wenn er so fragend blickte. »Wenn ich es nicht besser wüsste, würde ich sagen, du bist überarbeitet. Doch du hattest gerade letzte Woche Urlaub ... Du hast doch hoffentlich keinen Nebenjob, von dem ich wissen sollte?«

Alex schüttelte ungeduldig ihren Kopf. »Vor einer Woche war ich auf der Hochzeit meiner Schwester. Kein Nebenjob, Boss.«

»Hm.« Henderson legte nachdenklich die Hände an die Lippen und betrachtete seine Sportkolumnistin noch ein bisschen eingehender, was Alex noch ein wenig unruhiger machte.

»Eine Hochzeit. Ältere Schwester?«

»Jünger«, entgegnete Alex.

»Du hast doch hoffentlich nicht so etwas wie Torschlusspanik, oder?«

Sie stöhnte genervt auf. »Bitte!«, stieß sie indigniert hervor.

»Alex, ich will nur wissen, was in dir vorgeht. Du bist normalerweise so engagiert, so fanatisch enthusiastisch, wenn es um Sport geht. Sonst bist du die erste, die ihre Artikel und Kommentare einreicht. Seit einer Woche habe ich ständig die Befürchtung, den Redaktionsschluss für dich verschieben zu müssen.« Henderson seufzte und hielt Alex ein Schriftstück hin.

Verwirrt schaute Alex von dem Papier auf ihren Boss. Es kam keine Erklärung, also nahm sie es ihm aus der Hand. Es war ein Kommentar zum heutigen Spiel – es war nur nicht *ihr* Kommentar.

»Tiger Pickens? Das Wiesel hat es auf meine Kolumne abgesehen?«, fragte sie.

Henderson nickte.

Sie hatte den selbstgewählten Spitznamen ihres Kollegen benutzt. Tiger war nicht sein richtiger Vorname, der war Anthony. Er galt als einer der unbeliebtesten Kollegen der ganzen Redaktion, denn er versuchte regelmäßig, eine bessere Stelle oder eine Kolumne wie die von Alex zu ergattern. Er war ein Schleimer und ein notorischer Besserwisser, deshalb arbeitete er in verschiedenen Abteilungen. Tatsächlich wusste er von allem ein bisschen und über nichts genug. Besonders nicht über Sport.

Alex überflog seinen Kommentar in Windeseile und verzog erneut das Gesicht. »Du willst das doch nicht etwa drucken?«

Henderson schüttelte den Kopf. »Von *wollen* kann keine Rede sein. Allerdings weiß ich nicht, was ich sonst drucken soll, wenn meine Starreporterin ihren Job nicht macht.«

Alex seufzte, schüttelte ihren Kopf und fühlte zu ihrer Überraschung, erneut Tränen aufsteigen.

Nicht jetzt! bat sie stumm.

»Was ist los?« Ihr Boss schien ebenso beunruhigt durch das, was er in ihren Augen sah, wie sie.

»Ich ...« Sie stoppte. Wie konnte sie ihm begreiflich machen, was in ihr vorging? Sie verstand es selbst kaum. »Ich liebe Sport.

Es war immer die eine Sache, wo mich nichts überraschen konnte, wo ich alles wusste. Jede Antwort auf jede Frage, Vergangenheit, Gegenwart, Zukunft. Ich hätte ein Vermögen machen können, wenn ich auf Ergebnisse gewettet hätte, doch mir war es immer nur wichtig, Recht zu behalten. Sport war alles für mich. Und jetzt ...« Sie zuckte ihre Schultern.

»Jetzt?«, fragte er nach, denn er wurde langsam wirklich nervös. Wenn Alex' Zustand, um welchen es sich auch immer handelte, anhielt, musste er sich vielleicht einen neuen Sportreporter suchen. Und er bezweifelte ehrlich, dass er jemanden wie Alex ein zweites Mal finden würde. Sie war die Beste.

»Ich glaube, ich habe etwas gefunden, das ... mich glücklicher macht ... machen könnte. Nur ist es ... unmöglich.« Alex schloss die Augen wie im Schmerz.

Ihr Boss sah sie an. Er seufzte. »Es ist doch hoffentlich nicht die Rothaarige aus der Recherche, Alex? Wie ist noch mal ihr Name – Michelle?«

»Lindsay«, verbesserte Alex ihren Boss und sah ihn überrascht an. Die Redaktion war wirklich wie ein kleines Dorf. Überall gab es Klatsch. »Und nein, sie ist es nicht.«

Er nickte. »Wer ist es?«, fragte er ganz offen.

Alex war sich nicht sicher, ob sie ihm antworten wollte. Andererseits schien er sich wirklich Sorgen zu machen.

»Jemand, den ich schon sehr lange kenne. Es ist kompliziert«, entgegnete sie schließlich.

»Nun, ich hoffe, du kannst das für dich lösen, Alex.« Das meinte er so. Er wollte ihr wirklich helfen, aber er war auch ihr Boss. Daher fühlte er sich getrieben hinzuzufügen: »Oder du kommst schleunigst darüber hinweg. Denn wenn du weiterhin Artikel verfasst wie in der ganzen letzten Woche, werde ich jemand anderes finden müssen, der das besser macht.«

Alex nickte. Sie atmete tief durch. Ihr Blick fiel auf den Artikel in ihrer Hand. Sie würde ganz sicher nicht zulassen, dass ein untalentierter Daherkömmling ihren Job besser machte als sie! Schon gar nicht, wo Dana jede Kolumne las, die sie schrieb.

Alex' Augenbrauen zogen sich entschlossen zusammen. Sie hatte neuen Antrieb gefunden – auch wenn der nichts mehr mit ihrer Liebe zum Sport zu tun hatte. Trotzdem war diese Motivation im Moment besser als überhaupt keine.

»Kann ich diesen Artikel behalten?«, fragte sie ihren Boss und stand auf.

Er nickte. »Sicher. Schmeiß ihn bitte weg, wenn du deinen Kommentar geschrieben hast«, wies er sie an, während sie sein Büro verließ.

Die nächsten zwei Stunden saß Alex über ihrem Kommentar. Es wurde nicht ihre beste Arbeit. Zumindest war es auch nicht ihre schlechteste.

Es war schon nach eins. Dana schreckte aus dem Schlaf hoch. Da war ein Klingeln in ihrem Kopf. Einen Moment dachte sie, es würde zu ihrem Traum gehören, den sie gerade gehabt hatte. Erst langsam verstand sie, dass es das Telefon war, das auf ihrem Nachttisch lag und klingelte.

Dana rieb sich ihre Hand übers Gesicht, bevor sie mit selbiger nach dem Störenfried langte. Sie drückte auf die Taste mit dem grünen Hörer und hielt sich das Telefon ans Ohr, während sie sich aufsetzte.

»Ja?«, brummte sie in den Hörer. Am Ende der Leitung blieb es still. »Hallo?«

»Ich . . .«

Dana blinzelte in die Dunkelheit ihres Schlafzimmers und versuchte herauszufinden, ob sie wirklich nicht mehr schlief, denn die Stimme schien genauso zu ihrem Traum zu gehören wie das Klingeln zuvor.

»Alex?«, fragte sie schließlich in den Hörer.

»Ja. Habe ich dich geweckt?«

Dana sah auf ihren Radiowecker, dessen Digitaluhr 1:12 in roten Ziffern in die Dunkelheit blinkte. »Es ist nach eins, Alex. Ja, du hast mich geweckt.« Dana lehnte sich erschöpft auf ihre rechte Hand und presste mit der linken weiterhin den Hörer an ihr Ohr. Sie war sich nicht sicher, ob sie diese Unterhaltung führen wollte, worum es auch ging.

»Es tut mir leid, Dana. Ich . . . entwickle mich wohl langsam zu einem Stalker«, bemerkte die jüngere Frau. Es klang nicht einmal wie ein Scherz. Sie schien ebenso verzweifelt wie Dana sich fühlte.

»Nein, das nun nicht, Alex. Was gibt es?«, fragte sie dann. Stille schlug ihr entgegen. Dana wartete geduldig, bis Alex antwortete.

»Ich konnte nicht schlafen.«

Dana verzog das Gesicht zu einem grimmigen Lächeln. Das konnte auf keinen Fall so weitergehen! Sie selbst hatte über diese Sache auch keinen ruhigen Schlaf mehr. In diesem Moment erinnerte sie sich, was sie geträumt hatte. Es war kein Wunder, dass sie sich gestört fühlte. Vor wenigen Minuten hatte sie noch unter Alex gelegen und sich küssen und liebkosen lassen.

»Himmel!« entfuhr es ihr, denn sie spürte die Erinnerung durch ihren ganzen Körper fahren, besonders intensiv an einer Stelle.

»Es tut mir leid, ich hätte nicht anrufen sollen«, entschuldigte sich Alex und wollte schon auflegen.

Dana hielt sie auf. »Ist schon okay. Ich ... hatte einen ... Traum.«

»Einen Traum?«, fragte Alex.

»Einen von der erotischen Sorte.« Dana klopfte hinter sich ihr Kissen zurecht und stützte es gegen das Kopfstück des Bettes, ehe sie sich zurücklehnte.

»Oh«, bemerkte Alex. »Willst du mir davon erzählen?«

Dana konnte das Lächeln in Alex' Stimme hören. »Ganz sicher nicht«, erklärte die ältere Frau entschlossen. Sie schwiegen einen Moment, dann fragte Dana: »Ist irgendetwas passiert, dass du nicht schlafen kannst?«

»Mein Boss ... er hat mir heute wohl mit einer Kündigung gedroht, wenn ich so darüber nachdenke. Und er hatte jedes Recht dazu«, antwortete Alex leise.

Dana meinte, sich verhört zu haben. »Wie bitte? Aber du ... du bist eine großartige Reporterin, eine noch bessere Kolumnistin. Warum ...?«

»Hast du meine Berichte der letzten Woche gelesen?«, fragte Alex in Danas erbosten Redeschwall.

»Ich ...« Dana las schon seit langer Zeit alles, was Alex schrieb. Das wollte sie ihr aber nicht gerade jetzt sagen. »Ja, ich habe sie gelesen.«

»Und du fandst sie nicht ... schlecht?«, forschte die junge

Frau weiter. Sie klang resigniert. Offensichtlich zweifelte sie selbst ebenso an ihren Fähigkeiten wie ihr Boss es tun musste, wenn er ihr drohte, ihr zu kündigen.

»Nein ... ich meine ... Sie waren vielleicht nicht ganz das, was man von dir erwartet, aber schlecht waren sie nicht«, entgegnete Dana. Sie hatte bemerkt, dass Alex' Artikel etwas von ihrem gewohnten Enthusiasmus eingebüßt hatten. Doch sie war sich nicht einmal sicher, ob das an Alex lag oder an ihr selbst, weil sie das Thema nicht einmal halb so sehr interessierte wie die Frau, die die Artikel schrieb.

»Sie waren schlecht«, widersprach Alex. Wieder herrschte für einen Moment Stille.

Dana wollte nichts entgegnen. Sie hatte ihre Meinung gesagt. Wenn Alex und ihr Boss es anders sahen, war das halt so. »Ist es meine Schuld?«, fragte Dana schließlich.

Alex lachte auf. »Deine Schuld? Nein, ich ... es ist meine Schuld.« Sie schwiegen eine Weile. »Ich kann mich nicht konzentrieren. Ich muss immer an dich denken ... Bitte, leg jetzt nicht auf«, fügte Alex schnell hinzu. Sie wollte nicht, dass Dana tat, was sie bei ihrem letzten Telefonat getan hatte. Am anderen Ende blieb es still. »Bist du noch da?«, fragte Alex schließlich.

»Was soll ich dazu sagen, Alex? Ich ... ich kann diese ganze Sache nicht ändern.« Dana klang frustriert und schien ebenso mit ihren Gefühlen zu kämpfen wie Alex.

»Ich weiß.« Alex schüttelte über sich den Kopf. Sie machte es schwerer für sie beide. Es war keine gute Idee gewesen, Dana anzurufen. Sie musste damit aufhören. Aber sie konnte sich nicht beherrschen. Sie konnte sich ihr Leben ohne die andauernde Kommunikation mit Dana Lincoln nicht mehr vorstellen. Sie hatte ein unbändiges Bedürfnis, zumindest ihre Stimme zu hören, wenn sie sie schon nicht sehen konnte, wenn sie sie nicht berühren durfte. Es war wie eine Sucht.

»Gibt es etwas Neues bei dir?«, fragte sie.

»Nicht wirklich. Ich warte auf einen Anruf meiner Anwältin. Irgendwie habe ich das Gefühl, dass meine Scheidung ohne mich stattfindet. Ich würde an irgendeinem Punkt gern jemandem sagen, wie sehr ich verletzt wurde. Oder dass die letzten achtundzwanzig Jahre meines Lebens mir nicht gleichgültig sind. Aber ich habe nicht den Eindruck, dass es irgendjemanden interessiert.« Dana klang mutlos.

»Mich interessiert es«, erwiderte Alex.

Dana lächelte. »Du bist leider nicht diejenige, die über den Ausgang meiner Scheidung entscheidet.«

»Würdest du die ganze Sache rückgängig machen, wenn du könntest? Würdest du Brian zurücknehmen, wenn er es wollte?« Alex' Stimme klang ruhig.

Dana wusste, dass Alex nicht so ruhig war, wie sie wirkte. Sie dachte über die Frage eine Weile nach, hörte in sich hinein. Schließlich sagte sie – und da war kein Zweifel, kein Zögern: »Nein, ich will ihn nicht zurück. Ich bin nicht unbedingt glücklich darüber, wie er unsere Ehe beendet hat, aber da ist kein Bedauern mehr. Es war ein richtiger Schritt.« Dana hörte, wie Alex ihren Atem entließ. Offenbar hatte sie auf diese Antwort gehofft, selbst, wenn sie nichts zwischen ihnen änderte. »Was machst du wegen deines Jobs?«, fragte Dana schließlich.

»Ich weiß nicht. Ich versuche, mich zu konzentrieren. Ich stelle mir vor, dass du meine Sachen liest. Das hilft ein bisschen.«

»Ich lese deine Sachen, Alex. Auch deine Mom liest sie und deine Schwester ... Eine Menge Leute lesen deine Artikel und deine Kolumne. Eine Menge Leute, denen du etwas bedeutest.«

»Im Moment sind mir diese anderen Leute aber egal«, erwiderte Alex sehr ehrlich. »Ich will nur, dass es dir gefällt. Ich will dich beeindrucken. Auch, wenn es überhaupt nichts bedeutet. Wenn es nirgendwo hinführt.«

»Es bedeutet etwas, Alex. Irgendetwas bedeutet es. Das wird es immer.«

Alex sog diese Worte schweigend auf. Eine Weile hörten die Frauen nur darauf, wie die andere atmete. Danas Worte hatten eine warme Decke über beide gelegt, und sie genossen die Nähe, die sie herbeiführten. Irgendwann hörte Dana Alex seufzen, und sie lächelte.

»Willst du mir jetzt von deinem Traum erzählen?«, fragte Alex nach einer Weile neckisch.

»Reicht es, wenn ich dir sage, dass du in dem Traum warst?« Dana konnte selbst kaum glauben, dass sie es gesagt hatte.

Für einen Moment herrschte Stille am anderen Ende der Leitung, dann antwortete Alex mit einem einfachen: »Nein.«

Dana lachte. Sie fragte sich, was passieren würde, wenn sie Alex genau schilderte, was sie in diesem Traum getan hatten. Die Küsse, die Berührungen, die aufgeregte Atmung beider. Hitze durchflutete sie, sobald sie nur daran dachte.

»Alex.«

»Dana.«

Sie sagten es zur selben Zeit, und sie klangen beide atemlos.

Konnte Alex wissen, was sie gedacht, was sie geträumt hatte? Hatte sie dieselben Gedanken, dieselben Träume?

»Wir sollten auflegen«, sagte Dana schnell, bevor sie Alex fragen konnte, bevor sie ihr sagen konnte, was ihren Körper erzittern ließ

»Warte. Ich ... ich würde gern tun, was du geträumt hast, Dana. Ich will ...« Alex hörte ein verräterisches Klicken in der Leitung.

Dana hatte aufgelegt.

Dana betrat *Finnigan's House of Coffee* am Vormittag des nächsten Tages. Sie schaute sich nach dem jungen Mann um, mit dem sie sich treffen wollte. Er winkte ihr von einem der Tische zu. Er hatte bereits einen Becher mit einem dampfend heißen Getränk vor sich stehen.

Dana holte sich ihren eigenen Cappuccino, bevor sie sich zu Louis setzte. Sie hatte ihn an diesem Morgen spontan angerufen, denn sie wollte reden. Sie musste reden. Und Lauren war in diesen Tagen leider keine Option. Tatsächlich war keiner ihrer Freunde – in den meisten Fällen gemeinsame Freunde von ihr und Brian – eine Option, die sie in Betracht ziehen konnte. Sie würden nicht verstehen, wovon Dana sprach. Sie würden es auch nicht verstehen, wenn Dana es ihnen erklärte. Sie brauchte jemand Aufgeschlossenes, vielleicht jemand Jüngeres, in jedem Fall jemanden, der sie nicht so gut kannte und der sie nicht verurteilen würde.

Also hatte sie Louis angerufen, der ihr seine Freundschaft angeboten hatte. Vermutlich wäre sie nicht auf sein Angebot eingegangen, wenn die letzte Nacht nicht gewesen wäre. Aber sie hatte stattgefunden, und sie war lang gewesen. Dana sah entsprechend übermüdet aus.

»Hallo, Louis«, grüßte Dana den dunkelhäutigen, jungen Mann, der ihr zulächelte.

»Morgen, Dana. Setz dich.« Er schob einen Stuhl vom Tisch weg.

»Danke.« Dana setzte sich und stellte ihren Becher ab. Sie hatte an diesem Tag auf etwas Süßes verzichtet, denn sie hatte gerade erst gefrühstückt.

»Lange Nacht gehabt?«, fragte Louis und schlürfte seinen Kaffee.

»Sieht man es?«

Sein Gegenüber legte sich eine Hand an die Wange, verzichtete allerdings darauf, sich die Augen zu reiben. Dana war bereits geschminkt für die Arbeit. »Gibt es eine richtige Antwort auf diese Frage?« Louis grinste. »Mir will nämlich keine einfallen.«

Dana lächelte. »Nein, vermutlich gibt es keine richtige Antwort auf diese Frage. Vielleicht eine diplomatische?«

»Du siehst blendend aus. Allerdings nicht so blendend, wie wenn du ausgeschlafen hast?«

Sie lachten beide.

»Die nehme ich.«

Louis nickte. Danas Anruf und ihre Einladung zu einem Kaffee an diesem Morgen hatten ihn überrascht. Louis machte sich keine Illusionen. Er war offensichtlich nicht ihr Typ – besonders nach dem, was sie am Samstagabend angedeutet hatte. Doch er mochte Dana, und seine Mutter hatte ihm beigebracht, dass man nie zu viele Freunde haben konnte.

»Schlaflose Nächte, das klingt ziemlich ernst«, bemerkte der junge Mann nach einer Weile, in der sie beide geschwiegen hatten.

Dana sah ihn an. »Alex hat mich kurz nach eins angerufen. Danach war an Schlaf nicht mehr zu denken.«

Louis grinste. »Klingt vielversprechend.« Seine Gedanken liefen offenbar in dieselbe Richtung, in die ihre eigenen sich vor, während und auch nach der Unterhaltung mit Alex bewegt hatten.

Dana errötete. »War aber leider nicht so befriedigend, wie du vielleicht denkst.«

Louis hatte gerade einen Schluck von seinem Kaffee genommen und verschluckte sich nun an der heißen Flüssigkeit. Dana klopfte ihm auf den Rücken, bis er seine Hand hob. »Geht schon«, bemerkte er und trank einen Schluck nach.

»Es tut mir leid. Das ... hätte ich wohl besser nicht gesagt. Ich ... Gott, das ist alles so frustrierend. So unendlich frustrierend.« Den letzten Satz fauchte sie fast.

»Weil ihr nicht zusammen seid?«

»Weil ... weil ich mich gerade scheiden lasse. Weil sie so viel jünger ist. Weil ...«

»Sie eine Frau ist?«, fragte Louis, was ihn an der Sache wohl am meisten verblüffte.

Dana schüttelte den Kopf. »Das klingt vielleicht eigenartig, aber das ist mein geringstes Problem. Tatsächlich empfinde ich es nicht als Problem.«

Er nickte anerkennend. »Ich glaube, viele andere Frauen würden das nicht so gelassen sehen.«

»Ich fand Sexualität nie sehr kompliziert. Zwei Menschen treffen sich. Sie fühlen sich zueinander hingezogen. Sie leben es aus – wie auch immer das aussehen mag. Ich meine, manchmal verliebt man sich, manchmal ist es nur Sex, manchmal ist es ein bisschen von beidem – oder auch ganz viel von beidem ...«

»Und zwischen dir und Alex ist es ...«

Dana schüttelte den Kopf. »Zu kompliziert, fürchte ich.«

Louis lächelte. »Was kann so kompliziert sein?«, fragte er. »Ich meine, wenn die Tatsache, dass sie eine Frau ist, dich nicht aus der Fassung bringt, was stresst dich so, Dana?« Er sah sie verblüfft an.

»Du kennst Lauren, ihre Mom?«

Louis nickte.

»Sie ist nicht nur meine Nachbarin, sie ist meine beste Freundin. Kannst du dir vorstellen, was passiert, wenn sie herausfindet, dass ich ... Gefühle habe für ihre Tochter?«

»Oh, die Unterhaltung könnte schwierig werden.«

»Versuch ›unmöglich‹«, verbesserte Dana den jungen Mann.

»Weiß Ally eigentlich irgendwas davon?«, fiel Louis nach einer kurzen Weile ein.

»Nein. Ally weiß noch nicht einmal, dass Alex lesbisch ist«, entgegnete Dana und fragte sich im nächsten Moment, ob es Alex recht wäre, dass sie ihre Sexualität mit einem Fremden diskutierte. Zumal dieser Fremde ja kein wirklicher Fremder war, wenn er Lauren und Ally kannte.

»Ist wahrscheinlich auch besser so«, sagte der junge Mann. »Ally war schon als Teenager nicht besonders aufgeschlossen.«

Dana nickte. »Lauren ist meine beste Freundin. Ich will sie nicht verlieren. Sie bedeutet mir zu viel.«

»Und Alex? Was bedeutet sie dir?«

Das war keine schwierige Frage. Aber die Antwort war schwer. Bedeutete Alex ihr mehr als Alex' Mutter? Bedeutete sie ihr genauso viel? Weniger? Es war eine Pattsituation. Dana konnte die Frage nicht beantworten, ohne Konsequenzen aus der Antwort zu ziehen.

»Ich bin verliebt in Alex, Louis. Das ist nicht nur die unpassendste Verbindung, die ich eingehen könnte, es passiert auch noch zur verdammt unpassendsten Zeit in meinem Leben. Meine Ehe ist zu Ende, doch sie ist faktisch noch nicht beendet. Ich lehne mich zu weit aus dem Fenster ... Ich sollte sie einfach vergessen.« Dana schloss die Augen, öffnete sie allerdings wieder, sobald sie Louis' Hand auf ihrer spürte.

»Kannst du das?«, fragte er.

Sie zuckte die Achseln. Natürlich kannte die Antwort auf diese Frage.

»Willst du das?«, fragte er noch.

Dana schüttelte den Kopf.

»Dann musst du abwägen, was du gewinnst und was du verlierst. Ist sie es wert?«

»Ich habe bereits abgewogen, Louis. Der Preis wäre zu hoch.« Dana war nicht zufrieden mit dieser Antwort, und sie brachte ihr auch keine Erleichterung.

Der kommende Donnerstag war bereits der zweite Oktober. Dana hatte an diesem Tag frei, und das hatte seinen Grund. Der zweite Oktober war der Geburtstag ihres Sohnes Joshua. Diesen Tag hatte sie die letzten Wochen gefürchtet. Selbst über all die verwirrenden Gefühle, die sie für Alex Herrera hatte, konnte sie nicht vergessen, dass dieser Tag Joshs dreiundzwanzigsten Geburtstag gewesen wäre. Normalerweise hätte sie einen Kuchen für ihn gebacken, hätte erwartet, dass er vorbeikäme, um mit ihr ein Stück davon zu essen. Er hatte immer gern Kuchen gegessen, alles Süße. Bis auf das letzte Jahr, in dem er so furchtbar abgenommen hatte.

Bei dieser Erinnerung schüttelte Dana den Kopf. Sie war gerade aus ihrem Wagen gestiegen, in dem sie eine ganze Weile gesessen hatte, das Unvermeidliche hinauszögernd. Sie stand auf dem Parkplatz hinter dem Friedhof, auf dem Josh beigesetzt war. Sie ging auf die kleine Pforte zu, die den Friedhof vom Parkplatz abgrenzte. Josh war nicht weit von hier begraben, abgelegen von der Kirche, die er die letzten Jahre seines Lebens nicht besucht hatte, weil er keine Verwendung für Religion gehabt hatte. Ähnlich wie seine Mutter auch.

Es hatte die letzten Tage immer wieder geregnet. Der Rasen war durchweicht und glitschig. Dana hatte damit gerechnet und trug feste Schuhe, dazu Jeans, einen dicken Rollkragenpullover und eine Regenjacke. Sie war sich bewusst, dass Josh sie in legeren Kleidern am meisten gemocht hatte, nicht in irgendwelchen Kleidern und hochhackigen Schuhen. Er mochte es, wenn sie zusammen spazieren gingen, manchmal im Regen, wenn sie sich nichts vormachten, sich nicht verstellten, wie er sagte. Er war tatsächlich sehr sensibel gewesen – Alex hatte mit ihrer Einschätzung recht gehabt.

Vor einem dunklen Grabstein ging Dana in die Hocke. ›Joshua Barrett Lincoln‹, stand in Goldlettern auf dem Stein, darunter sein Geburtstag und sein Todestag. Dana wollte damals noch eine persönliche Widmung hinzufügen, doch ihr wollte nichts einfallen, nicht im Angesicht des Todes, den ihr Sohn gestorben war. Es gab keine Worte für eine Mutter, die ihr Kind auf diese Weise verlor.

Dana legte Blumen vor den Grabstein. Weiße Rosen.

»Hallo, Josh«, sagte sie. Sie redete immer mit ihm, wenn sie kam. Normalerweise kam sie einmal im Monat zum Friedhof. Sie war am Tag von Allys Hochzeit das letzte Mal hier gewesen. Sie war nach der Trauung hierher gewandert und hatte ihm davon erzählt. Sie wusste nicht, ob es ihn interessiert hätte. Obwohl er Alex gemocht hatte, wusste sie nicht, wie er zu Alicia gestanden hatte. Sie hatten nie etwas miteinander zu tun gehabt, soweit sie wusste. Andererseits hatte sie auch nicht gewusst, dass Alex und er ein Geheimnis miteinander gehabt hatten. Sie fragte sich, ob es noch mehr solcher Dinge gab, die sie über ihren Sohn nicht wusste. Oder Dinge, die er ihr erzählt hatte, die nicht wahr gewesen waren.

Dana seufzte. Wie gut hatte sie ihren Sohn überhaupt gekannt?

Es waren keine neuen Fragen, die sie sich stellte. Das Leben ihres Sohnes war kein offenes Buch gewesen. Besonders nicht seit er anderthalb Jahre vor seinem Tod nach Baltimore gezogen war. Er hatte sich verändert. Nur noch selten hatten sie sich gesehen. Sie hatte sich zu wenig bemüht, Kontakt zu halten, hatte zu selten angerufen, ihn kaum besucht.

Dana fing an zu weinen. Sie presste eine Hand über ihren Mund, um nicht laut zu schluchzen. Es half nicht. Sie machte sich Vorwürfe; natürlich tat sie das. Ihr Sohn war tot – er war viel zu jung gestorben – er war allein gestorben.

Es machte keinen Sinn für sie. Wie könnte es?

Erste Regentropfen mischten sich mit Danas Tränen. Sie sah hinauf in den Himmel und ließ die kalten Tropfen ihr Gesicht benetzen. Dann stand sie auf.

»Ich liebe dich, Josh.« Sie hatte ihm an diesem Tag nichts zu erzählen gehabt. Die Dinge, die sie beschäftigten, waren zu aufwühlend, als dass sie Worte gefunden hätte. Der Schmerz über ihren Verlust machte sie ebenfalls sprachlos. Tränen drückten so viel besser aus, was sie empfand.

Dana wandte sich vom Grabstein ihres Sohnes ab und ging die ersten Schritte gesenkten Hauptes. Als sie aufsah, entdeckte sie ihren Ehemann an der Pforte zu den Parkplätzen. Er hielt einen großen schwarzen Schirm über sich und trug einen dunklen Anzug mit hellblauer Krawatte.

Seine Miene war ernst. »Hallo, Dana«, sagte er, sobald sie ihn erreichte. Er hielt seinen Schirm auch über sie und kam noch ein Stück näher heran, um sie beide vor dem Regen zu schützen.

»Hallo, Brian«, kam es tonlos von seiner Frau.

Sie wirkte blass auf Brian. Offenbar hatte sie seit seinem Auszug ein paar Kilos verloren. »Wie geht es dir?«, fragte er unnötigerweise. Wie sollte es ihr schon gehen?

Dana schüttelte den Kopf und bat ihn stumm bloß jetzt keinen Small-Talk auszutauschen. Nicht heute und nicht hier.

»Es tut mir leid wegen dem, was ich das letzte Mal gesagt habe. Es ... es ist nicht leicht, ich weiß.«

Sie nickte auf seine Worte, fand aber keine Entschuldigung für ihr eigenes Verhalten bei ihrer letzten Begegnung.

Das ärgerte ihn. Dana schien immer ein bisschen mehr im Recht zu sein als er und immer ein bisschen mehr zu leiden. »Ich habe gehört, du gehst wieder aus«, kam es kurz darauf von ihm.

Dana sah ihn verständnislos an.

»Du hattest ein Kaffee-Date mit einem Mann«, spezifizierte er.

Ihr Blick wirkte noch immer leer, als wüsste sie nicht, wovon er sprach. Tatsächlich wusste sie, worauf er hinauswollte. Sie konnte nur nicht glauben, dass er sie darauf ansprach. Nicht an diesem Tag, nicht an diesem Ort.

»Ich habe auch gehört, dass er dein Sohn sein könnte.«

Dana schloss die Augen.

Brian schien sich im selben Moment bewusst zu werden, was er da gesagt hatte, nicht einmal zwanzig Meter vom Grab seines toten Sohnes entfernt. »Ich ... es tut mir leid, Dana. Ich ...«

»Ich finde es erstaunlich, dass eine harmlose Verabredung mit einem Kollegen dich so aufwühlt. Und dass es offensichtlich irgendjemand interessant genug findet, dir davon zu erzählen«, bemerkte sie ruhig, doch ihre Stimme hatte einen gereizten Unterton.

»Ein Kollege?«, fragte Brian nach.

»Nicht, dass es dich etwas angeht, mit wem ich meinen Kaffee trinke, aber ja, Louis ist der Barkeeper im *Giordelli's*.«

Brian nickte. Er erinnerte sich vage an den jungen Afro-Amerikaner.

»Ich werde jetzt gehen.« Dana legte ihre Hand an die Pforte.

Brian legte ihr seine eigene Hand auf den Unterarm und hielt sie auf.

Dana blickte zu ihm hoch.

»Ich wollte nicht, dass es so kommt«, sagte er. Er spezifizierte nicht, ob er von der Scheidung, dem Tod ihres Sohnes oder etwas anderem sprach – vielleicht von der Art und Weise, wie er sich verhielt, seit er seine Koffer gepackt hatte. Es war auch gar nicht wichtig, was er meinte. Dana konnte es sich aussuchen und ihm vergeben.

Dana war sich allerdings nicht sicher, ob sie das wollte oder würde. Sie nickte auf seine Worte nur, öffnete die Pforte und verließ Brian ohne ein weiteres Wort.

Das Telefon klingelte. Alex kam gerade zur Tür herein. Mit großen Schritten eilte sie ins Wohnzimmer und nahm das schnurlose Telefon auf.

»Hallo?«, meldete sie sich. Das erste, was sie am anderen Ende hörte, war ein Schluchzen. »Dana? Was ist passiert?« Regungslos stand Alex in ihrem Wohnzimmer und lauschte dem Weinen am anderen Ende der Leitung. »Okay, hör zu. Ich setze mich ins Auto und bin so schnell ich kann …«

»Nein«, entgegnete Dana. »Ich …« Sie versuchte zu sprechen. Ihre Tränen ließen kaum Worte zu.

Alex wartete geduldig. Sie wusste nicht, was sie sagen oder tun sollte. Ihre Wohnungstür stand noch immer offen, ihre Laptop-Tasche hielt sie noch immer in der Hand.

Nach einer Weile bekam Dana ihr Schluchzen unter Kontrolle. »Würdest du einfach ein bisschen mit mir reden?«, fragte sie mit dünner Stimme.

»Natürlich. Ist etwas passiert?«, fragte Alex noch einmal. Sie hörte, wie Dana sich die Nase schnäuzte. »Bleibst du kurz dran? Ich bin gerade erst zur Tür herein.«

»Ja, ist gut.«

Alex legte den Hörer beiseite, setzte ihre Sachen ab und schloss die Haustür. Dann ging sie ins Wohnzimmer zurück und nahm das Telefon wieder auf. »Bist du da?«, fragte sie.

»Heute ist Joshs Geburtstag«, sagte Dana tonlos.

Alex schloss die Augen. Sie konnte praktisch spüren, wie schmerzhaft dieser Tag für ihre Freundin sein musste. »Das tut mir so leid. Ich wünschte, ich hätte es gewusst. Ich …« Sie wusste nicht, was sie getan hätte, wenn sie es gewusst hätte. Sie wusste allerdings, was sie tun wollte. Sie wollte zu Dana fahren, sie in den Arm nehmen und sie nicht wieder loslassen, bis der Schmerz verging.

»Er wäre dreiundzwanzig geworden«, sagte Dana. Beide schwiegen für eine Weile, dann fragte Dana: »Du weißt, wie er gestorben ist?«

Alex nickte, was Dana natürlich nicht sehen konnte. Es dauerte einen Moment, ehe Alex die Worte sagte. »Eine Überdosis.«

Dana kniff ihre Augen zusammen und kämpfte gegen einen weiteren Weinkrampf. Sie war machtlos. Ein Schluchzer entriss sich ihr. Es war noch immer zu schmerzhaft, diese Worte in Verbindung mit ihrem Sohn zu hören; mit dem kleinen Jungen, der er gewesen war; mit dem Mann, der er hätte werden sollen.

»Dana, ich …« Alex wollte sich ins Auto setzen, sie wollte Dana halten. »Bitte, lass mich zu dir kommen …«, flehte sie.

»Nein. Ich kann das jetzt nicht, Alex.«

Die jüngere Frau wusste, wovon Dana sprach. Sie konnte sich jetzt nicht mit ihren Gefühlen für sie auseinandersetzen, wenn sie um ihren Sohn trauerte. Alex verstand es, doch sie wollte Dana auch helfen, und sie hatte nicht das Gefühl, dass ihr das von Baltimore aus möglich war. Alex wünschte fast, Dana hätte ihre Mutter angerufen. Andererseits war sie froh, dass Dana sie selbst ins Vertrauen zog.

Dana hörte langsam auf zu schluchzen und schnäuzte sich. »Deine Mutter hat es dir erzählt?«, fragte sie schließlich, an ihre Unterhaltung anknüpfend.

»Ja. Sie hat mit mir und Alicia darüber gesprochen. Ich glaube, sie wollte sichergehen …« Alex verstummte.

»Dass ihr nicht denselben Weg nehmt«, führte Dana den Satz zu Ende.

»Ja«, bestätigte Alex.

»Lauren ist eine gute Mutter«, bemerkte Dana. Ein Schluchzer folgte dieser harmlosen Aussage, der implizierte, was Dana sich im Stillen vorwarf: dass sie keine gute Mutter gewesen war.

»Das warst du auch, Dana«, sagte Alex bestimmt. Sie konnte Danas Kopfschütteln nicht sehen, nur erahnen.

»Ich habe ihn nicht beschützt«, entgegnete die ältere Frau.

»Du warst immer für Josh da. Du hast ihn zur Selbstständigkeit erzogen. Es war nicht deine Schuld, Dana.« Es zerriss Alex, dass Dana sich Vorwürfe am Tod ihres Sohnes machte. Sie hatte nichts tun können, das wusste Alex. Trotz des Altersunterschieds zwischen ihr und Joshua gehörten sie zur selben Generation. Hätte Alex jemals die Neugier verspürt es auszuprobieren, es wäre leicht gewesen, an jede Art von Drogen zu kommen. Doch sie hatte diese Neugier nicht verspürt. Sie kannte einige Freunde, die Drogen genommen hatten, in kleinen Mengen und auch in etwas größeren. Die waren glücklicherweise davon losgekommen. Es war eine Phase gewesen. Doch nicht für jeden war es nur eine Phase. Für manche wurde es zur Sucht. So wie für Josh.

Alex hörte Dana weinen.

»Hör mir zu, Dana. Joshua ... er war erwachsen. Vielleicht hatte er Probleme. Probleme, von denen du nichts ahntest. Probleme, von denen du nichts ahnen solltest. Joshua hätte jederzeit zu dir kommen können. Das tat er nicht. Wer weiß, was in ihm vorging. Auf jeden Fall bin ich mir ganz sicher, dass er wusste wie sehr er sich immer auf dich verlassen konnte. Du warst seine Mutter. Du hättest ihm geholfen. Du hast deinen Sohn geliebt, Dana. Ich glaube, das weiß er auch jetzt noch.« Obwohl das Konzept von Religion Alex nicht immer geheuer war, glaubte sie an eine Seele. Und sie glaubte daran, dass die Toten die Gedanken der Lebenden hören konnten. Sie war sich sicher, dass Josh sich der Liebe seiner Mutter bewusst war. Er musste es einfach wissen.

Sie konnte hören, wie Dana sich beruhigte. Ihr Atem ging länger. Sie klang erschöpft. »Ich kann nicht glauben, dass er nicht mehr da ist, Alex«, sagte sie nach einer Weile.

»Ich weiß.« Alex dachte für einen kurzen Moment an ihren Vater, der ebenfalls jäh aus seinem Leben gerissen worden war. Es war schwer gewesen für die ganze Familie. Am schwersten für ihre Mutter. Zweifellos vermisste Lauren ihren Mann noch immer schmerzlich. Sie selbst tat es ebenfalls. Selbst, wenn sie sich nicht immer verstanden hatten, sie hatte ihren Vater geliebt.

»Ich war heute an seinem Grab. Brian ... er war auch da.«

Für einen Moment schloss Alex die Augen. Allmählich entwickelte sie einen regelrechten Hass auf Danas Ehemann. Die reine Erwähnung seines Namens ließ sie ihren Kiefer zusammenkrampfen.

»Sogar am Grab unseres Sohnes mussten wir streiten«, bemerkte Dana nachdenklich.

»Was hat er gesagt?«, fragte Alex kopfschüttelnd.

»Er denkt, dass ich mit einem Kollegen von mir ausgehe.«

Diese Antwort hatte Alex nicht erwartet. Sie war wie ein Schlag in die Magengrube. Sie blieb still, atmete kaum.

»Er hat doch tatsächlich den Nerv, mir eine Affäre vorzuwerfen.«

Alex presste ihre Zähne aufeinander. Sie würde nicht fragen, ob es wahr war. Sie würde nicht fragen, ob Dana jemand anderen ihr vorzog. Sie konnte Dana nicht mit ihren Unsicherheiten belasten. Schon gar nicht, wenn die andere Frau größere Probleme hatte, als sich um ihr verletztes Ego zu kümmern.

»Alex?«, fragte Dana. »Bist du noch dran?«

»Ja, ich bin hier«, erwiderte Alex.

»Du weißt, dass es nicht stimmt, oder? Es gibt niemanden ...« Sie wollte ›außer dir‹ anfügen. Sie unterließ es. »Ich habe keine Affäre«, stellte Dana klar.

Alex nickte. »Ich weiß«, bestätigte sie, auch wenn sie es für einen kurzen Moment nicht gewusst hatte. Sie schämte sich für ihre Unsicherheit, doch sie konnte sie auch nicht ablegen. Dana hatte sie zurückgewiesen. Zudem war Dana dabei nicht die erste gewesen. Solche Dinge blieben haften. In diesem Fall schmerzte es Alex so sehr, dass sie überall neue Gründe erkannte, warum Dana sie nicht wollte.

»Wer ist dieser Kollege?«, fragte sie schließlich nach.

»Du müsstest ihn kennen. Louis Franklin. Er arbeitet an der Bar im Restaurant.«

Daher kannte Alex ihn nicht. Schließlich war sie noch nie im *Giordelli's* gewesen. »Louis Franklin ... Er ist mal mit Alicia ausgegangen«, erinnerte sich Alex.

»Ja, wir haben uns unterhalten. Ich hatte keine Ahnung, dass ihr euch kennt, bis er es erwähnte.«

Alex nickte, auch wenn ›kennen‹ nicht das richtige Wort war.

Sie versuchte sich zu erinnern, wie Franklin ausgesehen hatte. Auf jeden Fall musste er ein gutaussehender Bursche sein, denn Alicia ging nicht mit hässlichen Jungs aus.

»Warum denkt Brian, ihr beide ...« Sie konnte es nicht einmal sagen. Allein die Vorstellung, Dana könne mit jemand anderem zusammen sein, bereitete ihr Magenschmerzen.

»Wir waren bei *Finnigan's* und haben dort Kaffee getrunken. Offensichtlich war das ein zu öffentlicher Ort für eine harmlose Unterhaltung. Ich schwöre, ich weiß nicht, wer Brian seine Informationen zuspielt. Sollte ich es jemals herausfinden, werde ich ein ernstes Wort mit diesem Jemand reden.«

Dana klang inzwischen wesentlich gefasster, als sie es zu Beginn ihrer Unterhaltung gewesen war. Alex war froh, dass es ihr zumindest oberflächlich ein wenig besser ging.

»Hat Brian noch etwas gesagt?«, fragte Alex schließlich, weil sie nicht mehr über Louis reden wollte.

»Nein, nicht wirklich. Er ... es ist alles vorbei, Alex. Ich sehe Brian an, und da ist nichts. Ich frage mich, wie unser Verhältnis wäre, wenn Josh ... wenn er noch leben würde. Ich kann es mir nicht vorstellen. Ich habe keinerlei Gefühle mehr für Brian.« Dana klang überrascht und traurig darüber.

Alex hingegen war erleichtert. Es brachte sie selbst Dana nicht näher. Andererseits war Brian nicht gut zu Dana gewesen; er verdiente ihre Gefühle nicht. »Das ist gut, Dana«, bemerkte sie.

»Ja, vermutlich. Es ist nur so ...« Dana schüttelte den Kopf. Ihr wollte nicht einfallen, was es war. Verrückt, seltsam, irrational. »Ich frage mich, wie lange ich ihn tatsächlich geliebt habe. Wann habe ich damit aufgehört? Und warum habe ich es nicht gemerkt? Oder habe ich es gemerkt?«, sinnierte Dana.

»Ist das wichtig?«, fragte Alex.

»Ich würde einfach gern wissen, dass ich nicht mehrere Jahre meines Lebens einfach die Augen geschlossen habe, dass ich meinen Kopf in den Sand gesteckt habe und etwas über mich ergehen ließ, das ... nichts war. Aber vielleicht tun wir das alle irgendwann. Wir geben uns mit etwas zufrieden, das uns nicht glücklich macht, aber auch nicht allzu unglücklich. Wir leben den Mittelweg.«

Es machte Alex traurig, dass Dana so lebte. Niemand sollte sich mit seinem Leben nur zufrieden geben. Es machte sie noch trauriger zu wissen, dass Dana auch weiterhin so leben würde. Sie beide würden es. Nicht glücklich, aber auch nicht allzu unglücklich. Aber vor allem nicht zusammen.

Alex erwiderte nichts. Sie fürchtete, wieder könne ihr eine unpassende Bemerkung herausrutschen und Dana würde die Unterhaltung erneut unterbrechen.

»Bist du noch da?«, fragte Dana nach einer Weile.

»Ja, ich bin hier.«

»Danke, Alex. Fürs Zuhören. Ich ... ich weiß nicht, was ich getan hätte ...«

»Du hättest meine Mom angerufen«, sagte Alex bestimmt.

»Ja, vermutlich«, bestätigte Dana. »Ich wollte mit dir reden, Alex.«

»Ich bin froh über deinen Anruf.«

»Josh ... er war kein schlechter Junge. Wahrscheinlich denkst du, was alle über Menschen über Drogensüchtige denken: Sie seien schwach und nutzten andere nur aus. Josh ist nicht so gewesen. Er war mein Sohn«, rechtfertigte Dana den Menschen, den sie vermutlich am meisten auf der Welt liebte. Nur, dass er nicht mehr zu dieser Welt gehörte.

»Ich mochte Josh, Dana«, versicherte Alex ihrer Freundin.

»Und er mochte dich auch. Ich wünschte ...«

Es gab vieles, das sich Dana wünschte. Sie hatte sich immer gewünscht, Josh und Alex wären einander altersmäßig näher gewesen. Dann hätten sie Freunde sein können. Das hatte sie sich gewünscht, seit sie Alex auf ihrer Hochzeit hatte herumlaufen sehen. Damals hatte sie gehofft, dass sie bald ein Kind haben würde, mit dem das kleine Mädchen spielen würde; mit dem auch Alex' ungeborene Schwester spielen würde. Doch es dauerte sechs Jahre bis sie schwanger wurde. Zu diesem Zeitpunkt war Alex bereits neun und Alicia sechs. Sie hatten kein Interesse an einem Baby gehabt, noch dazu einem Jungen. Natürlich hatte der andauernde Zwist zwischen Brian und Jorge auch nicht geholfen. Es war eigenartig, wie sich die Dinge entwickelt hatten. Nichts schien so abgelaufen zu sein, wie sie es sich als junge Braut ausgemalt hatte.

»Ich wünschte, du müsstest nicht durch das alles durch, Dana. Ich wünschte, ich könnte dir helfen.«

Dana lächelte leicht. »Das tust du, Alex«, versicherte sie.

»Ich wünschte, ich könnte dich halten.« Es war sehr leise vorgebracht, fast schüchtern, unsicher, wie Dana reagieren würde.

»Ich wünschte, das wäre möglich«, entgegnete Dana. »Ich wünsche mir viele Dinge, Alex. Aber wünschen funktioniert nicht. Durch Wünsche bekomme ich meinen Sohn nicht zurück ...« Sie hielt inne. Erneut spürte sie Tränen. Sie hielt die Augen so lange geschlossen, bis sie wieder vergingen.

Alex sagte nichts, sondern lauschte der Atmung der anderen Frau, hoffte, sie würde ihr vielleicht erlauben, doch zu ihr zu kommen, sie bitten, zu ihr zu kommen. Vergeblich.

Nach einer Weile sagte Dana: »Ich bin sehr müde, Alex. Ich möchte jetzt schlafen gehen.«

»Bist du sicher? Es macht mir nichts aus. Ich bleibe die ganze Nacht am Hörer, wenn du noch reden willst«, erwiderte Alex. Sie wollte nicht auflegen. Sie wollte Dana nicht loslassen.

»Ich bin sicher. Ich danke dir. Du bist eine gute Freundin.«

Alex konnte hören, wie Dana sich bewegte. Gleich darauf knarrten die Dielen unter ihren Füßen, während sie wohl von der Couch aufstand und ins Schlafzimmer ging.

»Ich bin immer für dich da«, bestätigte Alex, was Dana bereits wusste.

»Danke. Dasselbe gilt auch umgekehrt.«

»Ja, ich weiß.«

»Gute Nacht, Alex.«

»Gute Nacht, Dana. Ich ...« Sie sagte es nicht.

Für einen kurzen Moment horchten sie beide in die Leitung, ob Alex den Satz vervollständigen würde. Doch die anderen beiden Worte blieben ungesagt.

Dana legte auf.

Die Sorgen einer Mutter

Es klingelte an der Tür. Von ihrem Platz auf der Couch sah Dana auf. Sie saß dort mit einem Foto ihres Sohnes. Ihr Blick wechselte zwischen ihm und dem gigantischen Strauß frischer Lilien, der auf dem Tisch stand. Ein Bote hatte ihn vor etwa einer Stunde gebracht. Die Karte, die ihn begleitete, sagte einfach nur die Worte: »Ich denke an dich. Alex.«

Dana wusste nicht, womit sie jemanden in ihrem Leben verdient hatte, der sich so sorgte. Ohne Alex' Hilfe hätte sie vermutlich an diesem Morgen nicht einmal den Weg aus dem Bett gefunden. Sicher, sie war nur bis auf die Couch gekommen, in Schlabberhosen und ungeschminkt. Aber zumindest lag sie nicht zusammengerollt und weinend unter einem Berg Decken. Das verdankte sie Alex und ihrem Telefongespräch am vergangenen Abend. Sie hatte ihren Schmerz teilen können. Es tat noch immer weh, wie könnte es nicht, doch es war zu ertragen. Irgendwie war es zu ertragen.

Dana stand vor der Couch auf, legte das Foto von Josh in das aufgeschlagene Album, dem sie es entnommen hatte, und ging zur Tür. Als sie öffnete, war sie einigermaßen überrascht, denn dort stand Lauren. Sie musste ihren Laden über Mittag geschlossen haben, was sie, soweit Dana wusste, höchst selten tat.

»Lauren.«

Alex' Mutter lächelte verhalten. »Hallo, Dana.«

Dana schob die Tür auf und ließ ihre Freundin hereinkommen.

Lauren trat ins Wohnzimmer. Sofort fiel ihr Blick auf den Strauß Lilien, der den ganzen Raum mit seinem süßen Duft erfüllte. »Der ist ja wunderschön.« Lauren wandte sich ihrer Freundin zu, die etwas schüchtern lächelte. »Der ist nicht zufällig von deinem heimlichen Verehrer?«, fragte sie verschmitzt.

Dana schüttelte den Kopf. »Die Blumen sind von Alex«, antwortete sie wahrheitsgemäß.

Lauren schaute überrascht. Sie drehte sich noch einmal zu dem großen Strauß um, der ein Vermögen gekostet haben musste. »Das sieht ihr so ähnlich«, bemerkte sie und wandte sich wieder Dana zu. »Alex hat mich angerufen.« Sie legte der jüngeren Frau ihre Hände auf die Schultern. »Warum hast du mich nicht angerufen und mir gesagt, dass es Joshs Geburtstag ist? Ich wäre sofort herübergekommen.«

Dana schloss beschämt die Augen. In ihren Wimpern hingen Tränen. Sie spürte, wie Lauren ihre Arme um sie legte und sie umarmte. Dana erschütterte ein Schluchzen. Nicht um Josh, um die Tatsache, dass ihre Freundin sie trösten wollte, während sie selbst sie hinterging.

»Es ... tut mir leid«, rangen sich die Worte aus Dana hervor.

»Schhht, es ist okay.« Lauren hielt ihre Freundin eine ganze Weile fest, bis die sich wieder einigermaßen beruhigt hatte.

»Ich war auf dem Friedhof«, sagte Dana schließlich, während Lauren sie zur Couch führte. »Brian war dort und ... wir haben gestritten. Ich wollte eigentlich nur noch allein sein, doch als ich nach Hause kam, konnte ich nicht aufhören zu weinen. Da habe ich Alex angerufen.«

Lauren nickte. »Ich bin froh, dass sie für dich da war.«

»Sie ist eine gute Freundin.« Danas Worte klangen ein bisschen traurig.

Die beiden Frauen hatten sich hingesetzt.

Lauren hatte noch immer einen Arm um ihre Freundin gelegt. Sie sah auf das Foto, das Dana erst vor ein paar Minuten angesehen hatte. »Das ist ein schönes Foto von Josh«, bemerkte sie und nahm es auf.

Die Mutter des Jungen nickte. Das Bild zeigte Josh in kurzen Hosen und T-Shirt an einem sonnigen Tag in einem Park. Er hielt einen Fußball in seiner Hand und grinste schelmisch in die Kamera. Das Licht war so intensiv, dass es das halbe Bild in gleißendes, weißes Licht färbte. Es gab Josh einen surrealen Schein.

»Hast du das geschossen?«, fragte Lauren nach einer Weile.

»Nein, Josh hat es mir geschenkt. Er sagte, ein Freund hätte es gemacht.« Dana klang nachdenklich. »Das war etwa ein halbes Jahr vor seinem Tod. Ich habe immer angenommen, dass es vielleicht ein Freund war, mit ... mit dem er Drogen genommen hat«, brachte sie schließlich hervor.

Lauren sah sie an, dann zurück auf das Bild. »So wie es fotografiert ist, würde ich fast sagen, dass es von einem professionellen Fotografen gemacht wurde. Das Licht … so etwas bekommt man selten hin, wenn man nicht ein bisschen Ahnung hat.« Lauren drehte das Bild um. Ein Stempel zierte die Rückseite. Es war der eines Fotostudios in Baltimore. »Picture Frame«, las sie.

Dana schaute neugierig. »Josh … er hat erwähnt, dass dieser Freund in einem Fotostudio arbeitet. Vielleicht …« Sie schüttelte den Kopf. »Er arbeitet vermutlich nicht mehr dort. Selbst wenn, warum sollte er sich mit mir unterhalten wollen? Was würde ich ihn fragen?«

Dana hatte nach Joshs Tod lange versucht zu verstehen, warum ihr Sohn Drogen nahm. Sie hatte ein paar seiner High School-Freunde aufgesucht und mit ihnen geredet. Die jedoch wussten nichts oder wollten nicht reden. In den meisten Fällen hatten sie Josh auch nicht gut gekannt. Er war nicht beliebt gewesen, ein Außenseiter, ein Nerd. Er war ein sensibler Junge gewesen; er hatte gezeichnet, und wie Dana beim Ausräumen seiner Wohnung in Baltimore feststellte, auch gemalt.

Niemand konnte ihr sagen, warum ihr Sohn an einer Überdosis gestorben war. Sie hatte sich damit abgefunden, dass sie es niemals wissen würde, und sich Vorwürfe gemacht, dass sie es nicht gesehen hatte, dass sie es nicht verhindert hatte. Hier war nun vielleicht die Möglichkeit, jemanden zu finden, der Josh wirklich gekannt hatte. Der ihn außerdem kurz vor seinem Tod noch gekannt hatte. Trotzdem schreckte Dana davor zurück ihn aufzusuchen und wieder dieselben Fragen zu stellen: Wer war mein Sohn? Warum hat er Drogen genommen? Warum hat er mich nicht um Hilfe gebeten?

Lauren legte das Bild zurück auf das Fotoalbum und nahm Danas Hände. »Ich denke, du solltest es versuchen, Dana. Wenn er dieses Foto weniger als ein Jahr vor Joshs Tod gemacht hat, dann hatten sie vielleicht noch Kontakt als Josh … starb.«

Dessen war sich Dana bewusst. Und sie war sich auch bewusst, was dies bedeutete. Sie könnte endlich Antworten auf ihre vielen Fragen bekommen. Vielleicht auch solche, die sie nicht hören wollte. Dass es ihre Schuld war. Dass Josh sie insgeheim gehasst hatte. Dass sie ihn nicht genug geliebt hatte.

Tränen liefen Dana ungehemmt über die Wangen. Wie konnte

sie so etwas denken? Josh war ein guter Junge gewesen. Er hatte sie geliebt, das wusste Dana.

Sie nickte langsam. »Ja. Ich muss am Montag nach Waldorf. Ich kann nach meinem Termin nach Baltimore fahren und in diesem Fotostudio vorbeigehen. Dann werde ich sehen, ob Joshs Freund noch dort arbeitet.«

Lauren drückte Dana kurz an sich. »Wenn du willst, komme ich mit. Oder vielleicht hat Alex Zeit . . .«

Dana sah zu Lauren auf. Die hielt inne. Die jüngere Frau schüttelte den Kopf. »Das ist keine gute Idee.« Dana hielt Laurens Blick für einen langen Moment fest. Sie wollte ihrer Freundin die Wahrheit sagen, es endlich loswerden. Aber nach allem, was sie die letzten Tage durchgemacht hatte, fühlte sie sich nicht stark genug. Sie wollte nicht auch noch ihre beste Freundin verlieren.

»Du hast Gefühle für Alex." Laurens Stimme klang überrascht. Sie musste es gerade erst entdeckt haben.

Dana zuckte zusammen.

Sie sahen sich für eine Weile nur an.

Unter Laurens forschendem Blick senkte Dana beschämt die Lider. »Ich . . . weiß nicht, wie . . . Ich . . . Mit der Scheidung und allem . . . Wir sind nicht . . . Wir haben nicht . . .«

Sie saßen schweigend, bis Dana schließlich ihre Gedanken geordnet hatte.

»Du musst mich für verrückt halten«, sagte sie. »Ich habe keine Ahnung, wie das passieren konnte. Ich stecke mitten in meiner Scheidung.«

Lauren hielt noch immer die Hände ihrer Freundin.

Dana nahm dies als gutes Zeichen und auch als Fixpunkt für ihre Augen, denn sie wagte es noch immer nicht Lauren anzusehen. »Wir haben uns nur unterhalten und dann . . . wir haben uns geküsst«, brachte sie schließlich heraus. Sie schaute kurz auf.

Der Blick aus Laurens blauen Augen verriet Aufmerksamkeit, Neugier, aber keine Verärgerung. Im Moment hörte sie einfach zu.

»Wir wissen beide, wie unmöglich es ist. Alex ist . . . so jung. Sie lebt in Baltimore, und ich lebe hier. Dann die Scheidung. Es ist ... keine gute Idee«, schloss Dana und sah Lauren erwartungsvoll an.

»Ich bin mir nicht sicher, was ich dazu sagen soll, Dana«, sagte die ältere Frau schließlich. »Alex ist erwachsen. Das bist du ebenfalls. Ihr ...« Sie schüttelte den Kopf. Es schien ihr schwerzufallen, ihre Tochter und ihre Freundin als eine Einheit zu betrachten.

»Ich bin eine furchtbare Freundin. Du hast mir vertraut und ich ...«

Lauren unterbrach sie, indem sie Danas Hände zu sich zog und Dana damit zwang, ihr wieder ins Gesicht zu sehen. »Glaube bitte nicht, ich sei dagegen. Es ist eine neue Situation.« Das war sehr diplomatisch ausgedrückt. Doch wünschte Lauren sich tatsächlich, dass ihre Tochter mit ihrer besten Freundin ausging?

»Wir sind nicht zusammen, Lauren. Wir ... telefonieren. Wir reden. Ich weiß nicht, was ich ohne Alex getan hätte ...« Dana stoppte sich. »Natürlich hättest du mir ebenso geholfen ...« fügte sie schnell hinzu. Sie atmete tief durch. Diese Sache war wirklich schwer zu erklären.

»Ja, das hätte ich. Aber du wolltest mit Alex darüber reden, und das ist auch okay, Dana.«

»Wirklich?«

Lauren lächelte. »Wir sind einander sehr nahe, Dana. Als ich zu Alex gesagt habe, dass ich dich als Teil der Familie erachte, war das nicht übertrieben. Ich habe selbst keine Schwester, aber ich habe mir als Kind immer eine gewünscht. Du bist wohl die Person in meinem Leben, die dieser Funktion am nächsten kommt. Ich wünsche mir, dass wir über alles reden können. Aber das bedeutet nicht, dass du nur mit mir reden sollst. Du darfst ruhig andere Freunde haben. Ich ... ich war etwas überrascht, wie gut Alex und du euch verstanden habt vor der Hochzeit. Andererseits freute ich mich darüber, weil Alex ein ganz besonderer Mensch ist. Du verdienst Freunde wie sie.«

»Und jetzt?«

Lauren atmete tief durch. »Meine Tochter soll glücklich sein. Dasselbe wünsche ich mir für dich. Du machst im Moment sehr viel durch. Wenn Alex dir da durchhelfen kann, dann ist das gut.« Lauren hielt inne, bevor sie fortfuhr. »Du hast gesagt, ihr beide seid nicht zusammen. Also habt ihr vermutlich über die Möglichkeit gesprochen.«

Dana nickte. Tatsächlich hatten sie mehr über die Unmöglichkeit gesprochen, aber das zählte wohl auch.

»Wie gesagt, ich möchte euch beide glücklich sehen. Und wenn ihr einander glücklich macht, dann ... bin ich dafür.« Dieses letzte Zugeständnis kostete Lauren einiges.

Dana nahm dies als Stichwort für ihre nächsten Worte. »Danke, Lauren. Aber ...« Sie schüttelte den Kopf. »Da sind zu viele Dinge in meinem Leben. Ich habe nicht damit gerechnet, Gefühle für jemanden zu entwickeln und fühle mich, ehrlich gesagt, überfordert. Ich war so lange mit Brian zusammen, und er ... er hat mir sehr weh getan. Joshs Tod hat mich ...« Sie schüttelte wieder den Kopf, dieses Mal gegen Tränen kämpfend und sie bezwingend. »So, wie ich mich im Moment fühle, wäre es nicht gut, wenn ich mich auf jemanden einließe. Und schon gar nicht auf Alex. Deine Tochter hat jemand Besseren verdient. Jemand, der offen ist für die Art von Liebe, die sie zu geben hat.« Dana versuchte ein Lächeln.

Lauren sah ihre Freundin nachdenklich an.

Dana konnte nicht sagen, was sie dachte. Sie meinte allerdings bei Lauren eine gewisse Erleichterung zu erkennen.

»Du bist ein wundervoller Mensch, Dana. Wie immer diese Sache sich entwickelt, ich will, dass ihr beide glücklich seid. Okay?«

Dana nickte. Sie war ihrer Freundin sehr dankbar. Natürlich war sie selbst nicht Laurens oberste Priorität. Das war Alex, und das war auch richtig so. Das war sie auch für Dana.

»Gut. Kann ich noch etwas für dich tun?«, fragte Lauren schließlich und strich ihrer Freundin über den Unterarm.

Dana schüttelte den Kopf. »Nein, mir geht es ganz gut. Ich muss Montag nochmal nach Waldorf wegen der Scheidung. Laut meiner Anwältin wollen Brian und sein Anwalt die Angelegenheit beschleunigen. Ich weiß nicht, ob das gut oder schlecht ist.«

»Hat er bei eurem gestrigen Zusammentreffen irgendetwas in dieser Hinsicht angedeutet?«

»Nein, er ... er war zu beschäftigt, mir eine Affäre zu unterstellen.«

Laurens Augen wurden groß. »Er weiß von Alex?«

»Nein, er hat gehört, dass ich mit einem Kollegen einen Kaffee trinken war. Louis Franklin, du kennst ihn.«

Die ältere Frau nickte.

»Nun, offensichtlich hat uns jemand gesehen, der dann auch gleich Brian informiert hat. Und der hielt es für sein Recht, mir Vorwürfe zu machen.«

»Der Mann hat echt Nerven!«

»Ja, die hat er schon immer gehabt. Aber ich will mich nicht auf sein Niveau begeben. Seine Affäre interessiert mich nicht. Falls es jedoch die Scheidung für mich leichter macht, werde ich sie gegen ihn benutzen. Ich werde Ms. Snyder davon erzählen.«

»Gut für dich«, bestätigte Danas dunkelblondes Gegenüber. »Wenn du moralische Unterstützung brauchst, sagst du mir Bescheid, dann komme ich am Montag mit.«

Dana lächelte über das Angebot. »Danke, Lauren. Ich werde darüber nachdenken.«

»Gut.«

Die beiden Frauen umarmten einander. Dana sank einen Moment tief in diese Umarmung. Sie war tröstend und aufmunternd. Dana war so erleichtert, dass sie noch immer eine Freundin hatte, mit der sie Momente wie diesen teilen konnte.

»Hallo, Alex.«

Die Angesprochene fiel fast aus ihrem Stuhl, in dem sie mehr gelegen als gesessen hatte, während sie sich eine Statistik über Baseballergebnisse ansah. Üblicherweise fand Alex solche Statistiken sehr interessant. An diesem Tag flossen die Zahlen vor ihren Augen zusammen, und sie hatte nur gedöst. Das Auftauchen ihrer Mutter hatte sie indes vollends geweckt.

»Mom. Was ...« Alex setzte sich auf. »Was tust du hier? Ist irgendwas passiert? Ally?«

»Deiner Schwester geht es gut, Alex. Es ist nichts passiert. Ich wollte nur mal wieder ein bisschen Zeit mit meiner Ältesten verbringen und dachte, ich lade dich zum Lunch ein. Das heißt, wenn du nicht zu beschäftigt bist.« Lauren deutete auf die Tabelle, die Alex' Desktop zierte. »Sieht faszinierend aus«, bemerkte sie nicht sehr überzeugend.

»Das sind Baseballstatistiken, Mom, und sie sind faszinierend.« Alex lächelte. »Ich würde gern mit dir Essen gehen.« Sie blickte auf die kleine Uhr am unteren, rechten Bildschirmrand. War es tatsächlich schon Mittag? Hatte sie sich nicht gerade erst in ihren Bürostuhl gesetzt? War das schon zwei Stunden her? Alex schüttelte den Kopf, um die Staubweben zu entfernen, die sich offenbar in den letzten Stunden gebildet hatten. Sie stand auf und streckte sich.

»So faszinierend, dass du fast darüber eingeschlafen wärst?«, bemerkte ihre Mutter auf Alex' genüssliches Gähnen hin.

Am Wochenende war das Büro nie sehr belebt, da viele Kollegen von zu Hause arbeiteten, um wenigstens zwischendurch ein bisschen Zeit mit ihren Familien zu verbringen. Nachrichten schliefen nun einmal nicht. Daher schloss auch die Zeitung selten ihre Türen. Alex war gern am Wochenende im Büro. Das hatte ihre Mutter gewusst und war, statt zu Alex' Wohnung zu fahren, gleich in das große Bürogebäude gegangen, das ihren Arbeitsplatz beherbergte.

»Ich habe nicht geschlafen. Ich war sehr konzentriert bei der Arbeit«, entgegnete Alex nicht ganz ernst und zog ihre Jacke von ihrer Stuhllehne, bevor sie hineinschlüpfte. Sie bemerkte, dass sie ihre Mutter noch gar nicht richtig begrüßt hatte und küsste die ältere Herrera auf die Wange. »Hallo, Mom. Du siehst gut aus.«

»Danke. Das macht vermutlich der Wind da draußen. Da sieht das Haar immer aus wie frisch zerzaust.«

Alex lachte über die Worte ihrer Mutter. Sie wirkte richtig ausgelassen. »Du hast gute Laune.«

»Ja, ich habe heute Morgen mit Ally gesprochen. Ihre Stimmung ist ansteckend. Glücklich wie am ersten Tag ihrer Ehe.«

»Kein Wunder, der ist ja auch gerade erst zwei Wochen her.« Alex grinste. Sie war froh, dass ihre Mutter an sie gedacht hatte und den langen Weg nach Baltimore gefahren war, um einfach ein paar Stunden mit ihr zu verbringen. Alex fühlte sich in letzter Zeit isoliert, was vermutlich ihre eigene Schuld war. Sie hätte ihre Mutter schon längst einmal wieder in Dennizville besuchen können. Sie hatte es nicht getan. Der Grund war einfach: Sie wollte es zu sehr. Nicht wegen ihrer Mutter, sondern wegen

Dana. Die Versuchung, sie zu besuchen, sie zu sehen, war zu groß. Dana wollte Abstand. Den wollte Alex ihr geben – auch wenn es hart für sie war.

Mutter und Tochter betraten ein kleines Deli, das dem riesigen Bürogebäude der *Sun* gegenüber lag. Alex aß gern hier und auch regelmäßig. Manchmal mit Kollegen, manchmal allein. Es gab vor allem Kleinigkeiten zu essen, Sandwiches, verschiedene Bagels, immer frisch und reichhaltig belegt, mit leckeren selbstgemachten Dressings.

Sie setzten sich an einen der hohen Tische am Fenster und schlugen die Karten auf, die dort lagen. Sie unterhielten sich über die verschiedenen, kulinarischen Möglichkeiten. Alex wies ihre Mutter auf einige ihrer Favoriten hin. Kurz darauf kam eine Bedienung an ihren Tisch, und sie bestellten.

»Es ist nett hier. Wieso waren wir noch nie zusammen in diesem Restaurant?« Lauren war nicht entgangen, wie gut sich Alex mit den Speisen auskannte.

»Wir waren schon zusammen hier, aber damals war noch ein Chinese drin. Dieses Deli gibt es erst seit gut einem halben Jahr«, antwortete Alex.

»Richtig! Der Chinese war schrecklich«, stimmte Lauren zu.

Alex lachte. »Er war okay. Trotzdem serviert man jetzt hier auf jeden Fall besseres Essen.«

»Das werde ich noch kosten müssen.«

Alex schüttelte den Kopf über ihre Mutter. Sie wirkte ausgelassen, irgendwie belebt. »Also, wie kommt es, dass du heute einfach so spontan in die Stadt gekommen bist?«

Die Kellnerin brachte die Getränke und unterbrach Alex.

»Danke«, wandte sich Alex an das junge Mädchen, das ein großes Glas Eistee vor sie hinstellte. Ihre Mutter hatte einen Kaffee bestellt.

»Wie gesagt, ich habe mit Ally gesprochen. Sie ist so begeistert von ihren Flitterwochen! Sie will mir all ihre eine Millionen Fotos zeigen. Du sollst sie ebenfalls anschauen. Und zwar Dienstagabend. Natürlich gibt es auch etwas zu essen.«

»Ist das eine Einladung zum Abendessen?«, fragte Alex belustigt.

»Ja, was soll es sonst sein?«

»Kein Ahnung. Werde ich dazu eingeladen oder abkommandiert?«

Laurens Miene wurde ernst. Sie atmete tief durch. »Deine Schwester ist sehr glücklich, Alex. Nicht nur, weil sie verheiratet ist, sondern auch, weil du ihr ein sehr schönes Geschenk zu ihrer Hochzeit gemacht hast. Ich rede nicht von den äußerst teuren Schmuckstücken für sie und Rick. Ich spreche davon, was du ihr gesagt hast. Sie war sehr gerührt. Sie möchte mehr Zeit mit dir verbringen und dich besser kennenlernen. Ihr seid nie Freundinnen gewesen, wie man es eigentlich von Schwestern erwartet. Ich glaube, das hat sie sich immer gewünscht. Vielleicht jetzt ...«

»Mom, es gibt einen Grund, warum wir nie Freundinnen waren. Wir sind sehr verschieden.« Alex zögerte. »Und wenn sie mich wirklich kennenlernt, wird sie vermutlich nicht mehr mit mir befreundet sein wollen«, fügte sie schließlich hinzu.

Sie wurden von der Kellnerin unterbrochen, die nun auch ihr Essen brachte und ihnen einen Guten Appetit wünschte.

Lauren machte ein trauriges Gesicht. »Vielleicht wird sie es verstehen«, sagte sie hoffnungsvoll.

»Vielleicht.« Alex musste an Danas Worte denken. Konnte sie wirklich wissen, wie Ally reagieren würde, bevor sie ihr eine Chance dazu gab?

Sie schwiegen für eine Weile und begannen zu essen.

Laurens Laune besserte sich etwas, denn Alex hatte recht behalten. Ihr Sandwich war wirklich fantastisch. »Das ist gut«, sagte sie.

Alex nickte.

Lauren wischte sich die Mundwinkel mit ihrer Serviette ab. »Ich wollte noch mit dir über etwas anderes sprechen.«

Alex nickte aufmunternd und nahm einen Schluck von ihrem Eistee.

»Ich habe mit Dana gesprochen.«

Alex blickte sofort aufmerksam zu ihrer Mutter hinüber.

»Geht es ihr gut?«, fragte sie und konnte ihre Besorgnis nicht unterdrücken.

»Es geht ihr besser. Vor allem dank dir«, bestätigte Lauren. Sie sah in die Augen ihrer Tochter, offen forschend. Dann lächelte sie wieder.

»Ich hab nur getan, was du auch getan hättest«, wollte Alex es abtun.

Ihre Mutter schüttelte den Kopf. »Oh, ich hätte schwerlich ein halbes Vermögen für einen Strauß weißer Lilien ausgegeben, um sie aufzumuntern.« Ihr Lächeln wurde allwissend, ein bisschen süffisant.

»Das war nur, weil ich nicht selbst sehen konnte, wie es ihr geht.«

»Deswegen hast du auch mich angerufen?«

Alex nickte. »Sie war so deprimiert, so …«

Lauren griff mit einer Hand über den Tisch und nahm Alex' Hand auf. Ihr Lächeln war verschwunden. »Ein Kind zu verlieren … ich will mir das nicht einmal vorstellen müssen«, sagte sie. »Aber du hast ihr sehr geholfen, Schatz.«

Alex lächelte leicht.

Sie sahen einander an. Es erschien Alex, als würde ihre Mutter tief in sie hineinsehen. Die junge Frau wusste, was ihre Mutter dort sehen würde, deshalb senkte sie nach einem Moment den Blick.

»Du bist in sie verliebt, nicht wahr?«, fragte Lauren sanft.

Alex schaute wieder auf. Ihre Mutter hatte es gesehen. »Ich …« Die Worte versagten der Reporterin. »Ich …«

»Es ist okay, Alex. Dana hat mir von eurem Kuss erzählt.«

Bei dieser Offenbarung wurden Alex' Augen riesengroß. »Sie …« Noch immer kam dabei kein vernünftiger Satz heraus.

Lauren lächelte. »Ja, sie hat mir ihre Gefühlen für dich gestanden. Schon auf der Hochzeit hatte ich gesehen, dass du auch Gefühle für Dana hast.«

Alex sah ihre Mutter für einen langen Moment einfach nur an. Ihr Sandwich war vergessen, ebenso ihr Eistee und die ganze Stadt um sie herum. Sie saß mit ihrer Mutter wie in einem geschützten Kokon, einem Ort für intime Geständnisse und lange Gespräche, die sie in ihrer Jugend nie geführt hatten. Vor der Hochzeit hatte sie nicht einmal von der Existenz eines solchen Ortes geahnt. Es schien, dass sich Mutter und Tochter jetzt immer wieder dort trafen, um sich auszutauschen, um sich Wahrheiten zu sagen. Es war neu für Alex, sich so zu öffnen. Andererseits war sie unendlich dankbar für diese Gelegenheit.

»Ich liebe Dana, Mom.«

Lauren schloss für einen Moment die Augen. Sie nickte. Dann öffnete sie sie wieder, und sie schwammen in Tränen. Sie hatte darauf gewartet, ihre Tochter sagen zu hören, dass sie jemanden liebte. Das war etwas Gutes.

»Das dachte ich«, erwiderte sie schließlich. Sie drückte Alex' Hand.

Alex war unglaublich erleichtert und wollte es sogar beinahe wagen, glücklich zu sein. »Was hat Dana gesagt?«, fragte sie.

Lauren seufzte. »Sie meinte, ihr wäret kein Paar, und dazu bestünde auch keine Möglichkeit.«

»Sie will mich nicht«, brachte Alex es auf den Punkt. Es war eine traurige Gewissheit, die ihr jeden Morgen von neuem das Herz brach, wenn sie aus einem Traum erwachte, der sie vom Gegenteil überzeugt hatte.

»Natürlich will sie dich. Alex, Dana macht eine schwere Zeit durch. Sie hat ihren Sohn verloren und gibt sich die Schuld daran. Dasselbe gilt vermutlich für ihre Ehe. Ihre Gefühle für dich haben sie völlig überrascht. Sie glaubt, sie habe dich nicht verdient; sie denkt, sie könne dich nicht glücklich machen, weil es ihr bei Josh und bei Brian auch nicht gelungen ist.«

Alex sah zu ihrer Mutter auf. »Hat sie das gesagt?«

Lauren schüttelte den Kopf. »Nicht direkt. Aber ich denke, so empfindet sie.«

Alex schaute aus dem Fenster durch all die Personen, die daran vorbeigingen, hindurch. Sie dachte an Dana, an diese unglaubliche Frau, die so viel Liebe zu geben hatte und sich selbst wegschloss. Ihre Mutter hatte recht. Sie selbst hatte es ebenfalls gesehen.

»Was kann ich tun?«, fragte Alex ihre Mutter.

»Komm am Dienstag zum Abendessen. Ich werde Dana auch einladen. Du musst mit ihr reden, Alex. Nicht nur am Telefon.«

Momentaufnahmen

Alex hatte lange über die Dinge nachgedacht, die ihre Mutter ihr erzählt hatte. Sie war nicht so überzeugt davon, dass sich alles einrenken würde, wenn sie nur zu diesem Abendessen erschien. So unwiderstehlich fand sie sich nun auch wieder nicht, als dass Dana sie nur anzusehen brauchte, all ihre Gründe in den Wind schlug und in ihre Arme sank. So verlockend der Gedanke auch war. Außerdem wollte sie Dana auch am Dienstag nicht mit ihrer Anwesenheit überraschen, wie ihre Mutter es vorgeschlagen hatte. Diese Art von Überraschung konnte leicht daneben gehen. Besonders, da noch andere Personen anwesend sein würden, nämlich ihre Schwester und ihr Mann.

Also nahm sie am Sonntagabend den Hörer auf und wählte die inzwischen auswendig gelernte Nummer von Danas Haus. Nach dem zweiten Klingeln wurde bereits abgenommen.

»Ja?«, meldete sich die tief-raue Stimme am anderen Ende.

»Hallo, Dana«, grüßte Alex.

»Hallo.« Dana schien überrascht, aber keineswegs unangenehm. »Es ist schön, dass du dich meldest. Ich wollte mich bei dir bedanken. Für die Blumen und ... fürs Zuhören am Donnerstag. Das hat mir sehr geholfen.«

»Gern geschehen. Ich wusste nicht, welche Blumen du magst, aber ich fand Lilien ganz passend.« Es lag eine Frage in diesen Worten.

»Ich mag Lilien sehr gern. Der Strauß ist wirklich wunderschön«, versicherte Dana. Ihr Blick fuhr anerkennend über den Strauß, das Sinnbild von Alex' liebevoller Geste.

»Gut.« Sie schwiegen beide einen Moment. »Hat Mom dich schon auf Dienstag angesprochen?«

»Dienstag? Du meinst das Essen mit Alicia und Rick? Kommst du auch?« Diese Fragen waren geradezu atemlos vorgebracht.

»Ja, Mom hat mich eingeladen. Eigentlich war es wohl Allys Idee. Sie wollte mich dabei haben. Aber ich wollte dich vorwarnen«, erwiderte Alex.

»Oh.« Offenbar hatte ihre Freundin ihr absichtlich nichts von

Alex' geplantem Besuch gesagt. »Lauren hat nichts von dir erwähnt.«

Einen Moment blieb es still am anderen Ende.

»Sie hat es vermutlich nur vergessen. Jetzt, da du es weißt, kannst du immer noch absagen«, gab Alex Dana die Möglichkeit zum Rückzug.

Die Freundin dachte darüber nach. »Nein, ich hab schon zugesagt. Außerdem würde ich dich gern sehen.«

Es klang wie ein Geständnis, und es zauberte ein Lächeln auf Alex' Gesicht. »Dann kann ich mich auch darauf freuen, dich zu sehen.«

Eine verlegene Stille stellte sich ein, die allerdings nicht unangenehm war. Sie dachten beide über das Gesagte nach. Für beide fühlte es sich richtig an.

»Wie geht es dir im Moment?«, fragte Alex nach einer Weile und erinnerte Dana damit wieder an ihr letztes Gespräch.

»Es geht mir soweit gut. Ich habe mich lange mit Lauren unterhalten. Das hat sehr geholfen. Dann die Blumen ... Ich weiß wirklich nicht, womit ich so gute Freunde verdient habe. Ich bin euch beiden sehr dankbar.«

»Du bist eine wundervolle Frau, Dana. Wir sind ebenso froh, dich zu haben ... als Freundin.«

Dana ließ Alex' Worte so stehen. Freundschaft war etwas, das sie erst spät im Leben zu schätzen gelernt hatte. Viele, die sie für ihre Freunde gehalten hatte, hatten sich zurückgezogen nachdem herauskam, woran Josh gestorben war. Andere hatten sich wie selbstverständlich auf Brians Seite gestellt, sobald er seine Trennung von ihr bekannt gegeben hatte. Die wenigen Freunde, die ihr geblieben waren, waren Arbeitskollegen. Hinzu kam Lauren. Und jetzt natürlich auch Alex. Auf die wenigen verbliebenen Freunde konnte sie sich bedingungslos verlassen.

»Ich danke dir, Alex. Ich ... ich freue mich auf Dienstag.« Das war nicht, was Dana eigentlich hatte sagen wollen. Sie war sich auch gar nicht sicher, was sie hatte sagen wollen. Was immer es war, es war vermutlich klüger, dass sie es nicht gesagt hatte.

»Ja, ich auch. Ich bin gespannt auf Allys Fotos. Mom meint, es wären so eine Million. Hoffentlich zeigen die beiden uns nur eine begrenzte Auswahl, auch wenn ich gern ein bisschen was von

Hawaii sehen würde. Warst du schon dort?«

»Nein, das war immer ein wenig außerhalb unseres Urlaubsbudgets. Brian und ich waren meist an so exotischen Orten wie Boston oder New Jersey, wo wir seine Familie besucht haben.«

Alex lachte. »Ja, in Jersey bin ich auch schon gestrandet. Ein Naturerlebnis ganz eigener Art.«

Dana lachte ebenfalls. Sie konnte nicht anders.

»Und die lokale Tierwelt. Das hat etwas von einer Safari. Ich musste mich zweimal von Bullen anhalten lassen, die böse schnaubten und behaupteten, ich sei zu schnell gefahren ...« Alex wollte nicht aufhören. Es tat einfach zu gut, Dana lachen zu hören.

»Und, bist du?«, hakte Dana nach.

»Das kann gar nicht sein. Deren Radarfallen müssen kaputt sein.«

»Das hat Brian auch immer behauptet.« Das Lachen verebbte. Das passierte immer, wenn Dana ihren Ehemann erwähnte.

Alex sah sich gezwungen, nachzufragen. »Wie steht es mit der Scheidung?«

»Unverändert. Ich habe nächste Woche einen Termin mit meiner Anwältin, dann werde ich weiter sehen.« Sie sagte nicht, dass dieser Termin am nächsten Morgen war.

»Ich habe mich gefragt ...«, lenkte Alex ab, verstummte aber wieder.

»Ja?«

»Kommenden Samstag spielen die *Orioles* gegen die *Red Sox* in Fenway Park. Ich habe Karten.« Alex hielt die Luft an. Damit hatte sie Dana genug Informationen gegeben. Sie musste wissen, was sie fragen wollte.

»Und?« Dana konnte sich vorstellen, worauf Alex abzielte, war sich ihrer Antwort allerdings selbst nicht sicher.

»Vielleicht hast du ja Lust, dir das Spiel mit mir anzusehen?« Alex klang atemlos.

Es schienen Stunden zu vergehen, bevor Dana etwas erwiderte: »Fragst du mich nach einem Date, Alex?«

»Nein, ich ... ich ... vielleicht ein kleines bisschen?« Sie klang verlegen, fast schüchtern.

Alex' Verunsicherung rührte Dana. Sie sah die große Frau

praktisch vor sich, ihre braunen Augen, das verkniffene Gesicht, das mit einer Ablehnung rechnete.

»Ich weiß nicht, Alex. Können wir am Dienstag noch mal darüber reden?«

»Ja, ja natürlich. Ich wollte nur ... Du magst Baseball. Wir könnten das Wochenende in Boston verbringen ... wenn du das willst.« Alex fühlte sich wie eine Heranwachsende. Sie bekam einfach keinen vernünftigen Gedanken heraus. Ihre Hormone mussten ihr Sprachzentrum angegriffen haben – und den Rest ihres Gehirns noch dazu.

»Wir werden sehen. Ich ... Es ist alles so kompliziert, Alex.«

»Ja, ich weiß. Ich will dir auch keinen Druck machen. Denk in Ruhe darüber nach.«

Dana lächelte am anderen Ende der Leitung. Alex war so unglaublich einfühlsam, so süß und verführerisch – und Dana war sich sicher, dass sie sich dessen nicht einmal bewusst war. Es fiel Dana unheimlich schwer, ihre Gefühle nicht Oberhand gewinnen zu lassen und der Freundin einfach nachzugeben. Sie wollte es.

»Das mache ich. Dann sehen wir uns übermorgen?«, fragte sie und deutete das Ende des Gesprächs an.

Alex seufzte. »Ja, auf jeden Fall.«

»Ich freue mich darauf. Ich wünsche dir noch einen schönen Abend, Alex«, verabschiedete sich Dana von der jüngeren Frau.

»Das wünsche ich dir auch. Bis dann, Dana.«

»Bis dann.«

Am Montagnachmittag betrat Dana einen kleinen Laden, auf dessen Schaufenster in violetten, geschwungenen Buchstaben *»Picture Frame«* stand. Er lag nicht, wie sie angenommen hatte, in einem der belebten Einkaufsvierteln der Stadt, sondern in einer bescheidenen Gegend. Die Straßen wurden vor allem von jungen Leuten bevölkert. Offenbar lebten hier viele Studenten der hiesigen Uni.

Das Geschäft wirkte einfach ausgestattet, doch keinesfalls schäbig. Die im Schaufenster ausgestellten Bilder zeugten vom Können des Fotografen – oder der Fotografin.

Ein junger Mann stand am Tresen und begrüßte sie. »Hallo,

kann ich Ihnen helfen?«

Dana kam auf ihn zu und stellte ihre Handtasche auf den Tresen. »Das hoffe ich. Ich suche den Fotografen, der dieses Bild gemacht hat.« Dana entnahm ihrer Tasche einen verstärkten Umschlag – sie wollte nicht, dass das Foto, das aktuellste, das sie von ihrem Sohn hatte, verknickte. Sie griff hinein und zog das Foto hervor.

»Nun, das ist eine außergewöhnliche ...« Der junge Mann stockte, sobald Dana ihm das Foto überreichte und er es sich ansah. »... Anfrage«, beendete er den Satz fast geflüstert. Er sah von dem Foto zu der Frau, die es ihm gereicht hatte, dann wieder zurück. »Sie sind Joshs Mutter«, stellte er fest.

Dana nickte.

»Ich hätte Sie eigentlich gleich erkennen müssen. Josh hatte ein Foto von Ihnen und Ihrem Mann in seiner Wohnung«, erinnerte er sich.

»Dann haben Sie das Foto gemacht? Sie waren sein Freund?«, fragte Dana.

Er nickte. »Ja, ich war sein Freund.« Der junge Mann schien zu zögern. Erklärend setzte er hinzu: »Wir waren zusammen.«

Danas Mund öffnete sich überrascht. Kein Ton kam heraus. Sie ließ sich diese Information erst einmal in Ruhe durch den Kopf gehen. Sie hatte es geahnt. Doch Josh, wenn er über sein Privatleben erzählte – was sehr selten vorkam – erwähnte nur Mädchen. Hatte er sie belogen, was das anging? Oder war er einfach nur gut darin gewesen, die Pronomen zu vertauschen?

»Ich bin übrigens Danny. Meine Freunde nennen mich Linse.« Er streckte Dana seine Hand entgegen.

Sie ergriff sie. »Ich bin Dana.«

Er lächelte erleichtert. Er hatte befürchtet, dass Joshs Mutter nach seiner Offenbarung vielleicht schreiend das Weite suchen würde. Obwohl er sie nach Joshs Erzählungen eigentlich nicht so eingeschätzt hatte. Natürlich konnte sich in zwei Jahren vieles ändern. Danny warf einen letzten Blick auf das Foto in seiner Hand und gab es Dana wieder zurück.

Dana verstaute es erneut sorgsam in seinem Umschlag. »Hast du ...«, wollte Dana mit ihrer ersten Frage über ihren Sohn ansetzen. Sie stoppte sich. »Gibt es vielleicht einen Ort, wo wir uns in Ruhe unterhalten könnten?«

»Ähm ... ja, ich ... Hally?«, rief er nach hinten in einen Bereich, den Dana nicht sehen konnte. Vermutlich wurden dort die Fotos gemacht.

»Ja?« Eine junge Frau erschien und sah von Danny zu Dana. Sie nickte der älteren Frau, die sie für eine Kundin hielt, freundlich zu.

»Kannst du hier für eine Stunde oder so die Stellung halten? Ich muss weg.«

Seine Kollegin schien überrascht. Sie nickte. »Ja, sicher. Denk aber an den Termin um fünf. Der Kunde hat extra nach dir gefragt«, erinnerte sie ihn.

»Ja, ich denke dran.« Danny kam um die Theke herum und nahm seine Jacke von einem Garderobenständer. Er wandte sich zu Dana um. »Wollen wir?«

Dana nickte und verließ gemeinsam mit Danny das Fotostudio.

Sie saßen in einem kleinen Bistro nicht einmal einen Block von Dannys Arbeitsplatz entfernt. Sie hatten beide etwas zu trinken vor sich stehen – Danny einen Kaffee mit extra viel Milch, Dana einen Cappuccino. Viel hatten sie noch nicht gesprochen. Danny hatte eine Bemerkung übers Wetter gemacht.

»Ich weiß, es ist lange her, aber ... letzte Woche war Joshs Geburtstag.«

Danny nickte. Er schien sich zu erinnern. »Richtig, der zweite«

»Ja. Ich ... habe mir das Foto angesehen und, nun, eine Freundin hat mich auf den Stempel aufmerksam gemacht. Sie meinte, dass ich über das Studio vielleicht den Fotografen finden könnte. Josh hat mir erzählt, dass ihr befreundet gewesen seid. Darüber hinaus hat er allerdings nichts erwähnt.«

»Wir waren kein Paar im konventionellen Sinn. Josh und ich haben das eher locker gesehen, aber ich mochte Josh sehr«, erklärte Danny ihre Beziehung.

»Ich wünschte, er hätte mir gesagt, dass er schwul war«, gab Dana zurück und sah ihr Gegenüber offen an. Sie hatte keine Vorurteile. Das sollte er wissen. Sie hätte die sexuellen Präferenzen ihres Sohnes akzeptiert. Das war ihr in diesem Moment wichtig.

»Josh war nicht wirklich schwul. Er mochte Menschen. Das Geschlecht war ihm egal. Er war auch mit Mädchen zusammen – Frauen«, verbesserte sich Danny.

Dana nickte. »Ich hätte es trotzdem gern gewusst.«

»Ich glaube, er hätte es Ihnen auch gesagt, wenn …« Danny stockte und sah auf seine Hände in seinem Schoss.

»Wenn er nicht gestorben wäre«, beendete Dana den Satz.

Der junge Mann nickte traurig.

Sie schwiegen einen Moment.

»Ich sollte das vermutlich nicht fragen, aber … hast du mit ihm Drogen genommen?«

Danny schaute wieder auf, Dana direkt in die Augen. Er schüttelte den Kopf. »Nein, das war Joshs Ding. Ich habe nie Drogen genommen, wenn man mal davon ausgeht, dass Alkohol und Zigaretten keine Drogen sind. Aber Josh … Er hielt sich nicht für besonders anziehend. Er dachte, er wäre langweilig, und Drogen haben ihn in seinen Augen zum Superstar gemacht. Er hatte verrückte Ideen, wenn er drauf war. Er war gelöster. Aber er war … Nun, ich mochte ihn lieber ohne Drogen«, gestand Danny ihr.

Dana glaubte ihm. Es lag ein ehrliches Bedauern in seinem Gesicht. Auch er hatte einen geliebten Menschen verloren.

»Ich wünschte, ich hätte ihm helfen können, von den Drogen wegzukommen. Wir haben darüber geredet, aber … Josh sagte, er bräuchte sie. Nicht nur, weil er sich mehr mochte, wenn er high war. Sondern auch wegen seiner Kunst.« Danny zögerte fortzufahren.

»Seine Bilder?«, fragte Dana nach.

Er nickte.

»Ich habe sie beim Ausräumen seiner Wohnung gesehen«, bestätigte Dana, obwohl sie sich kaum an Motive oder etwas anderes erinnern konnte. Es war nur wenige Wochen nach Joshs Tod gewesen, als sein Vermieter angerufen hatte und ihr klipp und klar gesagt hatte, dass sie sein Zeugs entweder ausräumen sollte oder er alles der Müllabfuhr überlassen würde. Noch am selben Tag war sie in die Wohnung gefahren, hatte gepackt und eine

Firma mit der Einlagerung beauftragt. In diesem Lagerraum standen Joshs Sachen noch immer.

»Er war so talentiert. Aber wie mit sich selbst, war er davon überzeugt, seine Kunst sei viel besser, wenn er sie im Drogenrausch erschuf ...« Danny schüttelte den Kopf, als wäre es Unsinn, doch sie sah ein leichtes Zögern in seinen Augen. Er schien sich nicht sicher, ob es tatsächlich Unsinn gewesen war.

Das konnte Dana ihm kaum vorwerfen. Zumindest hatte er ihren Sohn nicht zum Drogenkonsum ermuntert. Darüber war Dana erleichtert. Sie mochte den jungen Mann, mit dem ihr Sohn eine intime Beziehung gehabt hatte.

»Josh konnte recht störrisch sein«, bemerkte Dana und lächelte leicht.

Danny nickte. »Ja, aber er war auch lustig und verspielt. An dem Tag im Park hatte ich wie immer meine Kamera dabei. Wir haben gemütlich gesessen. Dann kam da diese Gruppe Jungs. Sie hatten einen Spieler zu wenig. Josh hat sich angeboten, und dann hat er mit ihnen Fußball gespielt. Er ...« Danny lachte. »Er war wirklich kein Sportler.«

Dana stimmte ein und schüttelte den Kopf. »Nein, das war er nicht«, stimmte sie zu. Wie schon Wochen zuvor bei Alex, war sie erneut froh, dass jemand eine Erinnerung an Josh mit ihr teilte. Sie wurde wieder ernst. Es gab noch eine Frage, die sie stellen wollte. »Du denkst nicht, Josh hat Drogen genommen weil er das Gefühl hatte, mit seinem Vater und mir ... dass er nicht mit uns reden konnte?« Tränen sprangen in ihre Augen.

»Nein, nein, er ...« Danny legte Dana zaghaft eine Hand auf den Oberarm. »Ich weiß, seine Beziehung zu seinem Vater war etwas schwierig, aber ... er hat gern über Sie gesprochen. Er wusste, dass er sich auf Sie verlassen konnte. Die Drogen ... Keine Ahnung, warum es so schnell bergab ging. Er hat nie so viel genommen, dass ich mir große Sorgen gemacht habe. Dann haben wir uns zwei Wochen nicht gesehen. Ich war bei meiner Familie in Vermont. Vielleicht hat er sich mit jemandem eingelassen. Ich weiß es nicht. Ich erinnere mich noch gut. An diesem Morgen wollte ich eigentlich zu ihm gehen. Irgendwas kam dazwischen. Ich ging erst später hin. Da stand ein Krankenwagen vor der Tür. Ich dachte nicht einmal, dass es etwas mit Josh zu tun hatte. Als ich ins Haus wollte, hielt mich ein Polizist auf. Er sagte, ich könne nicht ins Haus, wenn ich dort nicht wohnen würde. Ich sagte ihm, dass ich zu meinem Freund wolle und die Nummer des Apartments. Er sah mich böse an. Da wusste ich, dass es um Josh ging.« Danny blickte verloren durch das Schaufenster nach draußen. »Ich habe ihn nicht mehr gesehen. Sie haben mich nicht gelassen«, fügte er tonlos hinzu.

Dana beugte sich vor, legte Danny eine Hand auf den Unterarm und strich tröstend darüber. »Du hättest ihm nicht helfen können. Die Polizei sagte, er wäre schon zwei Tage tot gewesen, ehe der Vermieter ihn fand.« Es fiel ihr schwer, diese Information zu teilen. Bisher hatte sie es auch nie getan. Es schmerzte sie zu sehr, sich vorzustellen, dass ihr Sohn so verlassen war. Niemanden hatte es gekümmert. Sie selbst hatte sich nicht genug gekümmert. Wieder kamen Tränen. Dieses Mal ließ sie sie zu.

Danny bemerkte es und legte seine andere Hand auf ihre.

Sie sah ihn an.

»Es ist nicht Ihre Schuld«, sagte er.

Dana war sich nicht sicher, ob er es nur sagte, damit sie aufhörte zu weinen oder weil er es so empfand. Trotzdem drangen die Worte zu ihr durch und verschafften ihr Erleichterung. Zum ersten Mal seit zwei Jahren.

An einem ganz normalen Dienstagabend

Alex schaute auf dem Weg zur Tür noch einmal in den Flurspiegel. Sie war nervös. Bevor Ally und Rick vor zwanzig Minuten gekommen waren, hatte sie sich dreimal umgezogen. Inzwischen trug sie ein rotes, enganliegendes Top und schwarze Chinos. Sie trug ihr Haar offen, was ihr einen vorwitzigen Kommentar ihrer Schwester eingebracht hatte. Nun strich sie es sich erneut zurück und wagte einen letzten Blick in den Spiegel. Sie rollte ihre Augen über sich und eilte zur Tür.

Als sie sie aufzog, stand dort Dana.

»Hallo, Alex.« Dana lächelte leicht. Ihr Blick fuhr über Alex' lange Gestalt. »Du siehst fantastisch aus«, sagte sie, während sie durch die Tür trat. Dann öffnete sie ihren Trenchcoat, den sie für den kurzen Weg übergezogen hatte und offenbarte ein nachthimmelblaues Kleid.

Es war enganliegend und verschlug Alex für den Moment die Sprache. Sie nahm Dana den Mantel ab. »Dana, du siehst ...« Alex fehlten die Worte. Sie errötete allerdings leicht, was sehr wohl ihre Gedanken offenbarte.

Schmunzelnd strich Dana Alex über den Oberarm. »Danke, ich weiß den Gedanken zu schätzen.«

Sie waren sich so nahe. Alex umwehte eine Wolke aus Danas Parfüm. Ihre Blicke suchten und umschlossen einander. Keine der beiden Frauen schien mehr zu atmen.

Plötzlich hörten sie sich nähernde Schritte.

Der Moment war vorbei, als Ally ins Wohnzimmer trat. »Hallo, Dana«, grüßte sie die Freundin ihrer Mutter.

Danas Hand fiel von Alex' Arm ab. Sie schritt auf deren Schwester zu. »Hallo, Ally. Du siehst fantastisch aus. Die Flitterwochen müssen ja traumhaft gewesen sein.«

Ally lachte. »Du hast keine Ahnung, aber ...«, setzte sie schelmisch an. »... ich werde dir gern alles darüber erzählen.«

Dana lachte. Normalerweise war Laurens jüngere Tochter ihr gegenüber eher reserviert. In ihrer guten Laune schien sie das vergessen zu haben.

»Ich wollte meinem Mann nur noch schnell ein Bier holen. Möchtest du auch etwas trinken?«

»Ja, aber kein Bier«, entgegnete Dana. Sie sah sich nach Alex um.

»Ich habe eine Flasche von dem Rotwein mitgebracht, den du so gern trinkst«, bemerkte Alex und lächelte.

Dana erwiderte es und nickte. »Klingt sehr gut.«

Eine knappe Stunde später füllte Alex Dana nach, während sie zu fünft über dem Haufen Fotos saßen, den Ally mitgebracht hatte. Sie hatten inzwischen die meisten durchgesehen. Immer wieder wühlte Ally nach neuen Sachen oder nahm ein bereits gezeigtes Foto auf und erzählte eine Geschichte dazu. Sie war in ihrem Enthusiasmus tatsächlich kaum zu bremsen.

Langsam wurden die anderen es ein wenig müde, Fotos zu begucken. Sogar Rick, der die meisten der Fotos gemacht hatte, sah etwas gelangweilt aus.

»Süße, meinst du nicht, dass es langsam genug ist?«, fragte er leicht schmunzelnd.

Ally sah zu ihm auf, dann in die Gesichter der anderen. »Ihr langweilt euch doch nicht, oder?«

Alex war froh, dass ihre Mutter das Antworten übernahm. Sie selbst hatte schon vor zehn Minuten das Interesse verloren. Und das obwohl die Fotos sehr schön waren. Ihre Gedanken waren zugegebenermaßen ganz woanders. Ihre Blicke fuhren öfter über die Frau an ihrer Seite als über die Fotos, die Ally ihr zuschob.

»Nein, Schatz. Es ist bloß ein bisschen schwierig, das alles auf einmal aufzunehmen. Außerdem ist das Essen auch gleich soweit.«

»Oh, ja. Dann packe ich die Fotos wohl mal lieber weg. Ich wollte ohnehin für jeden ein kleines Fotoalbum anfertigen. Mit den besten Fotos von der Hochzeit und ein paar von den Flitterwochen«, erklärte sie.

»Das klingt nach einer sehr guten Idee«, bemerkte Alex und lächelte ihrer Schwester aufmunternd zu. Sie erhob sich, nachdem auch ihre Mutter aufgestanden war. Sie wollte den Tisch decken, wenn Ally ihre Fotos zusammengepackt hatte.

Lauren schüttelte leicht den Kopf und blickte zu Dana. Sie ermunterte ihre Tochter, sich ihrem Gast zu widmen, denn schließlich hatte Lauren Dana für Alex eingeladen. Zum Glück war Ally zu beschäftigt mit ihren Erinnerungen, es zu bemerken.

Alex setzte sich wieder und lächelte Dana schüchtern an. Die konnte kaum ihren Blick von der großen Frau wenden und wurde verlegen. Der Abend verlief ganz anders, als Alex es sich vorgestellt hatte – und sie hatte sich viele Szenarien vorgestellt. Sie selbst war in ihrer Vorstellung charmant, nicht verlegen und schüchtern gewesen. Leider war sie jetzt genau das.

Da waren ihre Blicke, die zarten Berührungen am Arm, die Dana erwiderte. Sie beteiligten sich kaum an der allgemeinen

Unterhaltung. Wenn sie es taten, dann so leise, dass nur die jeweils andere es zu merken schien. Es war keine optimale Situation, das merkten die drei eingeweihten Frauen schnell. Aber es war die Situation, mit der sie arbeiten mussten. Alex versuchte ihr Bestes, dass es für niemanden zu unangenehm wurde.

Lauren ging in die Küche und sah nach dem Essen. Es gab Auflauf, weil es schnell ging und nicht viel Mühe machte. Lauren hatte vorausgesehen, dass Allys Erzählungen und das Zeigen der Fotos länger dauern würde und hatte sich gegen ein ausgiebiges, formelles Dinner entschieden. Sie hatte allerdings Nachtisch gemacht: Vanillepudding, den ihre beiden Töchter sehr gern aßen.

Der Abend verging, Alex konnte nicht einmal sagen, wie. Obwohl sie sich freute, ihre Schwester wiederzusehen, sie glücklich zu sehen, war sie zu sehr mit ihren eigenen Gefühlen beschäftigt.

Dana füllte ihr ganzes Bewusstsein. Sie sah nur diese Frau. Sie hörte nur, was Dana sagte. Sie spürte ihre Nähe so deutlich, dass es sie atemlos machte.

Dana ging es nicht anders. Sie konnte sich kaum erklären, wie sie die letzten Wochen verbracht hatte, ohne Alex sehen zu können, ohne sie berühren zu können. Immer wieder legte sie ihre Hand ganz sanft auf Alex' nackten Arm. Immer wieder fuhr ihr Blick über Alex' Gesicht, ihren Hals hinab. Und immer wieder musste sie sich wegen des unhöflichen Anstarrens zur Ordnung rufen. Dabei wurde ihr auch bewusst, worauf sie starrte. Das rote Top, das Alex trug, zog ihre Blicke magisch an. Oder vielleicht war es auch das, was ihm Form gab.

So vergingen mehrere Stunden. Sie aßen, sie tranken ein wenig Wein, und sie wussten beide, dass sie noch reden würden, reden mussten. Allein.

Über all das plapperte die Stimme von Alex' kleiner Schwester, aufgeregt und gut gelaunt, verliebt. Es war ein Glück für Dana und Alex, dass Ally so unaufmerksam war. Auf der anderen Seite war es auch anstrengend, den Faden nicht zu verlieren. Mehrere Male stellte ihre Schwester ihr eine Frage, die Alex noch nicht einmal hörte und die Ally wiederholen musste. Unter normalen Umständen wäre Ally aufgefallen, dass irgendetwas vorging. An diesem Abend war sie jedoch ganz auf sich selbst und auf Rick konzentriert.

»... es ist schon spät. Ich muss morgen arbeiten«, hörte Alex ihren Schwager sagen. Sie blickte auf.

Ally wirkte etwas enttäuscht über Ricks Signal zum Aufbruch. Sie entgegnete nichts, sondern stand auf. »Es war sehr schön, Mom«, sagte sie und umarmte ihre Mutter.

»Ja, das war es«, bestätigte Rick. »Danke für das Essen ... Mom.« Lauren hatte ihn gebeten, sie ebenfalls so zu nennen oder Lauren zu ihr zu sagen. Er hatte sich für die mütterliche Variante entschieden.

Lauren war nicht überrascht. Sie hatte seine Mutter bei der Hochzeit kennengelernt. Sie schien etwas unterkühlt. Lauren stand auf und umarmte Rick. Alex umarmte indessen ihre Schwester.

»Ich bin so froh, dass du heute gekommen bist, Alex«, sagte Ally. »Das Oberteil steht dir übrigens sehr gut. Vielleicht könntest du es tragen, wenn du uns besuchen kommst. Ich könnte Tom ...«

»Ally, ich und Tom, das wird nichts werden«, unterbrach Alex ihre Schwester.

»Du magst ihn nicht?«, fragte Ally enttäuscht.

»Er ist nett, aber er ist nicht mein Typ.«

Ihre Schwester erwiderte nichts.

Alex konnte sehen, dass Ally gern schnippisch nach ihrem Typ gefragt hätte.

»Dabei ist er so schön groß«, bemerkte Ally noch, während sie alle gemeinsam ins Wohnzimmer gingen.

Dort wandte sich Dana an Lauren. »Es war wirklich ein schöner Abend. Danke, für die Einladung. Ally, das waren wirklich ganz bezaubernde Fotos. Ich glaube, Hawaii werde ich auf jeden Fall auf meine Liste mit Urlaubszielen setzen.« Sie umarmte Lauren und deren jüngere Tochter. Dann gab sie Rick die Hand.

Als sie sich an Alex wandte, sagte diese: »Ich bringe dich noch rüber. Ich wollte mir eh noch die Beine vertreten.«

Dana nickte langsam. Sie nahm ihren Mantel von der Garderobe und Alex ihre Jacke. Ally und Rick taten es ihnen nach.

Kurze Zeit später verließen sie zu viert das Haus der Herreras. Sie verabschiedeten sich. Alex und Dana machten sich auf den Weg über die Straße, während Ally und Rick in ihr Auto stiegen.

Die beiden Frauen schwiegen auf dem kurzen Weg zu Danas Haustür. Sie waren auch sehr bemüht, einander nicht zu berühren oder anzusehen. Sie wussten, sie würden in Kürze allein sein. Noch konnten sie von den Jungvermählten gesehen werden. Sie fanden sich schließlich vor Danas Haustür wieder.

»Danke fürs Nachhause bringen«, bemerkte die ältere Frau lächelnd.

Alex verkniff sich das Lachen. Es war ein bisschen albern hier zu stehen und so zu tun, als würde sie Dana nicht gern küssen wollen, wenn sie beide wussten, dass sie genau das tun wollte. Sie blickte auf, als sie den Wagen ihres Schwagers vorbeifahren hörte und er zum Abschied hupte. Dana und Alex winkten und warteten, bis der graue Chevy Impala um die nächste Ecke gebogen war. Sie sahen sich an und lachten verlegen.

»Möchtest du noch mit hereinkommen?«, fragte Dana.

Alex nickte. »Ja, sehr gern.«

Dana zog ihren Haustürschlüssel aus der Tasche. Sie fand nicht gleich das Schlüsselloch. Ihre Hand zitterte leicht. Der Schlüssel fiel zu Boden.

»Lass mich«, bot Alex an. Sie bückte sich nach dem Schlüssel, beugte sich an Dana vorbei zur Tür und öffnete. Sie konnte Dana tief durchatmen hören. Offenbar machte sie Dana genauso nervös, wie es umgekehrt der Fall war.

Sie traten schließlich gemeinsam in Danas Haus. Hinter ihnen fiel die Tür ins Schloss.

Dana machte Licht. Die beiden Frauen zogen ihre Jacken aus. Über ihren Bewegungen, ihren Gedanken, selbst ihrer Atmung lag Nervosität. Sie waren beide angespannt.

»Möchtest du etwas trinken?«, fragte Dana, weil ihr nichts anderes einfallen wollte

Alex schüttelte den Kopf. Sie standen noch immer im Flur an der Tür. Alex überlegte, ob es vielleicht besser wäre, einfach wieder zu gehen. Vielleicht war heute Nacht ja nicht der richtige Zeitpunkt. Vielleicht sollte sie ein anderes Mal wiederkommen.

Himmel, was war sie für ein Feigling!

Für einen Moment schloss Alex die Augen. Als sie sie wieder öffnete, hatte sie eine Entscheidung gefällt. Sie nahm Danas Hände in ihre. »Dana ...«

Die Freundin sah sie an. Sie hegte dieselben Fluchtgedanken, die Alex gerade noch gehabt hatte.

»Dana, ich würde dich gern küssen.«

Mehr brauchte es nicht.

Dana trat eine Schritt an die Freundin heran. Sie schien zu fallen, lehnte sich in Alex hinein, und dann berührten sich ihre Lippen endlich.

Es war ein langsamer Kuss. Sie ließen sich Zeit, einander wieder zu erforschen, die Sehnsucht der letzten Wochen zu stillen. Sie brauchten diesen Kuss. Sie brauchten ihn mehr als die Luft zum Atmen.

Doch auch die brauchten sie nach endlosen Minuten wieder. Sie rangen nach Luft und trennten sich.

Alex legte ihre Arme um Dana, die bisher nur ihre Hände gehalten hatten und hielt sie für eine lange Weile einfach fest. »Wie fühlst du dich?«

Dana lachte auf. »Wie auf einem Schiff bei hohem Seegang mitten auf dem Meer.«

Beide Frauen lachten. Es war wirklich ein bisschen schwierig ruhig zu stehen, wenn einem die Beine zitterten. Sie begaben sich zu Danas Couch und setzten sich, lehnten sich zurück, einander zugewandt und sahen einander an.

Alex begann, mit einer Strähne von Danas Haar zu spielen. Danas eigene Hände suchten die Berührung mit der jungen Frau. Sie fuhren über Alex Unterarme und ihre Oberschenkel. Es machte Alex verrückt, doch es war ein gutes Verrücktmachen.

»Besser?«, fragte Alex nach und sah Dana liebevoll an.

Die nickte. Sie schien nachdenklich, jetzt, da sie wieder klare Gedanken fassen konnte. »Ich habe überhaupt keine Selbstbeherrschung. Ich meine, ich bin diejenige, die immer sagt, dass das hier ...« Sie deutete zwischen sich und Alex hin und her. »... unmöglich ist.« Sie schüttelte den Kopf. »Ich bin ein solcher Schwächling«, gab sie zu, schien darüber allerdings nicht zu enttäuscht oder wütend mit sich selbst.

»Und ich bin froh, dass du das bist«, entgegnete Alex und lächelte sanft. Ihre linke Hand ließ Danas Haarsträhne fallen und streichelte stattdessen ihre Wange, fuhr hinab zu ihrem Hals.

Dana versuchte für eine Sekunde, entrüstet zu sein. Dann lehnte sie sich der Berührung entgegen, wehrlos und schwach. »Wenn du so weitermachst ...« Sie führte den Gedanken nicht zu Ende. Er war tatsächlich zu verlockend. Vielleicht, wenn sie es nicht sagte, kam Alex nicht darauf, dass sie es wollte und dann würden sie vielleicht irgendwann wieder aufhören, einander zu berühren und wieder vorgeben, nur Freunde zu sein.

»Ich will nie mehr aufhören, dich zu berühren, Dana. Lass mich dich berühren, bitte.«

Alex neigte sich vor. Erneut küssten sie sich, so zärtlich, dass es nur der Hauch eines Kusses wurde.

Dana stöhnte auf. Sie lehnte sich zurück in Couchkissen. Ihre Augen waren geschlossen. »So geht das nicht, Alex«, sagte sie nach einer Weile, in der sie Mühe hatte, ihre Atmung unter Kontrolle zu bringen.

»Entschuldige«, entgegnete Alex. »Du hast recht. Wir sollten erst darüber reden.«

Dana öffnete ihre Augen. Der Ernst in Alex Stimme überraschte sie. Alex blickte ihr fest, wenngleich hoffnungsvoll entgegen. Dana wusste bereits, welches ihr Argument sein würde. Sie würde dem nichts entgegenzusetzen haben.

»Du hast mit Mom gesprochen und ihr von deinen Gefühlen für mich erzählt«, stellte Alex fest, was sie beide wussten.

Dana nickte.

»Und sie akzeptiert es«, fügte Alex hinzu.

»Ich weiß nicht. Sie ... ich glaube nicht, dass sie begeistert wäre, wenn ...«

»Wie bitte? Das ganze Essen heute Abend ... Es war alles nur ein Vorwand, um uns beide zusammenzubringen. Sie hat mich in Baltimore besucht und hat mir praktisch gesagt, dass ich ein Idiot bin, wenn ich mir eine Frau wie dich durch die Lappen gehen lasse.« Zugegeben, Alex übertrieb ein wenig. Sie konnte selbst sehen, wie zögernd ihre Mutter sie und Dana beäugte. Aber es war eben eine ungewohnte Situation für Lauren. Ihre Mutter wusste, dass Dana und sie zusammenpassten. Sie war die erste gewesen, die es gewusst und die es auch ausgesprochen hatte.

Dana schaute überrascht.

»Aber ...«, stammelte sie. »Sie ...«

»Ich sage nicht, dass sie sich nicht noch an unsere Beziehung gewöhnen muss – das heißt, wenn du überhaupt eine Beziehung mit mir willst. Aber Mom ... Sie möchte uns glücklich sehen, Dana. Miteinander, wenn wir das wollen.« Alex nahm Danas Hände auf, die in ihrem Schoss lagen. »Ich weiß, dass das nicht deine einzige Sorge ist. Du hast eine Menge durchgemacht, aber ... Gott, Dana! Ich liebe dich.« Da war kein Zögern, kein verwirrtes Blinzeln oder Zurückschrecken vor dieser Wahrheit. Alex hatte ihre Gefühle für die andere Frau längst akzeptiert. Jetzt musste sie nur noch warten, bis Dana dies auch tat.

Einen Moment saß Dana stumm.

Alex fühlte ihre Anspannung wachsen. Sie erwartete fast eine erneute Zurückweisung; Worte, die ihre Zuneigung beenden würde, weil sie endlich war, wenn Dana sie nicht erwiderte.

»Ich liebe dich auch, Alex«, kamen die Worte schließlich.

Sie fuhren durch Alex wie eine Welle. Tränen stiegen ihr in die Augen. Tränen der Erleichterung. Sie schloss ihre Augen, lächelte, schüttelte den Kopf, öffnete ihre Augen wieder und lachte. »Ich liebe dich auch«, sagte sie und nahm Danas liebes Gesicht in ihre Hände und küsste sie, immer und immer wieder.

Dana stand langsam von der Couch auf und streckte ihre linke Hand nach Alex aus.

Die ergriff sie ohne Zögern und ließ sich auf die Füße ziehen. Sie waren beide erregt, beide bereit, diesen Abend in intimerem Ambiente fortzuführen.

Ganz kurz schmiegte sich Dana noch einmal an Alex, schmeckte sie, roch sie, fühlte sie, bevor ihre Hand endgültig Alex' Linke umschloss und sie wortlos hinter sich her zog. Im Vorbeigehen löschte sie das Licht. So blieb Alex nur eine Silhouette, der sie folgte, die sie allerdings auch berühren konnte und es auch tat.

Ihre rechte Hand fuhr über Danas Rücken, auf ihre Hüfte, wieder hinauf zu ihren Schulterblättern.

Sie ließen sich Zeit. Endlich standen sie zur Tür zu Danas

Schlafzimmer. Dana öffnete sie. Sie traten ein. Um sie herum war es dunkel. Allmählich gewöhnten sich ihre Augen an das fehlende Licht. Inzwischen konnten sie mehr voneinander sehen als nur Umrisse.

Alex gab der Tür einen leichten Schubs. Diese fiel leise hinter ihr ins Schloss. Noch immer stand Alex hinter Dana. Noch immer hielten sie sich an den Händen. Wieder nutzte Alex ihre rechte Hand, Danas Körper zu erforschen. Sie trat dichter an Dana heran. Ihre Hand strich über Danas Hüfte nach vorn über ihren Bauch. Ihr Kopf senkte sich auf Danas Schulter, wo sie leichte Küsse verteilte, die einen Pfad ihren Hals hinauf an ihr Ohr bildeten. Indessen fand ihre Hand Danas Brust. Sie begann, sie zu massieren.

Dana stöhnte auf. Sie griff hinter sich, doch ihr Zugang zu der Frau, die sie liebte und die sie wollte, war gering.

»Ich will dich so sehr«, flüsterte Alex Dana ins Ohr.

Eine Hitzewelle durchfuhr sie beide.

Alex trat um Dana herum. Ihre Hände lösten sich, nur um andere Stellen berühren zu können. Endlich konnte Dana ihre Hände über Alex' großen, muskulösen Körper gleiten lassen. Sogleich fuhren sie unter Alex' Top hinauf zu ihren kleinen, festen Brüsten. Sie stöhnten beide in den Kuss, den sie teilten.

Dana wollte mehr. Fest presste sie sich an Alex' Körper. Sie wollte sie fühlen, immer mehr von ihr. »Lass mich unter deine Kleider schlüpfen. Ich will dich spüren.«

Alex lachte leicht über die Irrationalität dieses Wunsches. »Das geht auch einfacher«, bemerkte sie und zog mit einer einzigen fließenden Bewegung ihr Top über ihren Kopf.

Dana vergrub sogleich ihr Gesicht in Alex Dekolleté. Sie küsste und streichelte die sanften Rundungen, bis schließlich auch das nicht mehr genug war. Sie griff nach ihrem eigenen Reißverschluss, der sich an ihrer rechten Seite befand.

Alex hielt sie auf. »Lass mich.« Sie schob Danas Hände beiseite und öffnete den Reißverschluss zu Danas Kleid verführerisch langsam. Sie schälte sie Dana aus dem oberen Teil, ließ ihre Hände unter den Stoff gleiten und schob ihn über ihre Hüfte. Das Kleid ergab sich der Schwerkraft und fiel zu Boden.

Alex starrte auf dunkle, kaum verhüllende, sexy Unterwäsche. Tief in ihrer Kehle bildete sich ein tiefer, animalischer Laut, der ihren Lippen entwich.

Dana lachte leicht. »Du magst es?«

»Ich mag alles an dir«, bestätigte Alex. Ihre Hände fuhren Danas Bauchdecke entlang über ihre Rippen zu ihren Brüsten. Sie waren weich und voll und eingehüllt in Seide und Spitze.

Danas Hände legten sich über Alex' forschende Finger und stoppten die massierenden Bewegungen.

Alex sah auf und in Danas Augen, die dunkler waren als sonst, die ihr aber auch etwas zu sagen hatten.

»Ich habe nicht den Körper einer jungen Frau«, gestand Dana, denn sie war sich in diesem Moment mit Alex sehr bewusst wie nahe sie der Fünfzig war. Sie fühlte sich selten so alt, wie sie tatsächlich war. Sie wusste, sie sah gut aus für ihr Alter, doch sie war nicht mehr jung.

Alex lächelte. »Es gibt Frauen, die sagen dasselbe über mich«, erwiderte sie.

Dana hob eine kastanienbraune Augenbraue. »Tatsächlich?«

»Zwanzigjährige.« Alex grinste.

Sie lachten beide.

Alex umfing Dana mit beiden Armen, gab ihr den sicheren Schutz einer Umarmung. »Ich will dich«, sagte sie, sehr betont, sehr deutlich. »Du hast einen fantastischen Körper, und ich will ihn sehr langsam und sehr ausgiebig erkunden. Du bist so unglaublich schön, Dana. Ich liebe alles an dir.« Ihre Hände fingen erneut an zu streicheln und zu liebkosen. Sie zog Dana fest an sich, Haut an Haut.

Es war das erotischste Gefühl, das sie beide je empfunden hatten.

Danas Hände fuhren zu Alex' Hüfte, öffneten ihren Gürtel und schoben ihr die Chinos über die Hüften. Alex trug Boxershorts. Dana lächelte.

»Nicht ganz so sexy wie deine«, bemerkte Alex, die einen dazu passenden und ebenfalls schwarzen Sport-BH trug.

Dana schaute ihr tief in die Augen. »Du hast ja keine Ahnung«, erwiderte sie leise lächelnd und erforschte neugierig den Bund von Alex' Briefs. Mit der gleichen Bewegung schob sie Alex zum Bett. Alex setzte sich. Dana folgte, drückte Alex zurück in die

Matratze und presste ihren Körper der Länge nach auf den der großen Frau.

Sie fand Alex überaus sexy – mit und ohne Unterwäsche.

Stunden später lagen sie sich erschöpft in den Armen. Noch immer tauschten sie Küsse, noch immer liebkosten Hände ruhelos.

»Wie fühlst du dich?«, fragte Alex lächelnd und liebkoste Danas Ohrläppchen.

Die Freundin kicherte. »Sehr geliebt«, erwiderte sie.

»Gut.«

Sie küssten sich wieder und wieder.

»Ich wollte dir noch etwas erzählen«, brachte Dana dazwischen an.

Alex hielt in ihren Bemühungen inne. Sie sah ihre Geliebte fragend an.

»Ich war gestern in Waldorf. Bei meiner Anwältin.«

»Oh«, machte Alex. Dana hatte ihr zwar erzählt, dass sie diese Woche einen Termin hatte, jedoch nicht wann.

»Brian hat es auf einmal sehr eilig, die Scheidung hinter sich zu bringen. So eilig, dass er seinen Kampf ums Haus aufgibt«, informierte Dana Alex.

»Also gehört das Haus jetzt dir?«, fragte Alex nach.

»Nun, nicht sofort. Aber wenn die Scheidung rechtskräftig ist, dann ist es meins, ja.«

»Hast du eine Ahnung, warum Brian auf einmal so nachgiebig ist?«, fragte Alex nach. Sie traute Danas Ehemann nicht wirklich über den Weg.

»Ich habe ihn heute Vormittag angerufen. Er will wieder heiraten. Deshalb will er die Scheidung beschleunigen.«

»Dieser ...« Alex fiel in diesem Moment ein ganzer Haufen Beschimpfungen ein. Sie sagte keine von ihnen laut. Im Grunde konnte sie ja froh sein, dass Brian Lincoln so ein unsäglicher Idiot war. Zwischen ihr und Dana wäre nie etwas passiert, wenn sich der Typ nicht von Dana getrennt hätte.

»Es ist okay«, sagte Dana leise.

»Du bist nicht sauer?«, fragte Alex überrascht.

»Ein bisschen. Aber nur, weil er wieder ewig brauchte, um

mit der Wahrheit herauszurücken. Ich wünschte, es hätte einen anderen Weg gegeben, diese Trennung zu vollziehen, einen gemeinsamen. Brian ist kein schlechter Kerl. Bloß hat er einen seltenen Sinn für Formalitäten. Er macht immer alles so kompliziert. Das hat er von seiner Mutter.« Dana schüttelte den Kopf über ihren Ehemann, der in Kürze ihr Ex sein würde. Ihr konnte dieser Schritt inzwischen gar nicht schnell genug gehen.

»Ist dies ein schlechter Zeitpunkt, dir zu gratulieren?«, fragte Alex.

Dana lachte. »Nein, es ist sogar ein guter Zeitpunkt. Ich habe weiterhin ein Zuhause. Von nun an läuft alles auf meinen Namen – natürlich auch die Rechnungen ...« Dana machte ein Gesicht, lächelte allerdings sofort wieder. »... und jetzt kann ich mein Haus so einrichten, wie ich es möchte. Ach, ich will schon so lange das Wohnzimmer umgestalten ... Was ist?«, fragte Dana in ihren Ausführungen, denn Alex sah nachdenklich aus.

»Ich habe mich nur gefragt ... Das hier, das mit uns ... ist das ...« Sie atmete tief durch. »... eine einmalige Sache? Oder ...« Sie hielt inne.

»Oder«, sagte Dana bestimmt. »Ich liebe dich, Alex. Ich weiß nicht, wie wir von nun an zusammen sein werden, aber ich will mit dir zusammen sein.«

Alex nickte erleichtert und lächelte auch wieder. »Das will ich auch. Ich könnte ... Nun, ich könnte wieder nach Dennizville ziehen und pendeln.«

»Mehrere Stunden Fahrt? Jeden Tag?«, fragte Dana.

»Ich könnte vielleicht in D.C. arbeiten, bei der *Post* oder der *Times*. Das wäre wesentlich näher.«

»Aber du liebst deine Arbeit bei der *Sun*, nicht wahr?«

Alex nickte.

»Und es ist auch keinesfalls sicher, dass du so einfach bei einer anderen Zeitung anfangen kannst. Du solltest in Baltimore bleiben«, sagte Dana bestimmt.

»Hast du Angst vor dem Gerede?«, fragte Alex ganz offen.

Dana rollte sich auf den Rücken und entwich der Berührung der anderen Frau. Sie starrte an die Decke. »Wenn, dann bin ich nicht die einzige«, entgegnete sie und drehte ihren Kopf, damit sie Alex wieder ansehen konnte.

Die Freundin wollte fragen, was sie damit meinte. Sogleich fiel ihr ihre Schwester ein. »Ich werde es Ally sagen«, versicherte sie. Alex legte einen Arm um Danas Taille und zog sie wieder näher an sich. »Wir sollen nicht herumschleichen müssen. Das haben wir nicht verdient. Jeder soll wissen, dass ich dich liebe.«

Dana sah ihrer Freundin tief in die Augen. »Können wir noch bis nach der Scheidung damit warten? Brian könnte ...«

Alex nickte verstehend. Sie traute ihm genauso wie Dana zu, dass er doch noch Probleme machen würde, wenn er wüsste, dass seine Frau jemand neues hatte. Natürlich erst recht, wenn er erfuhr, wer diese neue Person in ihrem Leben war.

»Ich werde so oft ich kann runter kommen. Und du kommst mich in Baltimore besuchen, ja?«

Dana nickte. Sie beugte sich vor und küsste Alex zärtlich. »So oft wir können«, bestätigte sie. »Ich habe nämlich noch lange nicht genug von dir.«

Danas tief-raue Stimme sandte Alex Schauer über den Rücken. Ihre Küsse wurden inniger, fordernder. Alex schob sich über Dana. Ihr rechtes Bein presste sich zwischen die Schenkel ihrer Geliebten, und beide belebte dieser erneute intime Kontakt.

»Da bin ich aber froh«, säuselte Alex zwischen süßen Lippenberührungen. »Ich hatte schon Angst, du hättest deinen Spaß gehabt.«

»Noch lange nicht«, gab Dana zurück und biss Alex leicht in die Unterlippe. »Ich habe noch sehr viel mit dir vor. Also nimm dir am besten für die nächsten dreißig Jahre nichts vor.«

Sie kicherten beide. Dann küssten sie sich wieder.

»Oder vierzig«, kam es von Dana atemlos, bevor Alex erneut ihre Lippen in Beschlag nahm.

»Fünfzig«, kam es schließlich.

Danach redeten sie für eine ganze Weile gar nicht mehr.

Der Morgen danach

Es war gerade erst kurz vor sieben Uhr und noch recht dunkel draußen. Dana und Alex hatten sich dazu durchgerungen aufzustehen. Alex hatte sich bereits angezogen, um zu ihrem Elternhaus zurückzukehren. Sie öffnete gerade die Haustür zum Haus der Lincolns mit einem letzten sehnsüchtigen Blick auf die Hausherrin, die nur in einen dünnen, fließenden Morgenmantel gehüllt war, als Dana sie zurückrief.

»Vergiss deine Jacke nicht. Es ist kalt draußen.« Sie nahm die wenigen Schritte zur Garderobe selbst und streifte Alex' Jacke vom Hacken. Sie präsentierte sie ihrer Geliebten, so dass diese nur noch hineinschlüpfen musste. Dana nutzte den Moment, um Alex noch einmal zu umarmen und ihr Gesicht zwischen Alex' Schulterblätter zu schmiegen.

Keine der beiden Frauen war wirklich schon bereit, die andere gehen zu lassen. Doch die Nachbarn würden aufmerksam werden, wenn Alex irgendwann im Laufe des Tages ihr Haus verlassen würde, nachdem niemand sie hatte kommen sehen. Daher hatte Dana diese Tageszeit gewählt.

Dana kannte die Tagesabläufe ihrer nächsten Nachbarn ebenso gut, wie die vermutlich ihren kannten. Zu dieser Uhrzeit hatte jener Teil der arbeitenden Bevölkerung bereits ihre Häuser verlassen, und der andere Teil schlummerte noch tief und fest oder saß gerade erst beim Frühstück. Es war der beste Zeitpunkt für Alex, den Weg zum Haus ihrer Mutter zurückzulegen.

Wenn Alex denn hätte gehen wollen ...

Sie wandte sich in Danas Umarmung um und zog sie an sich. Ein paar kostbare und atemlose Augenblicke lang küssten sie sich, dann trennten sie sich wieder.

Dana lächelte. Im selben Moment drängte sie Alex zur Tür hinaus, die während dieses zärtlichen Austauschs offen gestanden hatte. »Jemand könnte uns sehen.« Sie schien über diese Aussicht nicht allzu beunruhigt.

»Und ich bin sicher, sie wären schockiert.« Alex feixte. Sie riss Augen und Mund weit auf, während sie sich rückwärtsgehend von Dana entfernte. Beide Frauen kicherten.

Dana schloss die Tür.

Alex drehte sich um und lief über die Straße zum Haus ihrer Mutter. Dabei sah sie nicht den dunkelroten VW Beetle, der unweit von Danas Haustür abrupt gestoppt hatte, sowie Alex Danas Haustür geöffnet hatte.

In dem Kleinwagen saß ihre Schwester Alicia, und sie saß stockstill.

Alex wollte sich gerade umziehen und vielleicht noch ein paar Stunden Schlaf finden. Als Ally plötzlich in ihr Zimmer trat, zog sie ihr Top schnell wieder über ihren Kopf.

»Ally, was . . ?«

»Hast du den Verstand verloren?«, zischte ihre jüngere Schwester sie an.

Alex erbleichte. Sie wusste sofort, was Ally gesehen hatte. Das Timing war zu passend. Allys Augen blitzten zu wütend, als dass es irgendetwas anderes sein könnte. Alex blieb stumm im Angesicht der Verachtung, die ihr aus den Augen ihrer Schwester entgegenschlug.

»Was, zum Teufel, ist in dich gefahren? Dana Lincoln?!« Alicia hielt einen Moment inne und schüttelte sich angewidert. Sie sah ihrer Schwester fest in die Augen. »Dafür kommst du in die Hölle.«

Es traf Alex wie ein Schlag. Nicht, dass Ally es sagte, sondern, dass sie es glaubte.

»Ally . . .«, wollte sie ansetzen.

Die jüngere Schwester hob abwehrend ihre Hände. »Alex, verdammt. Wie konntest du nur? Das ist eine Sünde.«

Alex war nicht bereit, sich Dogmen anzuhören, wenn es um ihre Beziehung ging. Sie schlug mit der flachen Hand auf ihre Kleiderkommode, die neben der Tür stand. »Hör auf mit dem verdammten religiösen Gewäsch, Ally. Ja, ich bin verliebt. Und ja, ich bin verliebt in Dana Lincoln. Das hat nichts mit der Kirche zu tun oder mit irgendwelchen Lügen, die diese Institution über Homosexuelle verbreitet. Das geschieht zwischen zwei Menschen.«

Ally schaut überrascht. Offensichtlich hatte sie nicht mit Gegenwehr gerechnet. »Liebe?«, gab sie zurück. »Liebe gibt es nur zwischen Mann und Frau, Alex. Was ihr tut … Gott, ich will nicht mal daran denken müssen, was ihr tut!« Damit machte Ally auf dem Absatz kehrt und verließ Alex' Zimmer.

Alex folgte ihr.

Im Flur öffnete sich die Tür zum Schlafzimmer ihrer Mutter. Lauren streckte ihren Kopf heraus. »Ally? Alex?«, fragte sie verschlafen. Sie folgte ihren Töchtern ins Wohnzimmer, unsicher, was passiert war, allerdings mit einer dunklen Vorahnung. Sie wusste, dass Alex die Nacht bei und vermutlich auch mit Dana verbracht hatte. Dazu Allys Auftauchen hier so früh am Morgen …

»Ally!«, rief Alex ihre Schwester an.

Die drehte sich noch einmal um, bevor sie die Tür erreichte.

»Ich liebe Dana«, presste Alex zwischen ihren Zähnen hervor. »Das wird sich nicht ändern, nur weil du mit erhobenem Zeigefinger den Moralapostel spielst. Du kannst eine ganze Litanei von Bibelversen herunterbeten. Das macht deine Liebe zu Rick nicht besser als meine zu Dana. Ich bin lesbisch, Ally. Das bin ich schon sehr lange. Ich wollte es dir sagen, aber …« Sie schüttelte den Kopf. »Ich ahnte, wie du reagieren würdest.«

Ally sah schockiert von Alex zu ihrer Mutter und wollte sehen, wie die die Neuigkeit aufnahm.

Im Gesicht ihrer Mutter zeigte sich keine Überraschung. Tatsächlich trat Lauren Herrera an ihre ältere Tochter heran und legte ihr eine Hand wie tröstend auf den Oberarm. Sie wandte sich Ally zu. Ihre Augen flehten um Verständnis.

Alex beobachtete dies. Sie sah, wie sich Allys Züge verhärteten.

»Du hast es gewusst«, sagte sie leise und angewidert.

»Noch nicht lange, aber ja, Alex hat es mir vor ein paar Wochen gesagt.«

»Und du findest es okay«, stellte Ally im selben Ton fest.

»Ally, ich liebe meine beiden Töchter. Nichts kann daran etwas ändern. Schon gar nicht die Tatsache, wen ihr liebt, oder dass ihr liebt.«

Ally stampfte mit dem Fuß auf wie ein bockiges Kind. Tränen sprangen in ihre Augen, Tränen des Trotzes. »Aber sie …« Dabei deutete die jüngste Herrera aus dem Fenster auf das Haus auf der gegenüberliegenden Straßenseite. »... sie hat so getan als wäre sie deine Freundin, und dann hat sie Alex ... verführt. Sie ist ...«

»Sie hat mich nicht verführt, Ally. Wenn überhaupt habe ich sie verführt«, entgegnete Alex. Sie war ruhiger, jetzt, da sie die Mutter an ihrer Seite wusste.

»Zu viele Informationen, Schatz«, bemerkte Lauren.

Alex errötete leicht.

»Ally ... es war für mich ... eine Überraschung. Ich ahnte nicht, dass Alex lesbisch sein könnte, und noch weniger, dass sie sich in Dana verliebt. Doch so ist es passiert. Ich kann davor meinen Kopf nicht in den Sand stecken und mir wünschen, es wäre nicht passiert. Dana ist meine Freundin. Sie hat es verdient, glücklich zu sein. Ebenso wie deine Schwester. Wenn sie zusammen glücklich sind, wie kann ich das falsch nennen?«

»Dad hätte es niemals zugelassen!«, warf ihre Tochter ihr entgegen.

»Dein Vater ...« Es fiel Lauren offensichtlich schwer, dies zu sagen. »... dein Vater und ich waren nicht immer einer Meinung, mein Schatz. Er hatte Ansichten, gerade die, die von der Kirche anerzogen werden, die ich nicht geteilt habe. Ich hatte homosexuelle Freunde auf dem College. Auch heute arbeite ich mit einigen Verlagsvertretern zusammen, die schwul oder lesbisch sind. Die Sexualität eines Menschen ist eine sehr private Sache. Ich kann niemanden deswegen verurteilen. Schon gar nicht mein eigenes Kind.«

»Schon gar nicht Alex, meinst du!«, schrie Ally ihr verletzt entgegen. Die Tränen liefen ihr jetzt ungehemmt übers Gesicht.

»Ally.« Lauren wollte ihre jüngere Tochter trösten und trat einen Schritt auf sie zu.

Ally wich zurück. »Sie ist abartig. Und du lässt es zu! Dad ...« Sie konnte den Satz nicht zu Ende führen. Der Verrat an ihrem geliebten Vater erstickte sie. Ally wandte sich um, riss die Tür auf und rannte hinaus.

Alex wollte ihr nachlaufen.

Lauren hielt sie auf. »Nicht. Ich werde mit ihr reden. Später. Sie braucht etwas Zeit.« Lauren ging zur Tür und sah Ally nach. Die jüngste Herrera ließ ihren Wagen stehen und lief stattdessen die Straße hinunter.

»Sie wird es nie verstehen«, sagte Alex hinter ihrer Mutter. Sie klang traurig und verletzt.

»Ich bin mir nicht einmal sicher, dass es nur darum geht, Alex. Ally hat sich immer ihre eigenen Gedanken um Dinge gemacht. Es sieht ihr nicht ähnlich, dass sie einfach auf die Bibel zeigt und sagt: Du bist im Unrecht.« Lauren schüttelte den Kopf.

Die Beziehungen im Hause Herrera unterlagen einer simplen Logik: Alex war wie Lauren; Ally war wie Jorge. So waren die Kinder auch aufgewachsen. Alicia hielt sich immer an ihren Vater. Er war derjenige, der ihr nach der Arbeit bei den Schularbeiten half, der ihr – wie Alex auch – das Fahrradfahren beibrachte. Sie hockte auf seinem Schoss, wenn er abends vor dem Fernseher saß. Doch sie schaute nicht auch Fernsehen. Vielmehr saß sie einfach da, mit ihrem Kopf auf seiner Brust, und horchte auf seinen Herzschlag.

Vielleicht hatte genau das die junge Frau nach dem Tod ihres Vaters vor fünf Jahren aus dem Takt gebracht; dass sie Jorges Herzschlag nicht mehr hören konnte. Erst als sie Rick kennengelernt hatte, schien Ally wieder anzufangen zu leben. Aber in der Zwischenzeit hatte sie einen Schrein für ihren Vater errichtet, den nur sie selbst besuchen durfte.

Lauren hatte es zugelassen. Sie war selbst zu gefangen in ihrem eigenen Schmerz, als dass sie ihren erwachsenen Töchtern helfen konnte, Frieden mit dem Tod ihres Vaters zu machen. Das Problem war, dass Alex sie nicht brauchte, um diesen Frieden zu finden. Und Ally brauchte ihren Vater zu sehr. Vielleicht hatten die Eltern einen Fehler begangen, als sie ihre Kinder unbewusst, oder teilweise bewusst, getrennt aufzogen: Jorge mit seinen Augen auf Ally, Lauren mit ihren auf Alex. Ally hatte angefangen zu denken, dass Jorge »ihr« Elternteil war, und den hatte sie verloren. Das bedeutete für sie offensichtlich, dass Alex im Vorteil war, denn Lauren musste sie schließlich mehr lieben. Aber dem war nicht so. Lauren liebte ihre beiden Töchter. Sie liebte sie wegen verschiedener Dinge, vielleicht auch auf unterschiedliche Weise, doch nicht weniger stark.

Dana hatte von der Aufregung im Haus der Herreras nichts mitbekommen. Nachdem Alex sie am Morgen verlassen hatte, war sie wieder ins Bett gegangen. Sie war erschöpft, aber sie musste auch schon drei Stunden später wieder aufstehen, um sich für ihren Job fertig zu machen.

Unter der Woche gab es im Restaurant einen Mittagstisch. Dieser war nicht wie das formelle Abendessen eine Krawatten- und Jackett-Angelegenheit. Vielmehr kamen viele der Leute einfach von der Arbeit herüber. *Giordelli's* hatte die beste italienische Küche der Umgebung, und das sprach sich herum. Üblicherweise war das Restaurant über Mittag sehr gut besucht. Dana hatte recht flexible Arbeitszeiten. Der Besitzer, Ricardo Giordelli, hatte sie gern im Restaurant, wenn größere Veranstaltungen anstanden oder jemand einen Tisch für ein Geschäftsessen bestellt hatte. Normalerweise war sie abends öfter im Restaurant als tagsüber, doch an diesem Mittwoch hatte sich eine zehnköpfige Gesellschaft angekündigt, daher würde sie natürlich an ihrem Platz am Empfang stehen, um die Gäste zu begrüßen.

Dana mochte die Arbeit im Restaurant. Es war nicht nur ihre Aufgabe, die Gäste zu begrüßen und sie zu ihrem Tisch zu führen. Sie war diejenige, die die Reservierungen überwachte und den Kellnern und Kellnerinnen sagte, wann und wie sie die Tische zusammenstellen sollten. Sie hielt ein Auge auf das Geschehen, damit sie, falls es Probleme gab, einschreiten und diese so schnell und diskret wie möglich lösen konnte.

Dabei hatte sie sich an einem verregneten Septembernachmittag in Ricardos Restaurant als Kellnerin beworben. Der Eigentümer war skeptisch gewesen. Dana war gebildet und kultiviert. Warum wollte sie als Kellnerin arbeiten? Sie erzählte ihm vom Tod ihres Sohnes, davon, dass sie eine Aufgabe brauchte, damit sie nicht völlig den Verstand verlor. Die Giordellis hatten ebenfalls Kinder; zwei Söhne, die allerdings noch erheblich jünger waren, als es Josh bei seinem Tod gewesen war. Ricardo konnte sich vorstellen, was Dana durchmachte. Er selbst hatte bisher versucht, sich um die Aufgaben eines Hosts zu kümmern, doch er hatte zu viel hinter den Kulissen zu tun, als dass er ein ständiges Auge auf die Geschehnisse im Restaurant haben konnte. Also schaffte er diesen Posten für Dana. Er stellte sie als Hostess ein und bereute seine Entscheidung nie.

Dana war zuvorkommend und höflich. Sie lächelte, manchmal führte sie kurze Unterhaltungen mit Gästen, die sie kannte. Sie bemühte sich, die Stammgäste kennenzulernen, und schaffte es immer, ihnen ein paar persönliche Details zu entlocken, auf die sie sie beim nächsten Besuch ansprechen konnte. Sie schlichtete, sie organisierte, sie behielt die Belegschaft im Auge. Sie sorgte für einen reibungslosen Ablauf im Restaurant und an der Bar. Sie gab Louis ein Zeichen, wenn ein Gast zu viel getrunken hatte, um noch selbst nach Hause zu fahren. Sie bestellte Taxis und ließ sich auch von unflätigen Gästen nie aus der Ruhe bringen. Sie war sehr professionell, was Ricardo am meisten an ihr schätzte. Inzwischen war sie auch eine Freundin geworden, und darüber war er ebenfalls sehr froh.

Als Dana an diesem Vormittag das *Giordelli's* betrat, strahlte sie geradezu, obwohl es leicht zu regnen angefangen hatte. Sie schüttelte ihren Regenschirm vor der Tür aus und ging in die hinteren Räumlichkeiten, wo sie einen Spind hatte, um ihre Sachen abzulegen. Dann begrüßte sie die Kollegen, sprach ein paar Worte mit ihrem Boss, lächelte Louis spielerisch zu, der leicht durch die Zähne pfiff, und stellte sich an ihren Arbeitsplatz nahe der Tür. Sie schlug gerade ihr Gästebuch auf und sah sich die Bestellungen an – jene, die sie selbst eingetragen hatte und die, die andere nachgetragen hatten. Ihr Gesicht war belebt, ihre Augen leuchteten, sie freute sich auf den Arbeitstag. Außerdem hatte Alex versprochen, später noch vorbeizukommen. Vielleicht mit Lauren, vielleicht allein, um etwas zu essen und sich zu verabschieden, denn sie würde am Nachmittag wieder nach Baltimore zurückfahren.

Natürlich war dieser Gedanke weniger schön. Allerdings plante Dana bereits ihren eigenen Ausflug nach Baltimore. Und dann würde sie das Wochenende mit Alex in Boston verbringen. Dieser Gedanke war ihr vor zwei Stunden beim Aufstehen gekommen. Alex hatte sie schließlich zum Spiel eingeladen. Jetzt konnte sie diese Einladung auch annehmen. Sie war aufgeregt, vor allem aber war Dana Lincoln an diesem Tag sehr glücklich.

Es war ihr erster Gast, der das zu ändern gedachte. Dana

wandte sich dem Eingang zu, sobald sie die Tür gehen hörte. Sie war überrascht, ein bekanntes Gesicht zu sehen.

»Ally, hallo«, sagte sie lächelnd. Das Lächeln erstarb auf ihrem Gesicht, als sie die Miene von Alex' Schwester wahrnahm. Ally war wütend. Es war für Dana nicht schwer zu erraten weshalb.

»Du verdammte Hure!«, rief Ally aus und eilte auf Dana zu. Sie schlug ihr hart ins Gesicht.

Das gesamte Etablissement verstummte mit dem dröhnenden Echo dieses Schlages.

Dana taumelte zurück und stieß in ihr Stehpult. Das Gästebuch fiel zu Boden. »Ally ...« Mehr bekam Dana nicht heraus.

»Lässt sich dein Mann deshalb von dir scheiden, Dana?! Hat er genug davon, dass du Frauen nachsteigst?! Hast du es bei meiner Mutter etwa auch versucht?!«, schrie Ally Dana an, die ihr bleich und fassungslos entgegen starrte. Ally hob erneut ihre Hand.

Dana hob ihre eigenen schützend vor ihr Gesicht.

»Das eine sage ich dir: Du lässt deine dreckigen Finger von meiner Schwester! Gnade dir Gott, wenn du es nicht tust!« Damit drehte sich Alicia auf dem Absatz um und verließ das Restaurant.

Dana stand wie erstarrt. Sie war nicht die einzige. Erst allmählich wurden sich die Menschen im Restaurant wieder ihrer eigenen Leben bewusst. Kellner stellten Essen vor Gäste. Gäste nahmen Schlucke von ihren diversen Getränken, die jedoch alle nicht stark genug schienen, das eben Geschehene zu verarbeiten.

Ricardo eilte durch das Restaurant auf Dana zu und berührte sie am Arm. »Ist alles in Ordnung?«, fragte er besorgt.

Dana zitterte. Sie sah ihren Arbeitgeber betroffen an. »Es tut mir so leid«, sagte sie tonlos.

Ricardo schüttelte den Kopf. Er nahm ihren Arm und führte sie in sein Büro. Beide waren sich bewusst, dass alle Anwesenden Dana anstarrten.

»Setz dich, Dana.« Ricardo ging indessen in das kleine Bad, das sich an sein Büro anschloss, und ließ das Wasser laufen. Bei seiner Rückkehr hatte er einen feuchten Lappen dabei und hielt ihn Dana hin.

Sie nahm ihn und legte ihn an ihre heiße Wange. »Es tut mir so leid«, wiederholte sie, was sie schon im Restaurant gesagt hatte. Sie sah ihm in die Augen.

»Das war nicht dein Fehler. Manche Menschen ...« Er schüttelte nur den Kopf über »manche Menschen« und ließ ungesagt, was er über sie dachte.

»Das hätte nicht passieren dürfen, Ricardo. Ich ... du hast jedes Recht, mich sofort zu feuern.«

Er setzte sich zu ihr und legte einen Arm um ihre Schultern. »Das ist doch Unsinn, Dana«, schimpfte er.

Sie sah ihn ernst an. »Ich bin so etwas wie das Aushängeschild deines Restaurants, Ric. Ich begrüße die Gäste. Mich kennen sie. Wenn sie bei jedem Besuch daran denken, was Ally gesagt hat, dann kommen sie nicht mehr hierher. Sie werden nicht wiederkommen, Ricardo.«

Er schüttelte wieder den Kopf. »Du hast eine wichtige Aufgabe in diesem Restaurant, doch die Leute kommen wieder, weil sie das Essen mögen. Sie werden immer wiederkommen. Und sie werden wiederkommen, weil du ihnen ein gutes Gefühl gibst. Die Leute mögen dich.«

»Das werden sie nicht mehr, wenn Ally mit mir fertig ist. Du hast sie gehört, Ric, sie ... sie wird meine Liebe zu ihrer Schwester niemals akzeptieren.« Es war ein Geständnis. Dana sagte ihrem Arbeitgeber, dass Ally sich ihre Anschuldigungen nicht aus den Fingern gesogen hatten. Sie waren zumindest insoweit wahr, dass sie eine Affäre mit einer Frau hatte. Ric sollte zumindest das wissen.

»Meine Schwester ist lesbisch, Dana. Versuch nicht, mich mit etwas zu schockieren, das zu unser aller Leben dazugehört. Ich könnte denken, du hieltest mich für einen bigotten Heuchler.«

Dana lachte leicht auf.

Ricardo lächelte ihr zu. »Ich werde dich nicht entlassen. Und ich werde eine Kündigung von dir auch nicht akzeptieren. Vielleicht willst du ein paar Tage bezahlten Urlaub nehmen und diese Sache aufklären. Das bleibt dir überlassen«, sagte er dann.

»Nicht bezahlt, Ricardo. Ich ...«

»Natürlich bezahlt. Du hast nichts falsch gemacht. Ich werde nicht eine meiner liebsten und besten Angestellten verlieren, nur weil eine blöde Ziege sich als Moralapostel hinstellt und dir eine Szene macht. Vor allem, wenn das vermutlich ihr Ziel war.«

Dana merkte ihm an, dass er in diesem Fall unnachgiebig bleiben würde. »Ein paar freie Tage wären vermutlich eine gute Idee«, stimmte sie zu.

»Du kommst aber wieder und lässt mich nicht einfach hängen, oder?«

Sie lächelte auf seine Worte hin.

Ricardo erwiderte es.

»Ich würde dich niemals hängen lassen, Ric.« Dana legte einen Arm über seinen Rücken und küsste ihn schnell auf die Wange, bevor sie aufstand. Sie brachte den Waschlappen zurück in sein Bad. Dort betrachtete sie einen Moment die leichte Verfärbung auf ihrer Wange.

Sobald sie wieder aus dem Bad kam, stand Ricardo auf und umarmte Dana kurz. »Ich sehe dich in ein paar Tagen. Ruf mich bitte an, wenn du etwas brauchst – oder wenn du einfach nur reden willst, okay?«

Sie nickte. »Danke, Ric.« Sie verließ sein Büro und ging zu ihrem Spind. Sie entnahm ihm ihre Sachen, machte sich auf den Weg durch die Hintertür und verließ das Restaurant. Sie hatte nicht den Mut, noch einmal durch einen Raum starrender Menschen zu laufen.

Alex und Lauren hatten sich lange unterhalten. Beide hatten geweint. Es war nicht zu vermeiden gewesen. Sie waren traurig und verstört über Allys Reaktion. Außerdem war Alex wütend. Ihre Mutter hatte sie so gut sie konnte beruhigt und getröstet. Irgendwann war Alex mit dem Kopf in ihrem Schoß eingeschlafen.

Es war schon nach Mittag, als es an der Tür klingelte und Alex verstört die Augen öffnete. Sie richtete sich verschlafen auf.

Ihre Mutter kam aus der Küche ins Wohnzimmer. »Ich gehe schon.« Lauren öffnete die Tür für eine betrübt aussehende Dana. »Dana, komm rein.« Lauren schob die Tür auf.

Die Freundin trat hindurch. Sie sah Alex, die sich auf der Couch aufgesetzt hatte. Die war sofort hellwach beim Anblick ihrer Geliebten und wollte aufstehen.

Dana hob abwehrend die Hände. Alex hielt inne. Dana sah zu Lauren, die die Tür schloss und sie erwartungsvoll ansah. »Alicia war im Restaurant«, sagte sie.

»Oh Gott.«

»Was hat sie zu dir gesagt?«, fragte Alex sofort.

»Gesagt ... Nun, sie ist ein paar Dinge losgeworden. Recht laut und ... blumig«, entgegnete Dana. Auf ihren Wangen zeichneten sich rote Flecken ab. Jetzt, da sie die Situation noch einmal durchlebte, gewann Scham die Oberhand. Scham brachte die Wut darüber mit sich.

»Dana, es tut mir so leid.« Lauren strich ihrer Freundin über den Arm.

Dana nickte. »Ricardo war sehr verständnisvoll. Er denkt nicht daran, mich zu feuern, obwohl er allen Grund dazu gehabt hätte.«

»Himmel, sie kann doch nicht ... Ich fahre zu ihr. Sie kann nicht einfach herumlaufen und diese Dinge verbreiten. Sie hat kein Recht ...« Alex sah sich nach ihren Wagenschlüsseln um.

Lauren schüttelte den Kopf. »Ich werde zu ihr fahren. Ich kümmere mich darum.« Sie klang unendlich erschöpft und traurig. »Es tut mir so leid, dass das passiert ist, Dana. Ich hätte sie aufhalten sollen, als sie heute Morgen hier rausgestürmt ist. Ich dachte, sie bräuchte nur etwas Abstand, ein bisschen Luft.«

»Sie war heute Morgen hier?«, fragte Dana.

»Ja, sie hat mich aus deinem Haus kommen sehen«, bestätigte Alex.

»Oh«, machte Dana. Dann wurde ihr bewusst, was die junge Frau gesehen haben musste und wiederholte es. »Oh.« Sie berührte ihre Wange, wo Allys Hand vor nicht einmal einer halben Stunde einen Abdruck hinterlassen hatte. Die beiden anderen Frauen bemerkten die Geste.

»Sie hat doch nicht ...«, begann Lauren fassungslos.

»Das reicht. Das ist zu viel!« Alex wollte zur Tür hinaus. Es war ihr egal, ob sie bis zum Haus ihrer Schwester laufen musste. Sie würde ihr die Meinung sagen. Sie würde ...

»Alex«, hörte sie die Stimme durch das Dröhnen in ihren Ohren. Es war Dana.

Alex schaute sie an. Ihre Wut verflog.

Dana ging auf ihre Geliebte zu, die breitete die Arme aus. Dana flüchtete sich in die Umarmung, ganz selbstverständlich, sehr vertraut.

Lauren betrachtete das ungleiche Paar, das da in ihrem Wohnzimmer stand und einen Moment die Welt um sich vergessen hatte. Alex und Dana passten einfach zusammen. Sie gehörten zusammen.

»Ich fahre zu Ally. Kümmere dich um Dana«, wies Lauren ihre Tochter unnötigerweise an, bevor sie das Haus verließ.

Alex führte ihre Geliebte inzwischen zur Couch. Die beiden Frauen setzten sich.

Die Sorgen anderer Leute

Komm her.« Alex lehnte sich auf der Couch zurück und breitete ihre Arme aus.

Dana folgte der Einladung und kuschelte sich tief in die Arme ihrer Geliebten. Sie schloss die Augen.

Alex strich ihr sanft über den Rücken, küsste ihren Scheitel. »Es tut mir so leid«, sagte sie leise.

»Es ist nicht deine Schuld«, entgegnete Dana.

Alex seufzte. »Ich denke die ganze Zeit darüber nach, was gewesen wäre, wenn wir uns nicht geküsst hätten. Wenn ich meine Jacke genommen hätte und gegangen wäre.«

»Dann hättest du deiner Schwester immer noch erklären müssen, warum du um sieben Uhr morgens aus meinem Haus gekommen bist. Wie ich dich kenne, hättest du sie nicht anlügen können.« Dana sah in Alex große, braune Augen. »Du bist einfach zu ehrlich.«

Alex lachte kurz auf. »Ich hab meiner Familie mein Lesbischsein ja nur sechzehn Jahre verschwiegen.«

»Verschweigen ist nicht rundheraus lügen, Alex. Du hättest nicht gelogen, wenn sie dich gefragt hätten. Du hast mich schließlich auch nicht belogen, als ich dich gefragt habe«, räsonierte Dana.

»Vielleicht hast du recht. Dennoch ... vielleicht, wenn wir uns nicht geküsst hätten, wenn ich einfach gegangen wäre. Vielleicht hätte Ally gar nichts vermutet. Vielleicht hätte sie mich nicht einmal gesehen. Wenn ich früher wach geworden wäre ...«

»Hey«, holte Dana Alex aus ihren Gedanken. »Das lässt sich jetzt nicht mehr ändern. Es war von Anfang an eine blöde Idee, unsere Beziehung geheim halten zu wollen. Wäre ich nicht so peinlich darauf bedacht gewesen, dass die Nachbarn nichts merken, würden wir jetzt noch immer in meinem Bett liegen. Vermutlich würden wir in diesem Moment schlafen ...«

»... oder wir würden uns lieben ...«, unterbrach Alex und küsste Dana auf ihre süße Ohrmuschel.

Dana lachte wohlig. »Ja, vielleicht.« Ihr Lachen wurde zu einem Schnurren, denn nun fing Alex an, ihren Hals zu küssen, dann die zarte Linie ihres Unterkiefers. Sie arbeitete sich langsam zu Danas Lippen vor. Die waren mehr als bereit, den Kuss zu erwidern, als Alex' Lippen schließlich – endlich – ihre fanden.

Sie gaben sich dem Kuss für lange Minuten hin.

»Ob Lauren wirklich das gemeint hat, als sie sagte, du solltest dich um mich kümmern?« Lächelnd entzog sich Dana ihrer Geliebten.

»Sicher will sie, dass ich alles tue, damit es dir besser geht«, entgegnete Alex. Eine ihrer Hände arbeitete sich dabei unter Danas Bluse und liebkoste die warme Haut, die sie dort fand.

»Was, wenn sie zurückkommt?« Dana zog Alex' Hand wieder hervor.

»Wir können in mein Zimmer gehen. Ich habe ein Doppelbett.« Alex lächelte süffisant.

Dana verzog das Gesicht. »Du weißt, ich kann dir kaum widerstehen, aber nicht hier, okay?« Sie blickte sehr ernst.

Alex nickte. Natürlich wollte Dana auf ihre Mutter Rücksicht nehmen, auch wenn Alex dies unnötig fand. »Wir können auch zu dir gehen.« Sie grinste und wollte die Stimmung wieder aufheitern. Das sollte ihr mit dieser Bemerkung auch nicht gelingen.

»Dort klingelt wahrscheinlich das Telefon Sturm. Bestimmt hat Brian schon von uns erfahren. Er hatte die letzten Wochen einen exzellenten Informanten darüber, mit wem und wo ich meine Zeit verbringe. Zweifellos hat auch Allys Auftritt im Restaurant sich bereits herumgesprochen.« Sie kuschelte sich wieder in Alex' Arme.

Die große Frau verstärkte ihre Umarmung. »Wie, denkst du, wird er reagieren?«

»Nicht begeistert. Er hat Gewissensbisse, weil er mich betrogen hat. Ich glaube, das ist das Einzige, wofür er so etwas wie Scham empfindet. Aber wenn ich ebenfalls eine Affäre habe, dann macht uns das sozusagen quitt. Und jede Absprache, die wir bisher getroffen haben, da sie noch nicht notariell beglaubigt und unterschrieben ist, wird null und nichtig.«

»Denkst du wirklich, das würde er tun? Alles noch einmal von vorn beginnen?«

Dana nickte.

»Aber ... es ist nicht dasselbe. Eure Scheidung ist praktisch abgeschlossen. Dies ist keine Affäre. Wir ...« Alex verstummte. Sie war sich über die Rechtslage bei diesen Dingen nicht sicher.

»Praktisch abgeschlossen ist nicht faktisch abgeschlossen, so wird es zumindest Brian sehen. Ganz zu schweigen von dem Riesenknacks, den sein Ego davontragen wird, sobald er verarbeitet hat, dass ... dass du eine Frau bist. Das wird er als einen persönlichen Affront betrachten und so lange kämpfen, bis er alles bekommen hat«, erklärte Dana betrübt.

Alex' Augenbrauen zogen sich verärgert zusammen. »Dieser verdammte ...«, begann sie.

Dana legte ihr ein paar Finger über die Lippen. Sie schüttelte den Kopf. Sie wollte nicht weiter über Brian sprechen. Stattdessen gab sie Alex einen sanften Kuss auf den Mund. Sie sah ihre Geliebte eingehend an. »Was wird Ally zu deiner Mutter sagen? Denkst du, Lauren kommt zu ihr durch?«

Alex schüttelte den Kopf. »Wenn nicht Mom, dann vermutlich niemand. Aber ich würde mich nicht darauf verlassen. Die Dinge, die sie gesagt hat ...«

Dana errötete. Sie hatte selbst ihren Teil von Allys blumigem Vokabular einstecken müssen.

»Was hat sie zu dir gesagt?«, fragte Alex sanft.

»Sie hat mich eine Hure genannt.« Dana atmete tief ein, schloss die Augen und schüttelte den Kopf.

Alex legte eine Hand an Danas Wange und streichelte sie. »Das ist Unsinn, und das weißt du.«

Die ältere Frau nickte. »Was mich am meisten verletzt hat, war ...« Sie legte eine Hand über Alex', die noch immer ihre Wange streichelte. Dieselbe Wange, die vor einer guten Stunde noch rot geleuchtet hatte von dem Schlag, den Ally ihr versetzt hatte. »Ich kann nicht glauben, dass sie das getan hat. Natürlich habe ich es ja selbst erfahren müssen. Du lieber Himmel, wie wütend muss man sein, dass man einen anderen Menschen schlägt? Wie wütend muss Ally gewesen sein?« Dana sah Alex tief in die Augen.

»Sie war außer sich. Nur entschuldigt das noch lange nicht ihr Verhalten.«

»Natürlich nicht ...«

»Dana, ich ... ich kann nur immer wieder sagen, dass es mir leid tut.«

»Es ist nicht deine Schuld. Ally ist erwachsen. Sie hat die Kontrolle verloren.«

Alex schloss ihre Augen. Trotz Danas Worten machte sie sich Vorwürfe. Sie war Allys ältere Schwester. Sie hätte sie aufhalten müssen. Sie hätte wissen müssen, was Ally tun würde. Sie sagte dies jedoch nicht, denn Dana würde sie eine solche Schuldzuweisung nicht zulassen. »Ich verabscheue Gewalt.« Alex öffnete wieder ihre Augen. Sie zog Dana zu sich und küsste sie fest und liebevoll.

In diesem Moment verspürte Dana ein unglaubliches Gefühl der Zuversicht. Alles würde gut werden. Alex würde dafür sorgen. Diese Sicherheit war tröstend. Andererseits sollte Alex nicht alles für sie richten müssen. Zu lange hatte sie sich darauf verlassen, dass andere Leute dies taten, ob es nun Brian war oder ihre Anwältin, Ms. Snyder. Dana wollte selbst die Kontrolle über ihr Leben haben. Nie wieder würde sie nur ein Anhängsel von jemandem sein. Dana drückte sich auf ihren Armen ab und löste sich so von Alex. Sie sah auf sie herab. »Ich liebe dich, Alex.«

Die Freundin lächelte. »Ich liebe dich auch«, erwiderte sie.

Dana lächelte nun ebenfalls. Sie legte sich zurück in Alex' Arme. »Wann wolltest du eigentlich heute zurück in die Stadt fahren?«, fragte sie nach ein paar Minuten, in denen sie auf Alex' Herzschlag gehört hatte.

»Willst du mich schon loswerden?«, fragte Alex spielerisch.

Dana schüttelte den Kopf. »Nein, aber ich muss noch packen.«

Alex setzte sich leicht auf und schaute auf Dana herab.

Die grinste. »Ricardo hat mir ein paar Tage Urlaub gegeben. Es wäre eine gute Idee, sie nicht gerade hier zu verbringen.«

»Dann kommst du mit zu mir?«, fragte Alex erfreut.

»Nun, ich kann auch in einem Hotel übernachten ...«, überlegte Dana laut.

Alex lachte. »Als ob.« Sie zog Dana wieder fest an sich.

Die lächelte zufrieden und schloss schließlich die Augen. Kurze Zeit später schlief sie ein.

Es war schon spät. Der Nachmittag neigte sich in den Abend. Das Licht des Tages schwand. Das Geräusch der Haustür, die geöffnet wurde, holte Alex aus ihrem wohligen Schlaf.

Ihre Mutter kam gerade zur Tür herein, schlüpfte aus Jacke und Schuhen und sah sich zu ihr und Dana um, die noch immer schlummernd in Alex' Armen lag.

Die Herrera-Frauen schauten sich einen Moment in die Augen.

»Du bist wach«, sagte Lauren leise, um Dana nicht zu wecken.

Alex nickte. Sie strich Dana sanft übers Haar. Auch die rührte sich.

»Du kannst sie schlafen lassen«, bemerkte Lauren.

Alex schüttelte den Kopf. »Dana ...?«

Die hob verschlafen ihren Kopf. Sie sah Alex an und bemerkte auch Lauren. »Lauren!« Dana kämpfte sich aus ihrer liegenden Position auf.

Alle drei Frauen waren sich bewusst, dass Dana noch ein bisschen unsicher war darüber, was Lauren empfand, wenn sie sie und Alex ansah. Ob Lauren wirklich vollends einverstanden war mit der Beziehung, die sie und Alex gerade erst begannen? Weder Lauren noch Alex kommentierten Danas Unsicherheit. Es würde sich finden müssen.

Auch Alex setzte sich auf. »Was hat Ally gesagt«, fragte sie nach.

»Können wir das vielleicht in der Küche besprechen? Ich muss etwas essen.«

Alex nickte.

»Dana, Brians Wagen steht vor eurer Einfahrt. Ich glaube, er sitzt noch drin«, informierte Lauren ihre Freundin.

»Herrje«, stieß Dana hervor. »Nicht auch noch das!«

»Ich gehe und sage ihm, er soll verschwinden«, sagte Alex entschlossen.

Dana hielt sie am Arm fest. »Nein. Ich muss das jetzt klären. Und ich muss es allein tun.« Damit schlüpfte sie in ihre Schuhe.

»Dana . . .«, wollte Alex einwenden.

»Nein, Alex. Es ist meine Ehe. Ich habe schon viel zu lange einfach andere machen lassen, was ich selbst hätte tun sollen. Ich beende das heute und damit ist es vorbei«, schloss sie. Sie zog sich leicht an Alex' Arm hoch und küsste die größere Frau auf die Wange. Dann lächelte sie Lauren verlegen zu. Sie strich ihr allerdings noch über den Arm, während sie an ihr vorbei zur Tür ging.

»Wenn du Hilfe brauchst, ruf hier an«, riet Lauren über ihre Schulter und wandte sich an Alex. Sie nickte ihr aufmunternd zu.

Die beiden Herrera-Frauen machten sich auf den Weg in die Küche, während Dana das Haus verließ und sich ihrem Ehemann stellte.

Brian stieg aus dem Wagen, sobald Dana die Auffahrt von Laurens Haus hinunterkam. Offenbar hatte er erwartet, dass sie genau von dort kommen würde. Wo sollte sie auch sonst sein, wenn sie nicht auf der Arbeit oder in ihrem eigenen Haus war? Er kam seiner Frau entgegen und er war wütend. »Dann ist es also wahr, ja? Du und Alex Herrera?«

»Komm ins Haus! Ich werde das nicht vor den Nachbarn diskutieren«, raunte Dana ihrem Mann zu und eilte schnellen

Schrittes an ihm vorbei. Ihre Stimme klang kalt. Sie verlor langsam die Geduld mit der ganzen Situation. Brian war nun wirklich der letzte Mensch, der das Recht hatte, ihr Vorwürfe zu machen.

Dana legte den kurzen Weg zu ihrer Haustür zurück, ohne sich nach Brian umzusehen. Er folgte ihr ins Haus. Hinter ihnen fiel die Tür ins Schloss.

Dana machte Licht und wandte sich Brian zu. Sein Gesicht zeigte hektische Flecken auf seinen Wangen. Dana konnte an der Bewegung seines Unterkiefers sehen, dass er auf seinen Zähnen mahlte.

»Ist es wahr?«, stieß er schließlich hervor.

Dana schüttelte den Kopf. Nicht als Verneinung seiner Frage, sondern weil ihr sein Verhalten gehörig gegen den Strich ging. »Alex und ich ...« Sie wollte ihm etwas vor die Brust werfen, ihn schocken, doch sie hielt sich zurück. Sie sammelte sich, schluckte ihren Ärger hinunter und sah Brian tief in die Augen. Er sollte die Situation verstehen. »Ich habe mich in Alex verliebt und sie sich in mich. Wir sind zusammen«, sagte sie sehr betont.

Brian warf seine Hände in die Höhe. »Verdammt noch mal, Dana!«, rief er aus.

Dana verdrehte genervt die Augen.

»Hast du eine Ahnung, was du da tust? Die Geschichte ist bereits in ganz Dennizville herum. Meine Kunden werden davon hören ...«

Dana lachte auf und unterbrach ihn so. »Deine Kunden? Ist das dein einziges Problem, Brian?«

»Mein Problem? Du willst wissen, was mein Problem ist? Du schläfst mit einer Frau! Einer Frau, die deine Tochter sein könnte! Und du fragst mich nach meinem Problem?!« Er schrie sie an.

»Alex ist eine erwachsene Frau, Brian. Das sind wir beide«, entgegnete Dana. Sie wollte nicht den Altersunterschied zwischen sich selbst und Alex diskutieren. Ebenso wenig wie die Tatsache, dass sie beide Frauen waren. Diese Dinge waren unerheblich. Für sie zumindest. Allerdings kratzten sie erheblich an Brians Ego.

»Himmel! Das lässt dich nicht stutzen? Dass sie eine Frau ist?

Was ...« Er schüttelte den Kopf. »Ist das meine Schuld? Habe ich dich zur Männerhasserin gemacht? Bist du ...«

»Oh, bitte!«, unterbrach Dana Brian scharf. »Das ist doch Unsinn. Ich hasse Männer nicht, auch wenn ich mir bei dir weniger sicher bin. Was ich für Alex empfinde, hat überhaupt nichts mit dir zu tun. Es ist einfach passiert.«

»So, wie Affären halt passieren, nehme ich an.« Seine Stimme troff vor Sarkasmus.

»Darüber weißt du mehr als ich«, entgegnete Dana und sah ihn fest an. Sie wussten beide, wer ihr Ehegelübde zuerst gebrochen hatte. Sie würde ihn nicht damit durchkommen lassen, dass er sich jetzt als Moralapostel aufschwang.

»Wie lange ...? Ich meine, seit wann bist du schon ... so?«, fragte er gezerrt.

Dana schüttelte den Kopf. »Ich bin heute nicht anders, als ich es während unserer Ehe war«, entgegnete sie erschöpft. Sie hatte keine Lust mehr zu streiten. Sie ging hinüber zu ihrer Couch, nahm sich eines der Kissen und setzte sich. Sie hielt das Kissen an sich gedrückt.

»Dann wusstest du schon immer von deiner ... Vorliebe für Frauen?«

»Versuch nicht, das Scheitern unserer Ehe an meiner Sexualität festzumachen, Brian. Das passt nicht. Ich habe dich geheiratet, weil ich dich geliebt habe. Ich habe dich sehr lange geliebt. Irgendwann habe ich dich nicht mehr geliebt. Kannst du ernsthaft sagen, dass es dir anders ging? Kannst du ernsthaft behaupten, ich hätte dir ein Gefühl der Unzulänglichkeit gegeben?«

Er schüttelte den Kopf. »Was ist es dann, das zwischen Alex und dir? Versuchst du, mir eins auszuwischen? Willst du ...«

Wieder unterbrach seine Frau ihn. »Ich habe dir gesagt, es hat nichts mit dir zu tun. Es geht hierbei nicht um dich. Es geht um mich. Einmal in meinem Leben geht es einfach um mich, meine Bedürfnisse und meine Gefühle. Ich will Alex, und ja, ich liebe sie.«

Ungläubig schüttelte ihr Mann den Kopf. »Das bist du nicht, Dana. Du bist nicht lesbisch.«

»Nun, was immer ich bin, es fühlt sich verdammt gut an«, gab sie ihm zurück und damit auch zu verstehen, dass sie nicht daran dachte sich zurückzuhalten, nur weil eine Definition vielleicht nicht hundertprozentig passte.

»Willst du mir deine Affäre jetzt unter die Nase reiben? Ist es das?«, fragte er gereizt.

»Ich habe keine Affäre, Brian. Du hast unsere Ehe beendet, als du zu dieser Tür hinausgegangen bist. Die Tatsache, dass unsere Scheidung noch nicht rechtkräftig ist, ändert daran nichts. Ich bin nicht diejenige, die während unserer Ehe Frauen nachgestarrt hat, die geflirtet und einer Kellnerin auch gern mal meine Nummer zugesteckt hat. Ich habe mir nichts vorzuwerfen, Brian«, sagte sie ihm überdeutlich. »Kannst du dasselbe auch von dir sagen?«

Die Worte rissen ihn aus seiner Selbstgefälligkeit. Unruhig ließ er den Blick durch das Wohnzimmer schweifen. Er wagte es nicht, seine Frau anzusehen.

»Du solltest jetzt besser gehen, Brian. Ich will mich nicht länger rechtfertigen müssen. Wenn du meinst, meine Beziehung zu Alex mache unsere Vereinbarungen zunichte, dann sage das deinem Anwalt, und wir werden wieder anfangen, uns um alles zu streiten: das Haus, die Autos, jedes Möbelstück in diesem Raum.«

Er schüttelte den Kopf. »Nein, was ich gesagt habe, gilt. Du bekommst das Haus, und ich bekomme die Scheidung. So schnell es geht.«

Dana atmete auf diese Worte hin erleichtert aus. »Gut.«

»Darf ich noch etwas sagen?«, fragte er und stopfte seine Hände in die Manteltaschen. Er begann, mit den Schlüsseln darin zu klimpern.

Dana nickte auf seine Frage.

»Ich wollte dich nie unglücklich machen. Ich habe dich vielleicht nicht immer glücklich gemacht, aber ich wollte nie, dass du unglücklich bist. Joshs Tod ... ich habe es nicht kommen sehen, ich konnte es nicht verhindern«, sagte er bedrückt. Es war das erste Mal, dass er ein gewisses Schuldempfinden zugab.

Tränen traten in Danas Augen. »Ich weiß.«

Er wandte sich ab, bereit zu gehen.

Dana rief ihn noch einmal zurück. »Brian.«

Er wandte sich ihr wieder zu.

»Ich war vor ein paar Tagen in Baltimore und habe mit einem Freund von Josh gesprochen.«

»Einem Drogenfreund?«, fragte er in die Pause, die aufkam, während Dana sich die Augen wischte.

Dana schüttelte den Kopf. »Nein, er ... sie waren bis zu seinem Tod gut befreundet.« Sie ließ die intime Art der Beziehung der beiden Männer unter den Tisch fallen. Es half niemandem, wenn sie Brian von der Bisexualität seines Sohnes erzählte. »Danny ... er glaubt nicht, wie beide hatten etwas mit Joshs Drogenkonsum zu tun. Er sagte, es ging dabei mehr um Joshs Kunst und die Art, wie er sich selbst sah.«

Für einen langen Moment schauten Brian und Dana einander in die Augen, vermutlich zum ersten Mal seit dem Tod ihres Sohnes.

»Und du glaubst diesem Danny?«, fragte Brian unsicher.

Dana nickte. »Ja, er ... er hat Josh gut gekannt.«

Brian atmete tief durch und nickte.

Dana merkte, wie sehr Dannys Einschätzung auch ihn erleichterte.

»Danke, dass du es mir erzählt hast«, sagte er.

»Ich habe überlegt, ob ich den Lagerraum mit Joshs Sachen räume«, bemerkte Dana schließlich. »Ich will mir nochmals seine Bilder anschauen und entscheiden, was ich davon haben will. Vielleicht werde ich auch ein paar seiner anderen Sachen behalten. Aber es ist Zeit, sich von diesen Sachen zu trennen. Ich gebe dir den Schlüssel, wenn ich durch bin, und du kannst gucken, ob du auch noch etwas behalten willst.«

»Ja, ich würde mir gern seine Bilder ansehen. Er hatte so viel Talent«, sagte Brian.

Dana war gerührt über den Stolz in seiner Stimme. »Überlege dir bitte auch, ob du das ein oder andere Möbelstück aus diesem Haus haben willst. Gib deinem Anwalt eine Liste. Ich sehe mir an, was ich nicht brauche.«

Sie waren beide überrascht über diese Einlenkung Danas. Aber Dana fühlte, dass sie jetzt an dem Punkt war, an dem sie ihre Ehe beenden wollte, so, wie sie sie jetzt am besten beenden konnten. Sie mussten jetzt nicht mehr kämpfen. Sie konnten sich gütlich einigen. Außerdem war es ihr nicht mehr so wichtig, was Brian bekam und was sie selbst bekam. Ihr war nur wichtig, dass es endlich zu Ende war.

»Das mach ich. Danke, Dana.«

»Fahr vorsichtig, Brian«, sagte ihm seine Frau noch, und damit ging er in den milden Oktoberabend hinaus.

Ein neuer Anfang

Hattest du nicht noch zu arbeiten?«, fragte Dana lachend, weil Alex sich erneut über sie lehnte und anfing, ihren Hals zu küssen.

»Das Spiel ist längst vorbei«, murmelte Alex, uninteressiert an einer Unterhaltung. »Es war sehr wahrscheinlich nicht halb so interessant wie ... hmmmm.« Alex zog ihre Zungenspitze über Danas Halsschlagader.

»Das kitzelt«, lachte die ältere Frau auf.

Sie lagen in Alex' Bett und erforschten, wozu sie in der Nacht zuvor nicht gekommen waren. Alex stellte fest, dass es noch einiges gab, das sie von Dana nicht gesehen, berührt oder geschmeckt hatte. Sie war verspielt an diesem Abend. Während der langen Fahrt nach Baltimore mit Dana hatte Alex ihren Ärger über ihre Schwester und deren Verhalten hinter sich gelassen und wollte sich jetzt ganz auf ihre Geliebte konzentrieren.

Vor etwa zwei Stunden hatten sie Alex' Wohnung betreten. Dana hatte sich neugierig umgesehen. Alex war ihr gefolgt wie ein kleiner Welpe – zumindest hatte ihr Blick Dana an einen erinnert. Besonders, als sie die Tür zu Alex' Schlafzimmer geöffnet hatte. An diesem Punkt waren beide mehr als bereit gewesen, sich einander erneut hinzugeben. Die Aufregungen des Tages hatten sie einander näher gebracht und sie aufgewühlt. Sie hatten sich ineinander vergessen und wiederfinden wollen. Diese Stunden der Nähe hatten sie nötiger gehabt, als eine jede je für möglich gehalten hätte.

»Hmmm, du schmeckst so gut. Und du riechst so gut«, murmelte Alex an Danas Schulter, während sie sich leicht hoch auf ihre Arme stützte, nur um sich dann wieder auf Dana sinken zu lassen.

Die kleinere Frau stöhnte auf. Der erneute, sehr eindringliche Hautkontakt sandte ein Prickeln über ihren ganzen Körper. Ihre Hände fuhren über Alex' muskulösen Rücken. Ihr Gesicht drückte sich in Alex' Halsbeuge. Ihre Lippen erforschten, was sie erreichen konnten. Dana bekam einfach nicht genug von ihrer Geliebten. »Du bist so ...« Danas Worte verloren sich, als Alex an ihrem Ohrläppchen knabberte.

»So?«, hauchte die junge Frau, denn sie wusste genau, dass Dana kaum sprechen konnte, ganz zu schweigen von denken. Ihr selbst ging es schließlich kaum anders.

Alex' Lippen bewegten sich über Danas Kinn zu ihrem Mund. Sie küssten sich. Ihre Zungen begannen miteinander zu ringen, tauchten tief, bewegten sich im Takt ihrer Hüften, die sich aneinander pressten, immer und immer wieder.

Sie stöhnten auf. Schweißfilme bildeten sich auf beider Haut. Atemlos stoben ihre Lippen auseinander, sie rangen nach Atem, fanden sich wieder, begannen ihr Spiel von neuem.

Es war alles so neu, doch ebenso vertraut. Sie hatten davon geträumt, Tag und Nacht. Sie hatten diese Gemeinsamkeit ersehnt und nur daran gedacht. Jedes Wort, jede Geste schien auf diesen Moment hinauszulaufen, dem Moment, in dem sie sich fanden und verloren, in dem sie den Namen der anderen nur noch keuchend hervorbringen konnten. Gefangen und befreit durch die andere, die alles war ... Gegenwart und Zukunft.

Dana lag in Alex' Armen. Sie waren beide erschöpft und müde. Immer noch rangen sie nach Atem und genossen jeden neuen Moment, der sich ihnen eröffnete. So wie diesen, in dem sie zusammenlagen, nackt und befriedigt. Wie sie es auch noch in zwanzig Jahren tun würden. Es fühlte sich so gut an!

Dana drückte sich noch ein Stück fester an Alex und fragte sanft: »Willst du mir erzählen, worüber deine Mom und Ally gesprochen haben?«

Alex verkrampfte leicht. Sie hatte das Thema vermieden, seit sie in Dennizville losgefahren waren. Eigentlich wollte sie noch immer nicht darüber reden.

»Bitte«, fügte Dana hinzu und küsste ihre Geliebte auf die Schulter.

Alex seufzte. »Sie haben über unseren Dad gesprochen. Die Kirche ...« Alex schnaubte verächtlich. »... mich, natürlich. Uns. Offenbar bedauert Ally inzwischen ihren Ausrutscher ...« Alex schaut auf Dana hinab, und die schaute auf. Sie nickte. »Zumindest die Ohrfeige. Zu ihren Worten steht sie weiterhin. Sie denkt, wir werden zur Hölle fahren. Sie hält uns für pervers«, presste Alex hervor.

Dana schloss die Augen. Sie hätte dieses Thema nicht aufbringen sollen. Diese Worte klangen so paradox. Besonders nachdem, was sie gerade empfunden hatte, was sie in diesem Moment empfand. Alles zwischen ihr und Alex fühlte sich so richtig an. Wie konnte sich irgendjemand – jemand, der nicht fühlte, was sie fühlten – wie konnte irgendein Außenstehender sich erdreisten ...! Dana verstand es nicht. Sie verstand es noch weniger, weil Alex und Alicia im selben Haus aufgewachsen und von denselben Eltern erzogen worden waren. »Was sagt Lauren dazu?«, fragte Dana nach einer Weile.

»Sie sagt, ich muss Alicia Zeit geben. Sie wird weiterhin mit ihr reden ...« Alex' Kopfschütteln machte klar, dass sie nicht an eine Verbesserjung der bestehenden Situation glaubte. »Während des Abendessens bei dir hat sie davon gesprochen, wie sehr sie sich eine glückliche Beziehung für mich wünscht, erinnerst du dich?«

Dana nickte an Alex' Schulter.

»Offensichtlich gilt das nur, wenn ich unter ihren Bedingungen glücklich bin.«

Dana drehte Alex zu sich um, so dass sie einander in die Augen sehen konnten. »Bist du glücklich, jetzt, in diesem Moment?«

Alex lächelte. »Ich halte es kaum aus vor lauter Glück. Ich will singen und tanzen und ... uhhhh, ich will tanzen.«

Beide Frauen lachten.

Alex zog Dana ganz nah an sich. Ihre Nasen berührten sich, dann ihre Lippen. »Vielleicht können wir das ja am Wochenende machen, tanzen gehen. Das heißt, wenn ich dich je wieder aus dieser Wohnung lasse.« Sie schmunzelte.

Danas Hände streichelten Alex' Oberkörper. Sie fand es unmöglich, ihre Geliebte nicht ständig zu berühren. »Ich bin glücklich«, sagte sie. »Vielleicht ... wenn sie uns zusammen sieht ...«, kam Dana auf Alicia zurück. »... wie kann sie nicht sehen, dass wir einander lieben?«

»Sie sieht es. Sie sieht es nur anders. Als etwas Schlechtes.« Alex klang hoffnungslos, was ihre Schwester betraf. Und sie klang traurig. »Ich denke, es wird sehr schwer für Mom«, äußerte sie, was ihr am meisten zu schaffen machte. »Unsere Familie wird nie wieder so zusammen sein wie bei Allys Hochzeit. Und Mom war so glücklich auf Allys Hochzeit.«

Dana nickte. Sie hatte oft mit Lauren über ihre Kinder gesprochen, über die Zukunft, wie sie sie sich für Alex und Ally wünschte. In keiner ihrer Visionen waren die beiden nicht miteinander ausgekommen. Es würde hart für Lauren werden. Doch nicht nur für sie. Sie würden alle ein Stück Glück, Zufriedenheit und Familie verlieren, wenn Ally ihre Meinung nicht änderte. Wonach es nicht aussah.

»Ich hoffe, es wird sich irgendwie einrenken«, sagte Dana.

Alex nickte. Sie hoffte es auch.

Dana betrat den gemieteten Lagerraum, in dem die Habseligkeiten ihres Sohnes Josh standen. Sie war zum ersten Mal hier, hatte sich bisher nie getraut, hierher zu kommen. Es verursachte ihr jetzt einen Kloß im Hals, und dabei war alles sorgfältig in Kisten verpackt. Dana griff hinter sich und fand Alex' Hand. Sie drückte sie. Die Geste wurde erwidert.

»Soll ich hier draußen warten, während du dich umsiehst?«, fragte Alex.

Dana schüttelte den Kopf. »Nein, komm ruhig rein. Ich möchte mir vor allem seine Bilder ansehen. Wenn du mir mit den Kisten helfen könntest?«

Alex nickte. Sie blieb hinter Dana, die sich nur langsam in den kleinen Raum bewegte.

Dana hatte die Kisten sorgfältig beschriftet, als sie Joshs Wohnung geräumt hatte. Das half ihnen jetzt weiter. Dana hatte sich vorgenommen seine Kleidung zu spenden, sofern sie nach zwei Jahren in Pappkartons noch tragbar war. Dasselbe galt für Küchenutensilien, einige Computerspiele, was immer brauchbar war und das keine persönlichen Erinnerungen barg. Denn die suchte sie jetzt: Fotoalben, seine Bilder, auch seine Tagebücher, die sie bisher nicht gelesen hatte, von deren Existenz sie aber wusste.

Alles war hier. Das ganze Leben ihres Sohnes, seit er Dennizville verlassen hatte.

»Sind da die Leinwände drin, von denen du gesprochen hast?« Alex deutete auf einige große, flache Kartons, die gegen die Rückwand lehnten.

Dana nickte. »Ja, aber da müssen noch kleinere sein, irgendwo ... Da!« Dana ging zur linken Wand und räumte ein paar Kisten aus dem Weg hinter denen weitere flache Kartons, kleinere als die, die Alex bemerkt hatte, standen. Dana öffnete den ersten. »Könnest du die großen darüber räumen, damit ich rankomme? Du kannst sie gern öffnen und hineinsehen. Josh hatte wirklich sehr viel Talent.« Dana lächelte leicht.

Alex konnte sehen, dass ihr diese Aufgabe, die sie sich selbst an diesem Morgen gestellt hatte, nicht leicht fiel. Sie machte sich daran, einige große Kisten zu bewegen und schob die mit Joshs Bildern vorsichtig an die rechte Wand des Lagerraums. Bei ihrer Ankunft war sie überrascht gewesen. Sie hatte sich gemietete Lagerräume mehr wie modrige Kellerräume vorgestellt, nicht als identische Metallboxen, die nach gar nichts rochen und auch nach gar nichts aussahen. Sie fragte sich, was Menschen hier so alles unterbrachten. Es wäre vermutlich sehr interessant, einige dieser Boxen zu durchstöbern, doch natürlich war es auch illegal und nur eine Ausschweifung ihrer Fantasie.

Alex holte ein Taschenmesser hervor und öffnete den ersten Karton, in dem sich drei Leinwände befanden. Sie waren mannshoch und ebenso breit. Das wenige, das Alex bei dem schwachen Licht, das in den Karton fiel, sehen konnte, erinnerte an abstrakte Kunst.

»Diese hier sollten wir wahrscheinlich auf die Ladefläche des Pick-ups legen. Die sind zu groß für den Innenraum«, sagte sie in Danas Richtung, bevor sie einen kleineren Karton öffnete und das erste Bild, das sie zu fassen bekam, heraushob. »Oh«, machte sie.

Dana sah sich nach ihrer Freundin um. Sie starrte ebenso wie Alex auf das Bild in Alex' Händen. Tränen füllten ihre Augen. Ihre linke Hand fuhr an ihren Mund. Das Bild zeigte sie und Joshua. Darauf war er nicht älter als vier und saß auf einer Schaukel. Sie selbst stand hinter ihm und hielt ihn fest. Beide lachten. Und da war noch ein Detail, das ihr auffiel, das die Tränen schließlich löste: Ein Schatten war auf der Erde zu sehen – wie von einem Fotografen, der den Moment einfing. Die Silhouette zeigte Brian.

Dana stand auf und ging zu Alex hinüber. Sie legte eine Hand auf ihre Schulter. Ihre Linke fuhr zu dem Bild, fühlte die Farbstriche auf der Leinwand und zog den Schatten nach, den ihr Sohn auf die Grünfläche vor die Schaukel gemalt hatte.

»Ich kenne das Foto«, sagte sie. »Es hat keinen Schatten von Brian. Er war Hobbyfotograf und hat immer auf solche Dinge geachtet. Josh hat ihn hineingemalt. Er wollte seinen Vater in dem Bild haben.«

»Es ist wunderschön, so plastisch, so real. Er hat dich genau getroffen«, erwiderte Alex und sah sich zu Dana um. »So wunderschön«, wiederholte sie. Jetzt sprach sie von ihrer Geliebten, nicht mehr von dem Bild.

Dana lächelte leicht.

Alex stellte das Bild zurück in den Karton.

»Hier, ich will dir etwas zeigen.« Dana nahm Alex' Arm und zog sie zu den Bildern, die sie selbst bisher angesehen hatte. Sie nahm eines hervor, es zeigte ...

Alex trat einen Schritt zurück, damit sie es besser sehen konnte. Es war eine Braut, doch die Komposition war abstrakt; viele Blautöne, ein leuchtendes Gelb, dunkles Grün. Dennoch war es zu erkennen als das Bild einer Braut an ihrem Hochzeitstag. Und nicht irgendeiner Braut. Es war Dana. Alex starrte.

»Wow«, entfuhr es ihr.

Dana lachte leicht. »Danke schön.«

»Du bist ...« Alex schüttelte den Kopf. Gab es überhaupt Worte, die beschreiben konnten, was Dana war? Für Alex? Die junge Frau sah vom Bild zum Original. »... so ...«, fuhr sie fort, nahm das Gesicht ihrer Geliebten zwischen beide Hände und küsste sie.

»So?«, fragte Dana nach und wiederholte die Worte, die in der vergangenen Nacht zwischen ihnen gesprochen worden waren.

Lachend schüttelte Alex den Kopf. Worte versagten ihr.

»Ein schöner Schreiberling bist du«, zog Dana sie auf.

»Du hattest auf jeden Fall recht. Josh hatte wirklich Talent.«

Dana nickte. Sie stellte das Bild zurück in die Kiste. Dabei verhedderte sich etwas, das auf der Rückseite des Bildes festgemacht war mit dem Bild, vor das sie dieses schieben wollte. Sie zog ein Foto zwischen den beiden Bildern hervor. Es war das Original, von dem Josh die Inspiration zu seinem Werk hatte. Ein Foto von Dana bei ihrer Hochzeit.

»Wow, er hat dich wirklich sehr gut getroffen«, bemerkte Alex, während sie beide das Foto betrachteten.

»Er muss es aus unseren Hochzeitsalbum genommen haben. Ich habe das Fehlen noch nicht einmal bemerkt.« Das war wohl Zeugnis der Tatsache, wie lange sie schon keinen Blick mehr auf die Bilder des »glücklichsten Tages ihres Lebens« geworfen hatte. »Möchtest du es haben?«, fragte Dana. Alex hatte ihr das Bild von sich an ihrem Hochzeitstag gezeigt und ihr gesagt, dass sie gern eins von ihr an diesem Tag gehabt hätte.

»Ernsthaft?«, fragte Alex.

»Nun, Brian legt sicher keinen großen Wert darauf. Und wenn du . . .«

Alex nickte begeistert. »Ich hänge es an meine Wand.«

Dana gab es ihr.

Alex legte es auf einen der Kartons und schloss die geliebte Frau in die Arme. »Du bist heute noch viel schöner als damals«, sagte sie und küsste sie.

Dana schüttelte den Kopf.

»Doch«, widersprach Alex. »Es wird das erste Bild von dir sein, das ich aufhänge. Aber ich will noch viele mehr haben, mit uns beiden zusammen. Ich will die ganze Wand mit Bildern von uns. Ich will Erinnerungen wie die mit dir und Josh auf der Schaukel.«

Sie hielten einander in den Armen.

»Riechst du das?« Genießerisch hielt Alex ihre Nase in die Luft.

»Hotdogs?«, fragte Dana belustigt. Sie waren an diesem Samstag in Fenway Park zu einem Baseballspiel der *Boston Red Sox* gegen die *Baltimore Orioles*. Sie saßen mit anderen Fans in den oberen Rängen und hatten einen guten Blick auf die Home-Base. Die Plätze hatten Dana überrascht, denn als Reporterin hatte Alex Anrecht auf einen Platz in der Pressebox. Tatsächlich schien Alex im Trubel der Fans – die meisten von ihnen eingefleischte *Red Sox*-Fans – viel glücklicher als unter ihren Kollegen mit dem besten Blick über den gesamten Park.

»Nein, Süße. Geschichte. Der Park wird nächstes Jahr hundert Jahre alt. Es ist das älteste Baseballstadion der USA. Vor siebenundneunzig Jahren stand Babe Ruth das erste Mal am Werfer-Mal. Damals war es ein aufgeschütteter Sandhügel. In diesem Stadion hat er auch seinen legendären sechzigsten Home Run in nur einer Saison geschlagen. Du kannst es riechen«, bemerkte Alex begeistert.

Dana lachte auf. »Ja, wir sind sehr stolz auf einen der berühmtesten Söhne der Stadt.«

»Tatsächlich ist Ruth in Baltimore geboren«, entgegnete Alex grinsend.

Dana schaute ungläubig.

»Es ist wahr, und *wir* sind wirklich sehr stolz auf einen der berühmtesten Söhne *unserer* Stadt«, versicherte Alex. »Sein erstes Team waren die *Orioles*, nicht die *Red Sox*.«

Dana schüttelte den Kopf.

»Er mag in Baltimore geboren sein, doch sein erstes Team waren die *Red Sox*, Darling, das weiß ich genau. Er hat nur für drei Teams gespielt: die *Red Sox*, die *Yankees* natürlich und zuletzt für die *Boston Braves*.«

»Ahhhh, da hat jemand seine Kleine Baseballgeschichte gelesen«, bemerkte Alex beeindruckt. »Aber Babe Ruths erstes professionelles Baseballteam waren die *Orioles* ...« Alex hob beschwichtigend die Hand, weil Dana etwas entgegnen wollte. »... nur waren die damals noch nicht in der Major League, deshalb wird es gern weggelassen bei einer Aufzählung seiner Teams.«

»Gibt es etwas über Sport, das du nicht weißt?« Dana lächelte stolz über ihre Freundin.

»Nun, es gibt nicht sehr viel, was ich nicht über Baseball weiß. Über Sport ... oh, einiges.« Sie erwiderte Danas Lächeln und gab noch ein bisschen mit ihrem Wissen über ihren Lieblingssport an.

Dana lauschte interessiert und kuschelte sich an Alex' Seite. Es war kalt auf den oberen Rängen. Beide trugen dicke Jacken.

»Alex?«, wurde die große Frau schließlich unterbrochen.

Sie und Dana schauten zu einer Brünetten auf, die Alex kannte.

»Oh, hallo, Rachel«, kam es von der Kolumnistin. Sie war nicht begeistert, ihre Ex hier zu sehen. Noch dazu an diesem ersten gemeinsamen Wochenende und diesem denkwürdigen Ort. Sie zwang sich zu einem Lächeln.

»Ich dachte mir, dass du hier sein würdest. Und du hast ...«, Rachels Blick fiel auf Dana. »... deine Mutter mitgebracht.«

Alex verkrampfte, was Dana sofort bemerkte. Sie legte ihrer Freundin eine Hand auf das Knie und sagte lächelnd zu der großen, dunkelhaarigen Frau mit dem perfekten Teint und den hohen Wangenknochen: »Ich bin nicht Alex' Mutter. Ich bin ihre Freundin.«

»Oh, das tut mir leid«, erwiderte Rachel. Man konnte hören, dass es ihr überhaupt nicht leid tat.

»Mir nicht. Lauren ist eine tolle Frau. Es ist tatsächlich schmeichelhaft, mit ihr verwechselt zu werden.« Dana lächelte zuckersüß und sah, wie das Gesicht ihres Gegenübers erblasste.

»Sie kennen Alex' Mutter?«, fragte Rachel tonlos. Ihr Blick ging von Dana zu Alex.

Die nickte.

»Oh, ja. Alex und ich waren zusammen auf der Hochzeit ihrer Schwester«, antwortete Dana.

»Dann hast du dich geoutet?«, fragte Rachel ihre Ex-Freundin.

»Ja, endlich. Dana war mir dabei eine große Hilfe.« Alex legte einen Arm um Dana und zog sie demonstrativ an sich.

»Nun, ich bin froh für dich.« Auch dies klang sehr unehrlich. »Vielleicht sehen wir uns ja mal. Viel Spaß beim Spiel.«

»Dir auch«, bemerkte Alex, und ihre Ex setzte ihren Weg fort. Alex kicherte in Danas Ohr. »Wir waren also zusammen auf der Hochzeit meiner Schwester, ja?«

Dana lachte auch. »Faktisch sind wir zusammen hingefahren, also . . . ja«, erwiderte sie und sah Alex liebevoll an.

»Das war sehr süß von dir.«

»War das die, die dich langweilig genannt hat?«, fragte Dana und wurde ernst.

Alex nickte bestätigend.

»Und sie war bestimmt auch mal in deiner Wohnung, oder?«

»Ja. Wir waren fast zwei Jahre zusammen.«

Dana atmete tief durch. »Dann kennt sie die Bilder von deiner Mutter und wusste genau, dass ich es nicht bin«, bemerkte sie.

Alex öffnete ihren Mund, sprachlos über Rachels Unverschämtheit. »Diese kleine Schlange«, entfuhr es ihr schließlich.

»Mir fallen da noch ganz andere Tiere ein, mit denen man sie vergleichen könnte.« Dana grinste dabei.

Sie hatten beide bemerkt, dass Rachel nicht glücklich darüber zu sein schien, wer Alex bei einem wichtigen Schritt wie ihrem Outing geholfen hatte. Offensichtlich waren da noch ein paar ungeklärte Gefühle auf Rachels Seite. Doch diese Gefühle waren einseitig. Alex hatte Rachel hinter sich gelassen. Das war nun beiden klar.

Die Plätze um die beiden Frauen füllten sich langsam. Die Vorfreude auf das Spiel steigerte sich. Alex holte eine Thermoskanne hervor und schenkte ihnen beiden etwas heiße Schokolade ein. Sie schoss auch ein paar Fotos mit ihrer Digitalkamera.

»Hier, mach ein Foto von mir in meinem *Orioles*-Jersey in einem See von *Red Sox*-Fans.« Mit einem Grinsen übergab Alex Dana ihren Fotoapparat.

Dana rollte die Augen, als Alex ihre Jacke öffnete und stolz das Orange und Schwarz ihres Vereins präsentierte. Dana machte ein Foto, und Alex zog ihre Jacke wieder zu.

»Hast du eine Rückennummer?«

»Aber natürlich«, entgegnete Alex und zog ihre Jacke kurz aus. Sie präsentierte ihrer Freundin die Rückseite des Trikots.

»Herrera, dreizehn?«, fragte Dana ungläubig.

Alex grinste. »Das war auch meine Rückennummer beim Basketball. Sie hat mir immer Glück gebracht.«

Dana lächelte und öffnete ihre eigene Jacke. Sie trug das Weiß und Rot ihrer eigenen Mannschaft.

»Was steht bei dir drauf?« Alex schälte Dana aus ihrer Jacke und sah sich Namen und Nummer auf dem Trikot ihrer Freundin an.

»Miller, zehn?«, fragte sie. »Ich kann mich an keinen Miller mit der Nummer zehn erinnern. Hat der tatsächlich mal für die *Red Sox* gespielt?« Die Teamtrikots konnte man sich individuell bedrucken lassen. Es gab entweder Shirts mit Namen und Rückennummern von Spielern, oder man konnte sich seinen eigenen Namen und eine gewünschte Nummer aufdrucken lassen, wie Alex es getan hatte.

»Miller ist mein Mädchenname«, entgegnete Dana.

»Wie lange hast du das Shirt schon? Es sieht so neu aus«, fragte Alex nach.

»Ich hab es vor ein paar Tagen bestellt«, bestätigte Dana.

Alex dämmerte langsam, was das bedeutete. Ihre Augen wurden groß. »Deine Scheidung?«, fragte sie nach.

Dana nickte. »Sie ist durch. Ich habe mich entschieden, wieder meinen Mädchennamen zu benutzen.«

Alex lachte auf und umarmte Dana. Sie küsste sie. »Das ist fantastisch!«, sagte sie begeistert.

»Ja.« Dana schien dennoch ein bisschen melancholisch.

»Es war eine lange Zeit«, bemerkte Alex verständnisvoll.

»Aber ich bin froh, dass es vorbei ist. Ich bin froh, dass wir zusammen sind.« Dana kuschelte sich wieder an Alex, die sie auf ihren Scheitel küsste. »Ich hab mir übrigens etwas überlegt«, sagte sie etwas später.

Alex sah sie fragend an.

»Ich habe vorgestern mit Ricardo telefoniert. Er erzählte mir, unsere Beziehung sei so ziemlich in der ganzen Stadt herum. Die Leute denken, er habe mich gefeuert, weil ich seit der Sache mit Ally nicht mehr bei der Arbeit war.«

»Er hat doch nicht wirklich vor dich zu feuern, oder?«, fragte Alex entrüstet.

Dana schüttelte den Kopf. »Nein, allerdings werde ich kündigen.« Sie hielt eine Hand hoch, um Alex' Protest zu stoppen. »Ich werde nämlich das Haus verkaufen und nach Baltimore ziehen«, fügte sie hinzu.

»Du ...« Mehr Worte kamen nicht. Alex starrte Dana einen Moment an, dann zog sie sie an sich und küsste sie. Leidenschaftlich.

Falls es Leute gab, die Anstoß nahmen an den zwei Frauen, die sich in dem bis zum letzten Platz gefüllten Stadion küssten, hörten diese es nicht. Für den Moment waren sie ganz allein und gaben sich ihrem Kuss hin, ihren Gefühlen, ihrer Liebe. Es war ihre Belohnung.

Als sie sich trennten, trug Dana eine gesunde, rötliche Färbung auf den Wangen. Sie schaute sich verlegen um.

Alex lachte leicht.

»Daran musst du dich jetzt gewöhnen. Ich werde nie wieder meine Gefühle verstecken. Schon gar nicht meine Gefühle für dich.« Sie streichelte Danas Wangen. »Also, wann ziehst du bei mir ein? Ich muss Urlaub nehmen und einen Anhänger mieten. Zusammen mit meinem Pick-up dürften das allerhöchstens zwei Fuhren werden. Das heißt, wenn du nicht deine ganzen Möbel mitschleppen willst. Aber die dürften bei mir nicht reinpassen, du musst also ...«

Dana legte Alex zwei Finger an die Lippen, um sie zu stoppen. »Ich werde nicht zu dir ziehen, Alex.«

Alex stockte der Atem. Ihr Herz fing an zu rasen. Sie hatte geglaubt, jetzt sei alles gut. Sie und Dana wären ein Paar. Für immer. War das nur ein Traum gewesen? Hatte sie Dana missverstanden?

»Ich liebe dich, Alex, und ich will mit dir zusammen sein.«

Die Panik der jüngeren Frau legte sich wieder. Sie sah noch immer nicht glücklich aus.

»Aber ich brauche ein bisschen Zeit und Raum für mich. Ich habe gerade erst meine Scheidung hinter mir. Ich muss mich selbst besser kennenlernen, bevor ich mich wieder mit jemandem teilen kann.« Dana streichelte Alex' Gesicht und blickte ihr tief in die Augen. Sie legte ihre Stirn an Alex' Stirn.

Sie waren sich so nah, dass sie den Atem der anderen Frau auf ihren Gesichtern spüren konnten.

Alex schloss für einen Moment die Augen.

»Deine Wohnung ist außerdem ein bisschen klein für zwei Menschen, Süße«, bemerkte Dana. »Es wäre schön, wenn du nächste Woche ein bisschen Zeit hättest, um mir bei der Haussuche zu helfen. Wir können uns nach etwas umsehen, das groß genug für zwei ist ... und das uns beiden gefällt. Und wenn wir beide soweit sind ...«

Alex öffnete wieder ihre Augen, sie waren hoffnungsvoll.

»... dann haben wir ein Zuhause, das wir beide ausgesucht haben.« Dana lächelte.

Alex konnte nicht anders. Sie musste Danas Lächeln erwidern. Das klang nach einer Lösung, mit der sie leben konnte. Alex küsste Dana.

Diesmal achtete wirklich niemand auf die beiden Frauen, denn in diesem Moment erschienen die beiden Mannschaften auf dem Feld. Die jubelnde Menge um sie herum sprang von ihren Sitzen auf.

»Alex, das Spiel ...«, versuchte Dana zwischen Küssen anzubringen.

»Vergiss das Spiel!«, erwiderte ihre Freundin, die etwas Besseres im Leben gefunden hatte als ein dummes Ballspiel.

ENDE

Weitere Titel bei édition el!es

Lucy van Tessel: Traum von Amsterdam

Roman

Der Durchbruch als Künstlerin lässt auf sich warten, die Langzeitbeziehung gescheitert – in Lenkas Leben läuft einiges schief. Und auch ein vielversprechender Flirt mit Studentin Naomi endet im Rauswurf am nächsten Morgen. Doch Lenka kriegt Naomi nicht aus dem Kopf, während die Studentin den mit ihrer Ex geträumten Traum von Amsterdam nicht aufgeben will. Eine gemeinsame Zukunft kann es jedoch nur geben, wenn sich Naomi fürs Bleiben entscheidet ...

Manuela Kühn: Verborgene Liebe

Roman

Nach der Trennung von ihrer großen Liebe fällt Leonie in ein tiefes Loch der Trauer. Die Qual scheint endlos, bis ihr bester Freund Tobias einen Unfall hat. Denn im Krankenhaus entflammen leidenschaftliche Gefühle für die große, starke Krankenschwester Irene. Aber im Verborgenen wächst in Leonie eine Liebe für eine ganz andere Frau heran ...

Maren Frank: Liebe an Bord

Roman

Krankenschwester auf einem Kreuzfahrtschiff: Das klingt zu gut, um wahr zu sein. Diana wagt das Abenteuer und verliebt sich prompt in die große, dunkelhaarige Kapitänin Valerie. Viel Zeit, um herauszufinden, ob die Gefühle erwidert werden könnten, bleibt allerdings nicht: Das Schiff wird vom Ersten Offizier mit Hilfe fremder Seeleute gekapert, Diana und Valerie in einem Ruderboot auf See ausgesetzt – der gemeinsame Überlebenskampf beginnt ...

Ruth Gogoll: Widerstand ist zwecklos

Drei galaktische Geschichten in einem Band

Ein Handyroman, eine Fanfiction und ein utopisches Experiment – in diesem *el!es-Spezial* sind drei Geschichten von Ruth Gogoll zusammengefasst, die sich bereits als eBooks großer Beliebtheit erfreuen.

Widerstand ist zwecklos stellt eine Professorin fest, als sie sich erfolglos gegen die erotische Anziehung ihrer Assistentin wehrt;
Galaktische Gefühle hegt Captain Alyson McGuire für eine zur perfekten Frau umgewandelten Cyborg;
Neue Welt ist ein Planet voller Frauen, auf dem die von der Erde gesandte Corey ganz neue Erfahrungen macht ...

Claudia Westphal: Zeig, mir was Liebe ist

Roman

Äußerlich die Vorzeige-Lipsticklesbe, innerlich die größte Butch: Jefferson Fynn passt in keine Schublade. Im Beruf erfolgreich, das Privatleben in einen Schrank gesperrt. Doch eines Tages werden die Sehnsucht nach Liebe und der Wunsch nach Familie groß genug, so dass Jefferson ihre Karriere an den Nagel hängt und in ihre Heimat zurückkehrt. Wo neben neuen familiären Herausforderungen auch tatsächlich die große Liebe auf sie wartet ...

Anne Wall: Nur ein Blick von dir

Roman

Silke, frisch getrennt, lernt die Sozialpädagogin Marina kennen. Obwohl Silke immer wieder betont, dass Marina nicht ihr Typ ist, lässt sie sich nach einer Weile doch auf eine Beziehung ein, ohne Verpflichtungen, ganz locker, jederzeit kündbar. Aber die Idylle wird jäh unterbrochen, als Marina plötzlich verschwindet und Silke sich ihrer wahren Gefühle endlich bewusst wird.

Toni Lucas: Gefährliche Sehnsucht

Roman

Aufstiegschance Katze! In einer Welt, die von der Furcht vor Seuchen beherrscht wird, ist Anais Munroe froh, einen gutbezahlten Job als Katze in einem reichen Haushalt erhalten zu haben. Sumati Divari, eine einflussreiche Managerin eines Pharmakonzerns, bringt ihr jedoch zunächst nur wenig Sympathie entgegen. Erst, als Anais schwer verletzt wird, entspinnt sich zwischen ihnen ein Liebesverhältnis. Bald jedoch müssen beide feststellen, dass nicht nur ihre Beziehung, sondern auch das Leben vieler Menschen bedroht ist. Nur gemeinsam kann es ihnen gelingen, eine Katastrophe zu verhindern.

Jenny Green: Die Nacht, die es niemals gab

Liebesroman

Bevor Lena mit der Journalistin Meike nach Schweden zu einer Geschäftsreise aufbricht, kommt es zwischen ihr und ihrer besten Freundin Jacky zu einem Kuss – der Anfang einer schier endlosen Reihe von Verwicklungen. Während Lena sich auf der Reise auf Meike einlässt und jegliche Gedanken an Jacky zu verdrängen versucht, verzehrt sich Jacky wegen neu entfachter Gefühle nach ihr. Doch als Lena merkt, welches falsche Spiel Meike spielt, ist es fast schon zu spät. Im Gewirr von Missverständnissen scheint es unmöglich, dass Lena und Jacky endlich glücklich werden.

Julia Schöning: Klassentreffen

Liebesroman

Ein Klassentreffen führt Meike und Franziska, die sich in der Schule einmal geküsst hatten, wieder zusammen. Während Franziska seither offen lesbisch lebt, hat Meike einen Studienkollegen geheiratet. Romantische Gefühle flammen auf, bringen beide jedoch in Schwierigkeiten: Meike kann sich nicht eingestehen, lesbisch zu sein, und Franziska meint, ihre seit zwei Jahren tote Lebensgefährtin zu betrügen. Ein Hin und Her mit ungewissem Ausgang beginnt.

Toni Lucas: Geliebte Fremde

Liebesroman

Paula verschwindet aus Susannes Leben genauso plötzlich, wie sie erschienen war. Wütend, verletzt aber auch voller Sehnsucht macht sich Susanne auf die Suche nach ihr. Doch je länger diese Reise ins Ungewisse dauert, desto fremder und faszinierender erscheint ihr diese Frau, mit der sie einmal den Rest ihres Lebens verbringen wollte. Als sich die Spur zu verlieren droht, ändert ein unerwarteter Anruf alles …

Julia Arden: Partnerin wider Willen

Liebesroman

Eine nicht ganz freiwillige Versetzung in die Provinz entwickelt sich zum Desaster für Kriminalkommissarin Ellen. Gleich beim ersten Fall kommt ihr die Journalistin Dana in die Quere und stört die Ermittlungen. Auch privat nervt Störfaktor Dana mit Schnüffeleien durch Ellens jüngste Vergangenheit – kein Wunder, dass zwischen beiden ständig die Fetzen fliegen. Doch schon bald springt auch der eine oder andere Funke über …

Christine Volkmer: Entgleisungen

Liebesroman

Als Zugbegleiterin sieht Doreen täglich viele Menschen – und so trifft sie bei einer Fahrscheinkontrolle auf die Theaterschauspielerin Melina, deren graublaue Augen sie nicht mehr loslassen. Mit Doreens Partnerin Carmen liegt schon länger einiges im argen, so dass Doreen sich immer mehr zu Melina hingezogen fühlt, während sie sämtliche Aufführungen im Theater besucht ...

Verena Darms: Und dann kamst du

Liebesroman

Investmentbankerin auf dem Bauernhof: Als Maren Hoffmann vor Erschöpfung zusammenbricht, wird sie zu Zwangsurlaub auf dem Land verdonnert. Eine der Betreiberinnen des kurz vorm Ruin stehenden Hofes entwickelt trotz heftiger Differenzen Gefühle für die Geschäftsfrau, aber so leicht zusammen kommen beide nicht – eifersüchtige Frauen und andere Probleme kommen ihnen ständig in die Quere.

Kay Rivers: Küsse unter Palmen

Liebesroman

Dale Richards, ehemalige Offizierin der US-Army, rettet Kelly Bennett auf einem Supermarktparkplatz vor Rowdys, die sie überfallen wollen – und verschwindet sogleich in der Dunkelheit. Es scheint, als würden sich beide nicht mehr wiedersehen. Kelly, die gerade erst nach Miami gezogen und noch immer auf Jobsuche ist, macht sich keine großen Hoffnungen. Da erhält sie plötzlich eine Einladung für ein Vorstellungsgespräch ...

Ruth Gogoll: Nachts, wenn du schläfst

Liebesroman

Braungebrannt auf einem Segelschiff – Jachtunternehmerin Val scheint die Personifizierung ihres Berufes zu sein. Als Kira die große, dunkle Frau in einer Bar kennenlernt, fühlt sie sich sofort von ihr angezogen. Kiras Liebe ist jedoch für eine andere Frau reserviert.
Als Kira bei Val einzieht, stellt sie fest, dass Val nachts oft abwesend ist. Warum, bleibt ihr Geheimnis. Schließlich sind sie beide ja kein Liebespaar ... Statt dessen gehen sie getrennte Wege – Kira versucht ihre Jugendliebe Melanie zurückzuerobern, Val scheint hundert Geliebte zu haben.
Aber sind es wirklich nur andere Frauen, die Val nachts so oft von Kira fernhalten? Und ist Liebe zwischen Kira und Val tatsächlich kein Thema?

Jenny Green: Milchkaffee in New York

Liebesroman

Von Liebeskummer geplagt erhält Sophia die Chance, ein Praktikum in New York zu absolvieren. Begeistert stürzt sie sich ins Abenteuer: als Co-Trainerin einer aufstrebenden Frauenfußballmannschaft. Doch das Chaos läßt nicht lange auf sich warten. Fußballerin Nina verliebt sich in Sophia, während Sophia Gefühle für Flo entwickelt ... Wird Nina tatenlos zusehen, wie die Beziehung zwischen Sophia und Flo immer leidenschaftlicher wird?

Heike Fremmer: Herz verschenkt

Liebesroman

Verliebt in eine verheiratete Frau – aber Sarahs Hoffnung, Isabel würde Doris für sie verlassen, erfüllt sich nicht. Ein paar Liebesnächte, dann beendet Isabel die Affäre. Mit gebrochenem Herzen bleibt Sarah am Boden zerstört zurück. Doch eines Tages erreicht sie ein Anruf aus dem Krankenhaus, Isabel ist etwas Furchtbares zugestoßen. Sarah ist sofort zur Stelle, um Isabel zu pflegen und zu hoffen, daß ihre Gefühle diesmal erwidert werden – aber wird Isabel jemals *Ich liebe dich* zu Sarah sagen?

Verena Schall: Scherben bringen Liebesglück

Liebesroman

Nelly wird jäh aus ihrem idyllischen Leben gerissen, als ein Schuß sie nur knapp verfehlt. Ihre Retterin Sascha bietet sich als Leibwächterin an, denn Nellys treusorgender Vater hat krumme Geschäfte gemacht und damit ihr Leben in Gefahr gebracht. Die Nähe zu Sascha entfacht in Nelly ganz neue Gefühle. Immer stärker fühlt sie sich von Sascha angezogen, und als sie sich endlich ihren Gefühlen stellt, kommt Sascha in Schwierigkeiten: Das Rätsel um den Mordanschlag auf Nelly ist noch immer ungeklärt, und wie ist Sascha eigentlich in die ganze Sache verwickelt?

Juliette Bensch: Last Minute Liebe

Liebesroman

Die Trennung von Anne hat Teresa noch nicht so recht überwunden, da gelangt sie durch einen Zufall an ein Flugticket nach London. Teresa ergreift die Chance und stürzt sich in die Londoner Frauenszene. Bei der Schauspielstudentin Raphaela funkt es, leidenschaftliche Nächte folgen ... aber zurück in Deutschland macht sich Ernüchterung breit. War das nur ein Urlaubsflirt? Das erneute Auftauchen Annes und deren Versuche, Teresa zurückzugewinnen, festigen nur die Gewißheit: Teresa kann nur mit Raphaela glücklich werden.

Corina Ehnert: Eine WG zum Verlieben (Band 3: »Danie«)

Liebesroman

Daniela Breuer zieht in die Lesben-WG, um ihr Liebesleben endlich in Gang zu bringen. Mit tatkräftiger Unterstützung der alterfahrenen Mädels bahnt sich recht schnell eine Beziehung zu Mitstudentin Rebecca an. Doch damit gehen die Probleme erst richtig los: Danies Mutter kommt zu Besuch und soll eine heile Heterowelt vorgespielt bekommen, während sich die WG um den Preis »Verrückteste Wohngemeinschaft« bewirbt, Franzi und Paula Gefühle füreinander entwickeln und Sanny eifersüchtig wird ...

Catherine Fox: Zu wissen, es ist für immer

Liebesroman

Das Liebesleben von Staranwältin Evelyn verläuft genauso nach Plan wie ihre Karriere. Doch eines Tages stürzt sie bei einem Ausritt vom Pferd und wird von einer jungen Frau gerettet. Andie ist das Gegenteil von Evelyn, respektlos, planlos, bar jeder Manieren. Trotzdem nimmt Evelyn Andie bei sich auf, denn sie hat sich in sie verliebt. Doch die Unfälle häufen sich – und immer ist Andie in der Nähe. War die Rettung gar kein Zufall? Hatte Andie den Unfall geplant? Evelyn will das nicht glauben, doch Zweifel beginnen an ihr zu nagen ... Sie muß das Geheimnis um Andie auf jeden Fall lüften.

Ruth Gogoll: In der Hitze der Nacht

Erotischer Liebesroman

Ein heißes Abenteuer im Rhein in einer schwülen Sommernacht ... mehr sollte es gar nicht sein. Doch als Tina eine Anwältin braucht, fällt ihr niemand außer Mar ein. Dabei kommen unerwartet auch noch andere Gefühle ins Spiel als nur die für die Suche nach den richtigen Paragraphen.
Tina will davon jedoch nichts wissen, denn noch immer steht *»Es war nur Sex, keine Liebe«* wie eine Wand zwischen ihnen. Können sie diese Mauer irgendwann niederreißen?

Ruth Gogoll: Ein paar Tage Zärtlichkeit

Erotischer Liebesroman

Gina und Teri sind kein Liebespaar. Sagt Gina zumindest. Nur der Zufall hat sie zusammengeführt, über den Wolken, als sie nebeneinander im Flugzeug saßen. Obwohl Teri nicht auf kurzzeitige Affären aus ist, gibt es einen besonderen Grund, warum sie an Weihnachten nicht allein sein will. Deshalb läßt sie sich auf die Affäre mit Gina ein.

Sie verleben eine berauschende Weihnachtszeit miteinander, danach gehen sie wieder getrennte Wege. Doch Teri hat sich verliebt, während Gina mühelos in die üblichen Affären zurückzugleiten scheint.
Waren »ein paar Tage Zärtlichkeit« wirklich alles, was Teri erwarten konnte?

Tala Storm: Das neue Leben

Erotischer Amazonen-Liebesroman

Alles könnte so schön sein: Kallisto und Cay-La leben gemeinsam unter einem Dach im Amazonenreich und genießen den Frieden, ihr Beisammensein in lustvollen Stunden. Doch dann geschieht etwas Schreckliches: Cay-La wird von Leandra, einer Sklavenhändlerin, entführt. Leandra ist für ihre Brutalität bekannt und dafür, dass sie sich nimmt, was sie möchte. Wieder vereint, ist Cay-La nicht mehr die Gleiche. Nicht nur äußerlich hat sie tiefe Wunden davongetragen. Kallisto ist verzweifelt. Wird es ihr gelingen, ihre junge Kriegerin wieder zum Lachen zu bringen?

Julia Schöning: Diagnose: Liebe

Erotischer Liebesroman

Recherchen führen die Journalistin Sophie in die Krankenhaus-Notaufnahme zur Internistin Dr. Hannah Rehfeld. Es funkt zwar zwischen den beiden, aber Sophie will ihrer Fernbeziehung Alina nicht untreu werden, obwohl es schon länger kriselt. Ein unerwartetes Wiedersehen endet dann doch im Bett, da steht plötzlich Alina vor der Tür – Hannah flieht, und Sophie muß sich entscheiden ...

Julia Arden: Die Frau im Rückspiegel

Erotischer Liebesroman

Mit dem unerwarteten Angebot, als Chauffeurin für die Reedereibesitzerin Rebecca zu arbeiten, kommen völlig neue Herausforderungen auf Christiane zu. Die distanzierte und wortkarge Chefin mit höflich-zurückhaltendem Respekt durch die Stadt zu chauffieren, will Christiane nie so recht gelingen. Rebecca erträgt Christianes forsche Art nur widerwillig. Das Eis bricht, als sich Christiane als Pflegerin anbietet, um Rebeccas Hausangestellte nach einem Unfall zu betreuen. Rebecca und Christiane kommen sich näher, doch wirklich öffnen kann sich die Chefin nicht, so daß für Christiane die Frage bleibt: Wer verbirgt sich hinter der Frau, die sie täglich im Rückspiegel sieht?

Maren Frank: Irischer Liebessommer

Erotischer Liebesroman

Als Zeugin eines Verbrechens wird Stefanie Gardner ins Zeugenschutzprogramm aufgenommen. Zusammen mit ihrer Leibwächterin Gundula, genannt Gun, wird Steffi für einige Zeit in Irland versteckt. Die Leichtigkeit des irischen Sommers läßt Gefühle entstehen, gegen die sich beide nicht lange wehren können ... die Tage vergehen voller erotischer Abenteuer. Da trifft die Nachricht ein, daß die Täter gefaßt seien und Steffi wieder gefahrlos nach Deutschland zurückkehren könne. Wird sie ihre Leibwächterin nun tatsächlich nicht mehr brauchen?

Catherine Fox: Der Liebe auf der Spur

Erotischer Liebesroman

Während eines Praktikums im Morddezernat lernt die Studentin Karen die Kommissarin Diane kennen. Beide verstehen sich auf Anhieb. Die Aufklärung des Mordanschlages auf einen Stadtratsabgeordneten bringt sie auch privat näher. Doch Karens manchmal äußerst merkwürdiges Verhalten bringt Diane immer wieder durcheinander, bis Karen eines Tages spurlos verschwindet. Die Kommissarin beginnt fieberhaft zu ermitteln ...

Sal Mathews: Stan und Lea

Erotischer Liebesroman

Die Malerin Stan verliebt sich Hals über Kopf in die attraktive Goldschmiedin Lea und bittet sie, ihr für ein Bild Modell zu sitzen. Dabei kommen die beiden sich näher, aber Lea ist immer noch hetero. Oder wird sich das auf ihrer gemeinsamen Reise nach Schottland ändern? Denn Lea spürt zwar die Anziehungskraft, die Stans Liebe auf sie ausübt, aber sie war noch nie mit einer Frau zusammen und will Stan keine Versprechungen machen, die sie vielleicht nicht halten kann ...

Alison Barnard: Spaziergang im Regen

Erotischer Liebesroman

Es ist eine eine einmalige Chance für ihre Karriere: Schauspielerin Shara Quinn soll in einem Film die faszinierende, offen lesbisch lebende Dirigentin Jessa Hanson verkörpern. Während der Vorbereitungen auf die Rolle kommen sich Shara und Jessa unerwartet nah, aber eine Liebesbeziehung zwischen ihnen würde allem widersprechen, was die Welt von ihnen erwartet. Zudem ist Shara doch zweifellos hetero ... oder vielleicht doch nicht?

Julia Schöning: Lass es Liebe sein

Erotischer Liebesroman

Um ihrem Leben nach einer Trennung eine neue Richtung zu geben, beschließt die Versicherungskauffrau Sarah sich von ihren langen Haaren zu trennen, nicht ahnend, dass der Friseurbesuch ihr Leben gehörig durcheinanderbringen wird. Denn die rationale und konservative Sarah verliebt sich in ihre völlig gegensätzliche Friseurin, die unkonventionelle, impulsive und freiheitsliebende Katja. Einige Zufälle führen dazu, dass die beiden eine leidenschaftliche Nacht miteinander verbringen, doch danach wird deutlich, dass Katja nicht an einer Beziehung interessiert ist. Sarah ist verzweifelt, denn sie wünscht sich, dass es auch bei Katja Liebe sein möge ...

Toni Lucas: Zeit der Versuchung

Erotischer Liebesroman

Der Australienexpertin Sarah Jansen werden zwar die Fördergelder für ihr neuestes Projekt nicht bewilligt, doch sie erhält unerwartet die Chance, sich gemeinsam mit der attraktiven, aber seltsam distanzierten Fotografin Florentine auf eine Reise quer durch den australischen Kontinent zu begeben. Beide kommen sich näher und scheinen durchaus füreinander geschaffen, wenn da nicht noch Carmen, Sarahs langjährige Partnerin, und Marisol, Florentines tote Geliebte, wären. Es beginnt eine Zeit der Versuchung, in der sich jede der Frauen darüber klarwerden muss, was wirklich für sie wichtig ist.

Corina Ehnert: Eine WG zum Verlieben (Band 2: »Katrin«)

Liebesroman

Die Polizistin Katrin Brant ist nach einer gescheiterten Beziehung mit Paula wieder Single und fest integriert in den Freundeskreis rund um die WG aus der Pfeiffstraße. Sie ist glücklich mit ihrem Leben und hält sich für eine gestandene Frau. Als Alex (mit der sie im ersten Band eine Affäre hatte) mit ihrer Freundin Nico in eine gemeinsame Wohnung zieht, sucht die WG eine neue Mitbewohnerin. Eine der Bewerberinnen ist die Journalistin Hanna Reuters, von der Katrin sofort fasziniert ist. Aber schnell stellt sich heraus, daß es nicht so einfach ist, diese Faszination zu leben ...

Annette Schniter: Mach mal halblang, Babe

Erotischer Liebesroman

Celines Vorgesetzte ist ungemein attraktiv, aber offensichtlich hetero. Dennoch spielen Celines Hormone bei jeder Begegnung verrückt. Gleichzeitig ist da noch eine Chatbekanntschaft, die Celine auf eine andere Art in ihren Bann zieht. Als die Zeit gekommen ist, endlich die virtuelle Welt zu verlassen, wissen beide, daß nun ganz neue Schwierigkeiten auf sie zukommen werden. Mit den tatsächlich eintretenden Problemen hat jedoch keine gerechnet ...

Julia Arden: Mein Geheimnis bist du

Liebesroman

Mareike Holländer schnappt Andrea einen wichtigen Posten vor der Nase weg – ausreichend Grund, auf die neue Kollegin wütend zu sein. Dennoch schleichen sich zärtliche Gefühle in das kühle Verhältnis. Aber Mareike ist liiert. Während Andrea noch versucht herauszufinden, wie ernst diese Liaison ist, taucht Laura auf, Mareikes große Liebe. In der Vergangenheit hatte Laura zwar Mareike mehr als einmal sitzengelassen, dennoch ist Mareike ihr immer wieder aufs neue verfallen ... also bleibt Andrea nichts weiter übrig, als ihre Gefühle vor Mareike zu verbergen ...

Victoria Pearl: Aller Anfang geht daneben

Erotischer Liebesroman

Als Simone sich in die umwerfend attraktive Autorin Bettina verliebt, ahnt sie nicht, was noch auf sie zukommen wird. Sie und Bettina verleben eine wundervolle, berauschende Zeit, die jedoch durch das plötzliche Auftauchen von Bettinas Exfreundin Linda jäh gestört wird. Linda lässt sich bei Bettina häuslich nieder. Braucht sie nach einer schweren Zeit wirklich nur etwas freundschaftliche Unterstützung von ihrer Exfreundin, oder verfolgt sie andere Ziele?

Toni Lucas: Paar für ein Jahr

Die Pierrots tanzen weiter

Leas Glück scheint perfekt. Lilia hat sich tatsächlich für sie entschieden und ist bei ihr eingezogen. Doch wie kann sie mit einer Frau zusammenleben, die gerade erst dabei ist, sich selbst zu finden und die so ganz eigene Vorstellungen von einer Beziehung hat?
Ihr bleibt nur ein Jahr, um das herauszufinden ...

Maren Frank: Liebe in Schottland

Liebesroman

Wie ein Blitz trifft es die junge Archäologiestudentin Nathalie, als sie auf einer Party die schöne Eileen kennenlernt. Zwar ist die Begegnung kurz, doch geht die attraktive Frau mit den smaragdgrünen Augen Nathalie nicht mehr aus dem Kopf. Und nicht nur die Liebe bereitet Nathalie Sorgen. Nachdem sie ihren Job verloren hat, braucht sie schleunigst einen neuen. Tatsächlich ergibt sich schon bald etwas, doch Nathalie ahnt nicht, was dabei alles auf sie zukommt ...

Erotische Adventsgeschichten

Mit Geschichten von Catherine Fox, Maren Frank, Heike Fremmer, Ruth Gogoll, Julia Schöning u.a.

Erzählungen um alte Freundinnen, die sich wiedersehen, und neue Freundinnen, die sich finden, um die Suche nach der Liebe unterm Weihnachtsbaum, die trotz aller Schwierigkeiten immer gut endet, und um die Hoffnung, daß eines der Geschenke die Frau sein möge, nach der man sich schon so lange sehnt ...

Julia Schöning: Verirrte Herzen

Erotischer Liebesroman

Anne, ihre vierjährige Tochter Lilly und Caro sind eine glückliche Familie. Doch als Lilly in den Kindergarten kommt und Anne beschließt, wieder halbtags zu arbeiten, bekommt die Beziehung Risse. Die erfolgreiche Anwältin Caro schafft es nicht, Anne im Haushalt zu unterstützen. Als Anne dann auch noch die geheimnisvolle Nora kennenlernt, die mit ihrer faszinierenden Ausstrahlung Verwirrung stiftet, scheint das Glück der kleinen Familie ernsthaft bedroht.
Können Caro und Anne ihre Gefühle füreinander bewahren und wieder zueinanderfinden?

Tina Grasses: Das Geheimnis der Nebelinsel

Lesbischer Fantasy-Roman

Die Sensei Iliska begegnet der Schwertkämpferin Shiree. Die beiden kommen sich näher, doch dann verschwindet Iliskas Freundin Beth unter dramatischen Umständen. Zur gleichen Zeit folgt Karimah einer geheimnisvollen Vision und findet in Beth ihre große Liebe. Doch ihr Glück wird überschattet von einer uralten Gefahr. Die vier Kriegerinnen nehmen den Kampf auf, doch wird es für Karimah und Beth eine gemeinsame Zukunft geben?

Shari J. Berman: Herz ist Trumpf

Erotischer Liebesroman

Die junge Journalistin Rachel lernt auf einem Lesbenpokerabend die verführerische, etwas ältere Eden kennen – ein erotisches Abenteuer beginnt, das schnell zu Liebe wird. Obwohl zunächst alles perfekt scheint, bleibt die Vertreibung aus dem Paradies nicht aus und stellt die Beziehung auf eine harte Zerreißprobe.
Sind die Bande zwischen Rachel und Eden stark genug, die dramatischen Ereignisse zu überstehen?

Brenda L. Miller: Mein Herz bewacht dich

Liebesroman

Grace, pubertierender Teenager, wird für sechs Monate in ein Boot Camp geschickt. Dort lernt sie zu gehorchen, wird aber auch von der strengen Ausbilderin Carey ermuntert, ihre Nase in Bücher zu stecken und zu lernen. Denn Grace ist nicht unbegabt. Nach einiger Zeit jedoch wird das Verhältnis zwischen Grace und Carey immer freundschaftlicher – und liebevoller . . .

Julia Arden: Liebe unerwünscht

Liebesroman

Jennifer Feiler ist knallharte Geschäftsfrau und bekannt für ihre Affären. Auch der Flirt mit der attraktiven Ärztin Caroline stellt keine Ausnahme dar, doch Caroline weist Jennifer ab. Caroline fühlt sich zwar mehr zu Jennifer hingezogen, als ihr lieb ist, aber Jennifer ist nicht die Frau, der man sein Herz schenken sollte – für tiefere Gefühle hat sie keine Verwendung: Liebe ist ihr unerwünscht.

Victoria Pearl: Das zwischen uns

Erotischer Liebesroman

Jasmin hat es sich recht gemütlich im Junggesellinnendasein eingerichtet, als eine atemberaubende Schönheit ihre Buchhandlung betritt. Sie verlieren sich aus den Augen, sie sehen sich wieder – und es beginnt etwas, das Jasmin »Beziehung« nennt. Ihre Geliebte hält sich jedoch einiges offen. Ständig lernen sie neue Frauen kennen, von denen Jasmin nie weiß, wie nahe sie und ihre Geliebte sich kommen. Geduldig erträgt sie die Spielchen, doch kann eine solche Beziehung wirklich ewig dauern?

Corina Ehnert: Eine WG zum Verlieben (Band 1: »Alex«)

Liebesroman

Eine Lesben-WG, in der es drunter und drüber geht: Alex kann sich nicht zwischen Katrin und Nico entscheiden, obwohl Nico eigentlich Paulas Blind Date ist; Casanova Franzi wandelt plötzlich auf monogamen Pfaden, und Thea kriegt irgendwie nie eine Frau ab. Verwicklungen und Verzwicklungen bleiben spannend bis zum Schluß – an dem sich die Fäden entwirren. ... oder?

Catherine Fox: Achterbahn der Gefühle

Liebesroman

Jessica will heiraten und hält sich für glücklich, als sie von ihren Freundinnen eine Junggesellinnenreise geschenkt bekommt. Auf einem Reiterhof soll sie ihrem Hobby frönen und die letzten Tage Freiheit genießen. Doch mit der Entspannung ist es bald vorbei, denn sie trifft Kim, die ihren Gefühlshaushalt gehörig durcheinanderbringt. Sie gerät in einen Strudel leidenschaftlicher Gefühle, erfährt eine Zärtlichkeit, die sie nicht kannte. Sie verliebt sich in Kim, aber was wird bleiben, wenn sie wieder zu Hause im alten Trott versinkt?

Ruth Gogoll: Zwei Welten

Erotischer Liebesroman

Wer sich etwas wünscht, sollte vorsichtig sein bei der Formulierung. Nico jedenfalls war es nicht und landet inmitten einer schrecklich netten Familie im Herzen der Heterosexualität: Häuschen in der Vorstadt, Ehegatte geht morgens brav zur Arbeit, die Kinder quengeln, die Nachbarinnen tratschen ... Da taucht in dieser Heterohölle ein ganz normales (lesbisches) Paar auf, und Nico verliebt sich. Wie kann sie aber in ihre eigene Welt zurückkehren und gleichzeitig diese Liebe aus der anderen Welt bewahren?

Anthologie »Lesbisches Jugendbuch«

Kurzgeschichten

In dieser Anthologie werden die Geschichten der Gewinnerinnen aus unserem Schreibwettbewerb »Lesbisches Jugendbuch« veröffentlicht. Geschichten von Jugendlichen für Jugendliche – ausgewählt vom Literaturteam des Jugendzentrums *anyway* in Köln.

Hanna Berghoff: Du bist die Welt für mich

Liebesroman

Ein Bauernhof inmitten Deutschlands: Die Fehde zwischen den Schwestern Veronika und Franziska Perner vertieft sich, als die neue Tierärztin Dr. Jutta Adler mit frischen Ideen und Behandlungsmethoden gehörig Staub aufwirbelt. Aus Liebe (zu den Tieren und zur Tierärztin) beginnt Veronika in München Veterinärmedizin zu studieren, doch Franziska läßt nichts unversucht, um dem Liebesglück ein jähes Ende zu bereiten. Als dann noch die Zukunft des Hofes auf dem Spiel steht, muß Veronika eine schwere Entscheidung fällen ...

Toni Lucas: Vom Tanz der Pierrots

Liebesroman

Nach einem nicht ganz freiwilligen One-night-stand wird Lea aus ihrer bequemen, langjährigen Beziehung herauskatapultiert. Sie zieht in eine Kleinstadt, die trostloser nicht sein kann. Nur ihre verheiratete Kollegin Lilia bringt Farbe in den Alltag, und nach einiger Zeit mangelt es auch an Erotik nicht. Allerdings scheinen die beiden zunächst doch nicht füreinander geschaffen – oder müssen sie erst einmal auseinandergehen, um schließlich zueinander zu finden?

Heike Fremmer: Hotel Prinzess

Liebesroman

Sofie managt ein Hotel in Hamburg, das an einen Amerikaner verkauft werden soll. Die von ihm entsendete Frau fürs Grobe ist Erica, die sich inkognito im Hotel aufhält. Sofie und Erica kommen sich näher, doch Erica verschweigt den wahren Grund ihres Aufenthaltes. Kein gutes Fundament für eine Beziehung, doch Erica hat Angst, Sofie zu verlieren, wenn die Wahrheit ans Licht kommt . . .

Julia Arden: ... und wenn du auch die Wahrheit sprichst

Liebesroman

Michaela Dietz läßt sich engagieren, um die Tochter eines Hotelbesitzers zu überreden, das Familienunternehmen weiterzuführen. Sehr zur Freude des schlechten Gewissens blüht Tanja Kanter in Michaelas Nähe auf und – natürlich, verliebt sich in sie. Doch was passiert, wenn Tanja Michaelas wahre Gründe für die unerwartete Zuneigung erfährt? Und was sagt Michaelas langjährige Freundin Vanessa eigentlich dazu?

Ruth Gogoll: L wie Liebe

Liebesroman

Bunt und unterhaltsam: Großstadtlesben und ihre (Liebes-)Abenteuer. Da ist das ungleiche Paar Marlene und Anita, das gehörig Nachhilfe in Sachen Romantik benötigt; Carolin und Ina schweben (noch) im siebten Himmel; Chris und Sabrina stecken in einer verstaubten Beziehung fest, und schließlich können sich Rick, Thea und Melly noch nicht so recht entscheiden. Verwicklungen folgen, und schon sehr bald ist nichts mehr so, wie es anfänglich war ...

Victoria Pearl: Endlich gefunden

Liebesroman

Krankenschwester Hanna hat sich gerade aus der unheilvollen Beziehung zu Birte gelöst, als ihr eine Fremde für einen kurzen Moment den Kopf verdreht. Zurück im Arbeitsalltag nimmt Hanna erst nach langer Zeit wieder via Internet Kontakt zu anderen Frauen auf. Die Überraschung folgt auf dem Fuß, doch ist die Traumfrau tatsächlich endlich gefunden?

Julia Arden: Vertrau mir

Roman

Anna Ravensburg lebt ruhig und zurückgezogen auf ihrem Tierhof. Mit der Idylle ist es vorbei, als Kommissarin Maike Roloff auftaucht: Zwei Pharma-Manager sind entführt worden, und Annas Vergangenheit als radikale Tierschützerin könnte bei der Aufklärung helfen. Zunächst widerstrebt es Anna, die Polizei zu unterstützen, doch bald muß Anna sich eingestehen, daß sie sich zu Maike hingezogen fühlt. Maike hingegen scheint sich nur für eines zu interessieren: Die Lösung ihres Falles.

Alexandra Liebert: Träume aus der Ferne

Liebesgeschichten

Geschichten rund um das Verlieben: »Viele Wege führen nach Rom, aber keiner führt an den Geschichten von Alexandra Liebert vorbei – wenn frau romantische Liebesgeschichten schätzt. In ihrer ganz eigenen, feinfühligen Art beschreibt die Autorin das Suchen und schließlich auch das Finden der Liebe, die verschiedene Gesichter haben kann und darum auch auf unterschiedlichen Wegen erkämpft, erwartet oder erkannt werden will.« (Victoria Pearl)

Anna Peters: Herzköniginnen

Liebesroman

Susanne gibt eine Zeitungsanzeige auf und lernt die um einiges ältere Anna kennen. Sie beginnen eine rege Brieffreundschaft, verlieben sich, treffen sich schließlich – und werden in einer leidenschaftlichen, intensiven Beziehung glücklich.
Die Geschichte wird allein in den Briefen erzählt, die sich beide schreiben.

Julia Arden: Unter Verdacht

Liebesroman

Als Professorin eher distanziert, geraten Sylvias Gefühle immer mehr außer Kontrolle, während die Zusammenarbeit mit der Architektin Karen enger wird. Das Tüpfelchen auf dem i: Karen ist lesbisch. Sollte Sylvia tatsächlich etwas für Karen empfinden? Doch die Idylle wird jäh zerstört, als Karen wegen Kreditbetrugs verhaftet wird. Mit Sylvias Hilfe aus dem Gefängnis entlassen, machen sich beide auf die Suche nach dem wahren Täter und kommen sich dabei immer näher.

Ruth Gogoll: Eine Insel für zwei

Erotischer Liebesroman

Neunzehn Jahre alt und auf der Suche nach der großen Liebe: Das ist Andy, als sie Danielle kennenlernt, Besitzerin einer Werbeagentur. Danielle hält Liebe für eine Illusion. Sie lädt Andy zu einer Reise durch die Ägäis ein, doch fordert dafür einen hohen Preis.
Andy läßt sich darauf ein, weil sie Danielle liebt und hofft, daß Danielle auch lernen wird zu lieben. Fast scheint es, als hätte Andys Liebe eine Chance, doch da geschieht etwas Unvorhergesehenes ...

Sarah Dreher: Solitaire und Brahms

Liebesroman

»Wenn eine Frau, die Frauen liebt, keine Frau ist, wer dann?«
Beruflich erfolgreich, allgemein beliebt und frisch verlobt, wehrt sich Shelby dennoch gegen das traditionelle Rollenverhalten einer gehorsamen Ehefrau, in das ihre Umwelt sie drängen will. Als sie merkt, wieviel ihre neue Nachbarin Fran ihr bedeutet, beginnt sie die Puzzleteile in ihrem Leben endlich neu zu ordnen.
Sarah Dreher zeichnet in ihrem persönlichsten Roman ein einfühlsames, humorvolles und zugleich schmerzhaft realistisches Bild der sechziger Jahre, aus der Zeit vor Stonewall und Gay Pride, als eine »richtige Frau« sich nicht gegen gesellschaftliche Erwartungen auflehnen, geschweige denn in eine andere Frau verlieben durfte.

Ruth Gogoll: Verbotene Leidenschaft

Erotischer Liebesroman

Sich in die eigene Chefin zu verlieben, wenn diese augenscheinlich hetero ist, gehört in jedem Fall zu den Dingen, die eine Lesbe nicht tun sollte. Doch eine erwachte Leidenschaft läßt sich nicht einfach abschalten, und so gilt es, die Chefin zu bekehren – auch, wenn das mit reichlich Widrigkeiten einhergeht.

Ruth Gogoll: Wie ein Stern, der vom Himmel fällt

Erotischer Liebesroman

Weihnachtliches Plätzchenbacken gehört eigentlich in glückliche Familien. Wenn jedoch die unfreundliche Nachbarin nur für sich allein backt, dann ist das verdächtig. Und wenn diese Nachbarin zwar spröde, aber ungemein attraktiv ist und mit ihren schönen Augen lockt, dann erwacht der lesbische Jagdtrieb: Wenn schon Plätzchenbacken, dann bitte nur zu zweit ...

Tala Storm: Der lange Weg

Liebesfantasy in drei Teilen

Cay-La erwacht eines Morgens ohne Erinnerung. Sie schließt sich zunächst der schönen Kallisto an, doch als die eine Kriegerin töten will, wechselt Cay-La die Seiten. Zusammen mit der Kriegerin und ihrer Gefährtin versucht sie ihre Vergangenheit zu erfahren, die Erinnerung an sich selbst wiederzufinden. Eine nicht ungefährliche Reise ins Reich der Amazonen beginnt, denn der Zorn Kallistos begleitet sie ...

Ruth Gogoll: Ostereier

Erotischer Liebesroman

Eine Geschichte um Ostereier? Nein, eine Liebesgeschichte. Die Begegnung in einem Supermarkt kurz vor Ostern – ist sie Zufall oder Schicksal? Befördert der Einkauf von Obst und Gemüse die Liebe – oder hindert er sie an ihrer Erfüllung? Und was ist mit der geheimnisvollen Bemerkung, mit der alles begann?
Das alles sind Fragen, denen sich die beiden Protagonistinnen stellen müssen. Werden sie eine Lösung finden?

Victoria Pearl: Sag's mit Rosen

Erotischer Liebesroman

Blümchen heißt das alte Wohnmobil, mit dem Jessie herumfährt und geradeheraus Frauen anbaggert. Leonie ist von dieser Masche nicht begeistert, doch sie kann sich Jessies Charme nicht entziehen. Eine gemeinsame Reise in dem engen Gefährt bleibt nicht ohne Folgen, aber Leonie befürchtet die baldige Trennung; wie wird Jessie sich entscheiden?

Victoria Pearl: Sonnenaufgang in deinen Armen

Erotischer Liebesroman

Luisa lernt in der Firma, in der sie arbeitet, Ingeborg kennen und fühlt sich sofort zu ihr hingezogen. Sie verläßt den Mann, mit dem sie seit sechs Jahren zusammenlebt, und versucht sich Ingeborg vorsichtig zu nähern. Ingeborg jedoch lehnt dies stets schroff ab. Als das Chorsingen sie beide ins Schweizerische Bergell verschlägt – gemeinsames Hotelzimmer mit Doppelbett – schlägt Luisas Stunde: Kann sie Ingeborgs Zuneigung gewinnen?

Julia Arden: Das Lächeln in deinen Augen

Roman

Beate sieht in Cornelia Mertens, ihrer neuen Chefin, zunächst nur das, was alle sehen: die kühle, distanzierte Geschäftsfrau. Liebe ist etwas für Träumer – aus dieser ihrer Meinung macht Cornelia kein Geheimnis.
Nach und nach lernt Beate aber eine ganz andere Seite an Cornelia kennen. Cornelia überrascht sie mit unerwarteter Fürsorge, Verständnis und einer seltsamen Mischung aus Heiterkeit und Ernst. Also doch harte Schale, weicher Kern? fragt sich Beate. Ist das äußere Erscheinungsbild nur Fassade für all die, die sich nicht die Mühe machen dahinterzuschauen? Oder sind Sanftmut und Charme nur Trick, Teil eines Planes? Nämlich dem, sie zu verführen? Letzteres wäre fatal für Beate, denn so oder so – sie hat sich in Cornelia verliebt.

Gerri Hill: Der Mond scheint nur für dich

Liebesroman

Die Malerin Kara malt bevorzugt morgens oder abends: Wenn es nicht mehr hell ist und der Mond scheint. Sie liebt den Mond, ihren stummen Begleiter durch die Jahre. Doch als sie Ginny kennenlernt, ändert sich alles – und der strahlende Mond wird Zeuge einer wachsenden Liebe . . .

Ruth Gogoll: Tizianrot

Erotischer Liebesroman

Tanita schwärmt unsterblich für ihre Mathematiklehrerin Diana. Nach Tanitas Abitur verlieren sie sich aus den Augen. Zufällig treffen sie sich Monate später wieder, und die Überraschung ist perfekt, als sich herausstellt, daß auch Diana Interesse an Tanita hat. Schnell kommen sie sich näher, die Erfüllung aller Träume scheint nah, doch da tauchen unerwartete Schwierigkeiten auf.

Behrens – Spors – Doll: Mia Liebe mit Umwegen In heißem Wüstensand

Liebesgeschichten

MIA

Wie sag' ich's meiner Lehrerin? Mia ist verliebt, aber sie traut sich nicht. Ist die Angebetete nun lesbisch oder nicht? Könnte sie die Gefühle erwidern? Janina Behrens gelingt es, diese Schülerin/Lehrerin-Geschichte auf humorvolle Weise darzustellen.

LIEBE MIT UMWEGEN

Was passiert, wenn die vermeintlich Richtige doch die Falsche ist? Wenn die Falsche am Ende die Richtige ist? Irrungen und Wirrungen der Liebe werden von Julia Spors schließlich entwirrt.

IN HEIßEM WÜSTENSAND

Eine Agypten-Reise von den Eltern geschenkt – kann das gutgehen? Widerwillig tritt Connie die Reise an, die mit einigen Schwierigkeiten und Hindernissen beginnt. Doch unter afrikanischer Sonne sieht vieles dann ganz anders aus, und aus geliebten Menschen können plötzlich geliebte Menschen werden . . .

Kingsley Stevens: Liebe mich

Erotischer Liebesroman

Amy Flanagan und Morgan Holdsworth treffen sich, als Amy versucht einen Großauftrag von Morgan, Eigentümerin eines Kosmetikkonzerns, für die Werbeagentur zu erhalten, für die Amy arbeitet. Obwohl Amy Geschäft und Privates auseinanderhalten will, verliebt sie sich in Morgan. Sie beginnen eine Affäre, doch Morgan scheint wenig Interesse an einer Vertiefung ihrer Beziehung zu haben, während Amy sich wünscht, Morgan näherkommen zu können.

Trix Niederhauser: Halt mich fest

Liebesroman

Wie sag ich's meinen Eltern? Früher oder später kommt jede Lesbe an diesen Punkt, auch Chris, die rockende Gitarristin mit Hang zu Unfällen. Tina tritt in ihr Leben, und alles ist anders: Das Coming-out, die verschollen geglaubte Großmutter, die Ex mit dem dritten Auge und vieles mehr machen der Heldin das Leben schwer. Tapfer erträgt sie die putzende Mutter, den pubertierenden Neffen und den schweigenden Vater. Nur daß Tina rothaarige Frauen küßt, macht ihr zu schaffen ...

Augenblicke der Liebe

Erotische Geschichten

Bereits seit dem Jahre 2001 besteht auf der Internetseite der édition el!es die Möglichkeit, jeden Monat eine neue »Erotische Geschichte des Monats« zu lesen. Diese Geschichten werden in der Reihe »Augenblicke der Liebe« in loser Folge veröffentlicht.

Kay Rivers: Küsse voller Zärtlichkeit

Roman

Michelle Carver hat als Managerin von Disney World in Florida einen anstrengenden Job. Für ein Privatleben hat sie kaum Zeit, deshalb beschränkt sie sich auf gelegentliche Affären. Liebe kommt in ihrem Wortschatz nicht vor.

Cindy Claybourne ist Studentin und hat einen Ferienjob in Disney World. Sie merkt, daß sie sich zu Michelle hingezogen fühlt, daß sie hinter ihre harte Schale schauen möchte. Aber Michelle läßt das nicht so einfach zu. Doch Cindy gibt nicht auf und kämpft für ihre Liebe zu Michelle. Wird Michelle endlich einsehen, daß Cindy die richtige für sie ist?

Julia Arden: Laß mich in dein Herz

Liebesroman

Vor vier Jahren verlor Andrea ihre Lebensgefährtin Maren durch einen Autounfall. Seitdem lebt sie ausschließlich für ihren Beruf als Richterin, bis Gina in ihr Leben tritt und ihre Gefühle durcheinanderbringt. Aber sie will keine Beziehung eingehen, ihr Herz hängt nach wie vor an Maren. Also versucht sie Gina zu vergessen, doch dann kommt es zu einem unverhofften Wiedersehen – und Andrea braucht Ginas Hilfe, weil der Beruf sie in Gefahr bringt ...